三鷹台おでん屋
心霊相談所

木間のどか

角川春樹事務所

目次

＊本書は二〇一八年十一月に文響社より単行本として刊行された小説です。

プロローグ

子どもの頃、夜になるのが嫌いだった。

正確に言えば、日没後の数十分の間。嫌いだったのは、夜を迎える直前のその時間だ。

ほんの少し前までベランダの錆びた手摺の向こうには明るい空が広がっているはずだったのに、いつの間にか太陽はその姿を隠してしまっている。遠くの地平が仄朱く染まって見えるだけで、視界を覆う天空は一面に染め上げられた昏く深い藍。

夜の帳が下りるまで、あと僅か。昼にも夜にも属さぬその時間を〝黄昏時〟と呼ぶのだと、後になって知った。

昼と夜のあわい。逢魔時。或いは、大禍時。

昔から、多くのひとが異形のモノを視た時間。わたしも視界の隅に、ソレを視た。

今日こそは暗くなる前に灯りを点けようと思うのに、何故かいつも間に合わないのだ。

まだ明るい。まだ早い。もう少し、もう少し遊んでから――。そう思っている間に、いつしか室内には薄闇が立ち込めている。

手や足や、ページを捲る絵本の縁がぼんやりと滲んで見えることに気がついて、ハッとしたときにはもう遅い。わたしの左目の端に、ソレが映る。

輪郭の定まらぬ、焦茶色の小さな人影。

わたしの左目が見つけるよりも僅かに早く、いつも決まってわたしの背筋がソレの出現を察知した。

ぞくりと背筋が粟立つ。

次の瞬間、わたしの左目の端ギリギリに奇妙な影が立ち現れて、わたしの身体は縛られたように動かなくなる。

背丈はわたしと同じくらい。

なにも話さず、なにもしない。その影は、ただ黙って視界の隅に佇むだけ。

輪郭すら曖昧にぼやけていて、目も鼻も口も、なにも視えない。

なのに、何故だかわかった。焦茶色のその影は、わたしとそっくり同じ顔をしている。

そして、じっとわたしを睨んでいる。ひどく恨めし気な眼差しで。

数秒なのか、数十秒なのか、数分なのか。どれだけの時間なのかはわからないけれど、ソレは動きを封じられたわたしをただ黙って睨み、やがて——

消える。

現れたときと同じだけ唐突に、ふっつりと。

そこでわたしはようやく身体の自由を取り戻し、ああ今日も視てしまったと恐怖に震えながら、そのときになって思い出したかのように溢れてくる涙を両手で拭(ぬぐ)うのだ。

異質なモノは、異質であるというだけで怖ろしい。

けれどもそれ以上に、わたしはわたしを睨む、あの眼差しが怖かった。

なにも言わず、なにもしない。ただ黙ってわたしを睨むばかりのわたしと同じ顔をしたその影は、母が零(こぼ)した煙草(たばこ)の灰で焦げた畳(たたみ)と似た色をしていた。

第一話　家守

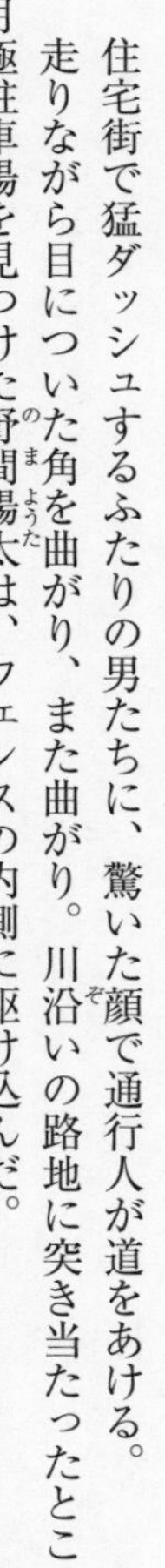

住宅街で猛ダッシュするふたりの男たちに、驚いた顔で通行人が道をあける。

走りながら目についた角を曲がり、また曲がり。川沿いの路地に突き当たったところで月極駐車場を見つけた野間陽太は、フェンスの内側に駆け込んだ。

足を止めると、途端にどっと汗が噴き出してくる。

「あー、くっそ暑い！」

九月に入っても連日三十五度を超える猛暑日が続いているとあって、そろそろ陽射しが傾きかける時刻なのに一向に暑さは衰える気配がない。駐車場のなか、ちょうどよく路上からの視界を塞ぐように駐車しているワンボックスカーの陰に回り込むと、陽太は服が汚れることも気にせず足を投げ出して地べたに座り込んだ。

「こんなに走ったの何年ぶりだよな。明日筋肉痛になったりして——」

無造作に引っ張り上げたTシャツの裾で汗を拭いつつ顔を上げると、遅れがちに後を追ってきていた男が半ば倒れ込むようにして目の前に膝をつく。陽太は手を止めて、息も絶え絶えの様子でへたり込んだその男の顔を覗き込んだ。

「って、おい大丈夫かよ天哉、死にそうな顔してんぞ」

「おまえ……！」

　ぜいぜいと喉を鳴らしながら、汗に曇った眼鏡の奥から睨み返してきたその男の名は須森天哉という。中学・高校時代の同級生で、三ヶ月ほど前からは仕事の相棒でもある。

「なんだよ、三分かそこら走っただけだろ。情けないな」

　全力疾走で上がった呼吸も、陽太のほうは早くも戻りかけている。なのに天哉はといえば、顎から点々と汗を滴らせ、いつまでも肩で息を吐いている。鼻先にずり落ちた眼鏡を直す余裕すらないようだ。

　共に二十四歳。大学に入学してからの四年間に、社会人になってからの二年半。体育という授業の縛りが解け、日常生活で走ることをしなくなってからの年数は同じはずなのに、天哉のほうが明らかにバテている。

「そういや、天哉って昔から運動系苦手だったよな」

　思い出した。昔の天哉はいつもトップクラスの成績優秀者だった反面、スポーツは軒並み苦手にしていた。

　少々神経質なところのある性格を映した切れ長の目に、細く高い鼻梁と薄い唇。見ようによっては冷たく感じられる風貌だが、細身のメタルフレームの眼鏡が似合うクールなイケメンと言い換えられなくもない。身長だって陽太よりも多少低いが百八十センチ近くはある。なのに中学のときも高校のときも、天哉は女子から全くモテていなかった。それはたぶん天哉が運動音痴のせいだ。

陸上もダメ、球技もダメで、男子勢にとっては大いに見せ場となる体育祭なんかではいつも足を引っ張る役目だったのだから、そりゃあモテるはずがない。

いや、それともあれか。ネチネチと細かいことにうるさい性格のせいか。

まあどっちにしろ——

「はは、やっぱおまえ変わってないなあ」

「……」

笑う陽太に、天哉の尖った眼差しが突き刺さる。

「あ、もしかして怒ってる？　怒ってるよな。わかってるよ、うん」

陽太はへらへらと頭を掻いた。

「だからさ、うん。悪かったって。わかってるし、反省してる。依頼人を怒らせたのは、俺のせいだもんな」

似ているのは背格好くらいで、顔立ちも性格も、陽太と天哉は正反対だ。

天哉が知的な顔立ちをしているのに対して、陽太はどちらかといえば童顔。自然な黒髪の天哉に明るい茶髪の陽太。天哉を評する言葉が「クール」なら、陽太はよく「天然」と言われる。

友人たちいわく、天然のひとたらし。或いは、天然のバカ。

おそらくは褒め言葉であろう前者よりも、むしろ言われ慣れた後者のほうが自分的にはしっくりくるという悲しい自己評価はともかくとして。

陽太はいま、天哉と共に〝心霊相談なんでも屋〟なるものを営んでいる。といっても、事務所を構えているわけでもなく、それらしい名刺を刷っただけだから「営んでいる」と言えるほど立派な商売をしているわけではないのだが。

例えば。

仕事でミスが続くのは同僚の生霊のせいだ。

事故現場を通ったせいで拾ってきてしまった霊が家にいて怖い。

そういう類の相談――つまり〝心霊相談なんでも屋〟では、その名の通り〝心霊現象〟に悩む人々からの依頼を受け付けている。

「けど、さっきのは俺のせいばっかじゃないと思うんだけどなぁ」

今日行ってきた依頼人の相談は、なかでもよくあるタイプのものだった。だから油断した――というよりも実のところ、まあまあ可愛い女子大生の依頼人に少々鼻の下が伸びてしまっていたのだ。

何故か彼女の家に入った途端にくしゃみが止まらなくなったせいで、格好悪いところを見せてはならぬと少々焦っていたせいもあり……というのは言い訳だが、とにかく陽太は気づけなかったのだ。彼女のちょっとした企みに。

そのせいで慌てて逃げ出す羽目になり、可愛い顔から一転、憤怒の形相に変わって追いかけてきた依頼人を撒くために全力疾走する羽目にもなった。

だからまあ、その点に関しては大いに反省もしているのだが。

「ここまで逃げたら大丈夫だろ。喉渇いたな。とりあえず、なんか飲もう」

「ちょ、待っ……」

「そこら辺に自販機でもないかな。ていうか腹も減ったし、できればコンビニがいいな。どっか近くに――うわっ！」

へたり込んだまま動けずにいる天哉を置いて、さっさと立ち上がった陽太は、ワンボックスカーの陰から出ようとしたところでギョッと足を止めた。近所の住人だろうか。車の陰から首を伸ばすように、皺くちゃの顔がこちらを睨んでいた。小柄な老婆だ。

「ぶぇッくしょん！　ッくしょいっ！」

顔を突き合わせた途端にくしゃみを連発する陽太に、老婆の眼差しが鋭くなる。

「すんません！　ヘッくしょん！　あの俺ら別に怪しいもんじゃなくて、ちょっと走ったら疲れたんで休憩っていうか……ッくしょいっ！」

真っ白な髪を頭頂部でお団子に結い上げた、丸顔の可愛らしい雰囲気の老婆なのだが。いかにも胡散臭いものを見る目つきでこちらをねめつけている様は迫力満点で、陽太は思わずもごもごと言葉を濁して首を竦めた。これは叱られるな、と身構える。

しかし案に相違して老婆は無言のまま、つと川の向こう側を指差した。

「え、なになに？　あ、あんなとこに店がある──」

ちょうど老婆の指し示した辺りに、白地の暖簾が下がった飲食店らしき建物があった。間口はせいぜい一間半ほどしかなく、周囲の住宅に埋もれるようにして建っている。普通に歩いていたら気づかなかったかもしれない。

店構えの雰囲気からして居酒屋だろうか。冷たいビールを想像して喉がキュッとなると同時に、「くしょん！」とまたしてもくしゃみが出た。

「あ、このくしゃみは風邪じゃないから。たぶんアレルギーとかだと思うんだけど、うつらないから安心してよ──っくしょいッ！」

険悪な目つきはそのままながら、うむ、と老婆が鷹揚に頷く。

「あの店、旨いの？　行ってみようかな」

再び老婆が頷く。そうしろ、と言っているようだ。

「おい陽太、どうした？」

「このばあちゃんが、あそこに店があるって教えてくれてさ」

背後から呼ばれ、振り向いて答えた陽太に天哉が眉を顰めた。

「ばあちゃん？　どこに？」

「ん？　あれ？」

向き直ると、老婆の姿がない。

「いままでいたんだけどな」

首を捻りつつ車を回り込んで左右を見てみるが、老婆の姿はどこにもない。

「おい陽太、それよりもだな――」

「ま、いいや。とにかくビールだ。あの店に行ってみようぜ」

言いかけた天哉を遮り、陽太は先に立って駐車場を出た。

「この川はどっちだ？」

神田川か、玉川上水か。吉祥寺から渋谷を結ぶ私鉄、井の頭線沿線のこの辺りを流れる川といえば、陽太の知っている限りそのいずれかだ。

「周囲の景観からして、神田川だな。――いや、それよりおい。ちょっと待……」

天哉の答えに、なるほど、と思う。とすると、夢中で走っている間に駅のほうへと戻ってきていたわけだ。

吉祥寺を出てしばらくの間、井の頭線は神田川とつかず離れずして進んでいく。今日の依頼人の住居は最寄り駅で言えば井の頭線の三鷹台だったから、いま陽太たちがいるのは三鷹台と久我山のちょうど中間辺りかもしれない。

ちなみに、かの有名な神田川は都内を流れる一級河川なのだけれど、その源流が三鷹市にある井の頭恩賜公園内の池にあることを知らない者は、意外と多い。

「やー、しかし暑いな。川の水もほとんどなくなってるし」

見下ろしてみれば、濁った水が申し訳程度に川底を舐めているばかり。繰り返される烈日が川の水すら干上がらせているらしい。乾いたコンクリートの川底を眺めていると、余計に喉が渇いてくる気がした。

「だから陽太、ちょっと待て。おまえ、ぼくの話を……」

なにやらしきりに文句を言おうとしている天哉を半ば引きずるように、陽太は大股に橋を渡った。どうやらまだ体力が回復していないらしく、天哉の足取りはへろへろと頼りない。

「へぇ。ここ、おでん屋なのか」

橋を渡って辿り着いたそこは、予想に反して居酒屋ではなかった。白漆喰の壁に黒檀で縁取られた看板が掲げてあり、『和・おでん』と書かれている。隣家との狭い隙間には、自転車が一台押し込まれていた。前と後ろに籠のついたママチャリだ。

陽太は暖簾をくぐり、磨りガラスの嵌った格子状の引き戸を開けた。

「こんちはー」

覗き込むと、外観から予想できた通りに小さな店だ。座席は店内いっぱいに造られたカウンターの八席だけで、横幅も、座る客の後ろをすり抜けてギリギリ奥に進める程度しかない。濃厚に漂う出汁の香りが鼻腔をくすぐり、陽太の腹が小さく「グゥ」と鳴った。

「もうやってる？」

「どど、どうぞどうぞ！　いらっしゃいませ！」

あまりに勢い込んだ調子で応じた女性の声に一瞬驚くが、すぐに半身を差し入れた店内の心地よい涼しさに気を取られる。

「おー、涼しい」

冷気に目を細めつつすたすたと店内へ足を踏み入れると、

「……仕方ないな」

ようやく諦めたのか、ぼそりと呟いた天哉が陽太の後に続いて傍らの椅子を引く。

素早く「どうぞ」と差し出されたお絞りも、心地よく冷えていた。

「ふぅ、サッパリ」

冷たいお絞りでザッと顔や首筋を拭って目を上げたところで、奥にある化粧室の扉の前に、先客がひとりいたことに気がつく。俯きがちにチビチビとグラスを舐めているのは、妙に存在感のない陰気な顔つきの中年男だ。

なんとなく合点がいった。先ほどの「いらっしゃいませ」がやたらと勢い込んでいたのは、あの客とふたりで顔を突き合わせているのが苦痛だったせいではなかろうか。見れば、おでん屋らしく割烹着に身を包んだ女性店主は〝女将〟と呼ぶのが似つかわしくないほど若い。まだこういうしっとりした店での接客には慣れていないのかもしれない。

諸々納得して、とりあえずはビールを注文する。店内には、控えめな音量で和楽器の音楽が流れていた。

「暑いときにおでんってのもイマイチそそられなかったんだけど、この匂い嗅いでると食べたくなってくるな」

出汁と、それに醬油の混ざったこういう匂いは日本人にとって心の故郷だと思う。弥が上にも空腹が刺激される。

「すみません、おでん屋で」

女性店主が困ったように眉尻を下げて、気弱そうな笑みを浮かべる。

改めて見ると、結構可愛い。栗色の髪は後頭部で簡単に結ばれているだけだし化粧っ気もほとんどないが、雪白の肌が目を惹く。二重瞼の大きな目は長い睫毛に縁取られていて、小ぶりな唇はふっくらと柔らかそうだ。年齢は陽太たちと同じくらいかもしれない。おっとりした雰囲気で、微笑むと口元にえくぼができる。

「あれ……？」

「なんだ、どうかしたか？」

「や、おまえじゃなくてさ。——ねえ女将さん、どっかで会ったことない？」

「え？　いえ、ない……と思いますけど」

戸惑ったように目を瞬かせて、女将が小首を傾げる。

「なんか、どっかで会ったことある気がしたんだけどな——イテッ！　なにすんだよ」

左脇腹に衝撃が走り、陽太は顔をしかめた。天哉に殴られたのだ。

「見境なくナンパするな。客という立場を利用するのは卑怯だぞ。彼女だって困ってるだろう」

「ナンパじゃねーよ。前に会ったことある気がしたから、そう言っただけだろ」

これだからモテない男は一々小うるさい。

しばしメニューを眺め、つまみをいくつか注文しようと顔を上げると、なにやら奥の席の男と女将が揉めている。音楽が邪魔をして小声で交わされているやり取りは聞こえないが、若い女将は眉尻を下げて、いまにも泣き出しそうな顔つきだ。

「女将さん、注文いーい？」

陽太は、わざと声を張り上げて注意を引いた。

「あ、はい！　すみません、ただいま」

弾かれたように反応した女将が、男に向かって小さく頭を下げる。

「すみません、今日はもう……」

これみよがしに嘆息した男が財布を取り出し、紙幣を置いて立ち上がる。

「釣りはいらん」

椅子を引いて男を通してやると、通り抜けざまに男からものすごい目つきで睨まれた。

「あの、すみません。ほんとうに……」

気の毒になるくらい恐縮した様子で女将が頭を下げる。

男が立ち去ったのを見届けてから、陽太はニカッと笑いかけた。

「大変だね、女将も」

「いえ、そんなことは……。あっ、す、すみません！　ビール、すぐにお持ちしますね」

あたふたとグラスを取り上げた女将に、枝豆と塩辛、それに出し巻き玉子を追加で頼む。

「またおまえは、余計なことを」

「困ったときは、助け合う。だろ？　――ま、いいや。とにかくひと仕事終わったことだし、お疲れ。乾杯！」

不機嫌丸出しの声音で苦言を呈する天哉には取り合わずに、陽太は差し出された瓶ビールをいそいそと受け取って手酌でグラスに注いだ。片手に瓶を掴んだまま、形ばかりにグラスを掲げてからよく冷えたビールを勢いよく喉に流し込む。やっぱり汗をかいた後のビールは格別に旨い。

「なにが『ひと仕事終わった』だ。なにが『お疲れ』だ。さっきのあれの、どこが終わって、どこが労いに値する仕事だったんだ？」

「なんだよ天哉。まだ怒ってるのかよ？」

「当然だ」

横目で見やりながら問うと、即答される。

「悪かったって。謝ってるだろ」

「口先だけの謝罪は聞き飽きた。これで何度目の失敗だ？」

「えーと……忘れた。けど反省はしてるんだぞ。いつも本気で。でもさ、今回のはある意味不可抗力じゃないか」

口を尖らせた陽太を、天哉が冷ややかな眼差しで睨む。

「依頼人の女子大生が可愛かったせいで調子に乗ったんだろう？　そうでなければ彼女がなにか企んでいることくらいすぐに気づけたはずだ。現に、ぼくは『ちょっと待て』と止めたよな？　おまえが勝手なことを口走る前に」

「いやぁ、それは……」

自宅に霊が出ると相談してきた依頼人の女子大生からは、「夜になると、どこからかぽつぽつと滴るような水音が聴こえる」と聞いていた。予め「水音」というのが頭にあって、しかも玄関に招き入れられてすぐに風呂場を案内されたものだから、その場でうっかり「この風呂場には霊がいますね」と尤もらしく告げてしまったのだが。

「『水音』イコール『風呂場に霊が出る』とはあまりにも短絡的すぎる。あの依頼人が真っ先に風呂場を案内したのは引っかけだった。〝霊媒師〟としてのぼくたちに信用が置けるかどうかを、彼女は試そうとしたんだ」

そうなのだ。〝心霊〟に纏わる相談に乗っているくらいだから、依頼人にはその筋の人間だと思わせておく必要がある。

ということで、名刺に刷られたふたりの肩書は〝霊媒師〟なのだ。

ただしもちろん、頭に〝自称〟がつく。実際のところは、陽太も天哉も霊感など欠片も持ち合わせていない。

「そもそも、いまとなってはあの依頼人の言っていた『水音が聴こえる』という相談だって本当かどうか怪しいものだ。ぼくたちを罠にかけるための嘘だったのかもしれない。どうやら彼女は、初めからぼくたちを疑っていたようだからな」

「や、そんなことは――」

「ある。応対したときの顔つきですぐにわかった」

反論しかけた陽太を、ぴしゃりと天哉が遮る。

「普段は妙なところで目聡いくせに、肝心なところで洞察力を発揮しなくてどうする。いいか、ぼくにもわかったんだぞ？　なのにどうしておまえはコロッと騙された？　あの依頼人は明らかに、初めからぼくたちに猜疑の眼を向けていた。それなのにまんまと術中に嵌りやがって！　おまえが間抜けにも格好つけようと先走ったせいで、結局、今日の売り上げはゼロだ」

「そりゃ、インチキだってバレたんだし……」

「インチキではなく、れっきとした問題解決だ」

〝霊媒師〟という嘘の肩書を名乗ってはいるが、天哉の言う通り、ふたりは決して霊感詐欺を働いているわけではない。依頼人たちとはいたって真摯に向き合っているし、すべての心霊現象を科学的な見地からきっちり解明した上で、依頼人にも納得できる形でのアドバイスをするようにしている。

もちろん、必要に応じて祈禱の真似事をしてみせたり、手製の〝厄除け札〟を渡してやったりはする。が、それで終わりではない。どちらかと言えば、その後に提示する解決策のほうが重要なのだ。

例えば。

仕事でミスが続くのは同僚の生霊のせいだという依頼人には、「相手につけ入る隙を与えないためにも身を清めておこう」と生活習慣の改善を促す。

或いは、事故現場を通ったせいで地縛霊を拾ってしまったと怯えている依頼人には「霊が居つかないよう部屋を掃除しよう」と汚部屋からの脱却を説く。

「仕事中に時々意識が途切れる」と話していた前者は明らかに寝不足が原因だったし、後者の依頼人が告げた「深夜に動き回る黒い影」と「ガサゴソ這い回る音」の正体は大家族で冷蔵庫裏に同居していたゴキブリたちだった。

こんな風に、多くの場合、依頼人の話をじっくり聞いてやれば解決法は明確なのだ——と天哉は言う。

陽太としては、その天哉の言い分に少しばかり物申したいところがないでもない。けれどもこれまで相談に乗った依頼人たちからは天哉の示した解決策が大いに喜ばれているようなので、いまのところ陽太の主張は軽んじられている。

陽太の主張とはすなわち「霊はいる」だ。

「わかってるんだろうな、ぼくたちには起業資金を貯めるという目標があるんだ。それを踏まえて、改めておまえに問いたい。なあ陽太、どうしておまえはすぐに調子に乗るんだ？　少しは頭を働かせるということができないのか？　相手の言葉をなんでもかんでもすぐに鵜呑みにするのは悪い癖だと、何度も指摘したよな？　大体おまえは、いつもいつも——」

際限なく続く天哉の小言を、陽太は片耳に指の先を突っ込んでやり過ごした。

天哉と共に働くようになってまだ数ヶ月だが、この手の叱責は既に聞き慣れた。というか、それこそ聞き飽きた。

最初の頃は神妙に拝聴していたのだけれど、要約すると、天哉から突きつけられる文句は「考えなし」「いい加減」「調子に乗りやすい」の三つだ。

「ああ——。うん、そうだな——。いやほんとに——。悪い悪い、反省してるって」

延々と続く小言に適当な相槌を打ちながら、陽太は壁に掛けられたメニューを眺めた。

「ん？」

メニューの隅に面白い形のシミがあった。小さなトカゲのような。

目を眇めてみると、どうやらそれはシミではなく立体のようだ。「あ」と声が出かけたのを呑み込んで、陽太はちらりと天哉を見やった。

うん、やっぱり言わないでおこう。もしも天哉がアレに気づいたら、すぐに店を出ると言い出すに決まっている。だけどせっかくのおでん屋に来て、おでんを食べずに帰るのはもったいない。

「……俺、おでん食お。大根とすじ、それからちくわぶちょうだい。天哉は？」

「ぼくは大根とこんにゃくを。——じゃなくて、おい陽太！　おまえはまたひとの話を聞いてなかっただろう！」

「聞いてた聞いてた。うんそうだな、俺は考えなしでいい加減ですぐに調子に乗る。反省はしてる。だからそろそろ許してくれるとありがたい」

大真面目な口調で応じると、天哉が深々と息を吐いた。

「おまえが勝手に暴走するせいで、ぼくまで犯罪の共犯になるのはごめんだぞ」

「それを言うなら、元々誘ってきたのは天哉なんだからおまえが主犯で俺が共犯だろ。それに、しょうがないじゃないか。霊媒師だなんて肩書だけだし、そもそも俺らのやってることはインチキなんだか——イテッ！」

先ほど殴られた左脇腹に、今度は天哉の肘鉄が食い込んだ。

「ぼくたちがやっているのは〝人助け〟であり立派な〝社会貢献〟だ。何度も言わせるな。おまえの頭の中身は、髪の色と同じひよこ並みだな」

陽太の髪色は染めていないのに明るい。それをひよこに喩える天哉の嫌味は、これもまた既にお馴染みなのでさして気にもせず、陽太は肩を竦めて応じた。

「仕方ないだろ、この髪の色は地毛だ。——つか、そうじゃなくてさ。天哉は信じてないんだよな。霊がいるって」

「そんな非科学的なものを信じるのは、おまえみたいな馬鹿だけだ」

あっさりと言い放つ天哉に、陽太は唇を尖らせた。

「バカで悪かったな。でも霊はいる。絶対にいる」

「ぼくは認めない。幽霊など存在するものか！　絶対に、だ。霊や呪い、その手のオカルト的事象は所詮、すべて人間の想像の産物にすぎない」

この話になると、いつも天哉はらしくないほどムキになる。かといって、陽太は陽太で主張を曲げるつもりは毛頭ない。

「いいや、いる。幽霊は絶対にいる」

断固として言い張る陽太に、天哉が指先で眼鏡を押し上げながらひとつ息を吐いた。たぶん、このまま言い合いを続ける不毛さに気づき、気持ちを落ち着かせたのだろうと思う。

「……それなら見せてみろ」

「無理。だって俺も視たことないし。——だけどな、『いる』って証明もできない代わりに『いない』ことだって証明できない。だろ?」

「『まともなことを言った』的な雰囲気を出すな」

じろりとこちらを睨み、天哉が続ける。

「まあいい。どちらにしろ、幽霊など存在しないという事実は問題じゃないんだ。世の中には、おまえのように『霊はいる』と信じ込んでいる人間も少なくない。そういう人間は、自分の不安を〝心霊現象〟として解決することで安心する。自分の信じる〝心霊現象〟に、権威ある第三者からのお墨付(すみつ)きをもらいたいと望んでいると言ってもいい。その望みをぼくたちが叶(かな)えてやるんだ。立派な〝人助け〟だろう」

「……そういうのを、えーと、なんて言ったっけ」

「詭弁(きべん)か?」

「そうそう、それそれ」

「その程度の日本語も知らないのか。おまえは本当に馬鹿だな、ひよこ」

「……うるせーよ」

バカだと言われるのはいつものことなので、腹は立たない。が、一度くらいは反論してみたいものだと思いはする。もっとも、反論したところで嫌味が倍になって返ってくるだけなのだろうが。

「お待たせしました。おでんです」

「おお、旨そう！　あ、俺ビールもう一本ね。天哉は？」

「ぼくはいい」

箸の先でほろりと崩れる大根に、軟らかく煮込まれた牛筋。出汁の香りをふんだんに纏ったちくわぶは、もちもちとした歯ごたえも楽しい。

「ウマッ！　このおでん旨いな。さすがおでん屋」

どれも期待以上に旨いおでんに舌鼓を打ち、こんにゃく、がんも、練り物に玉子と次々注文を追加して、ふたりはしばし食べることに集中した。

「あー旨かった」

「あのぅ、さっき少し耳に入ってしまったんですけど……」

ひと息ついたところを見計らったように、若い女将が躊躇いがちに口を開いた。

「おふたりは、なにか心霊関係のお仕事をしてらっしゃるんですか？」

「うんまあ一応、それらしきことをやってる……かな」

狭い店だ。先ほどインチキだと話したのも聞こえていたと思っていいだろう。自然と、陽太の返事は曖昧になる。けれどそれには頓着(とんちゃく)した様子もなく、どこか思いつめた表情で女将が口を開いた。

「お願いがあるんです。わたしの相談に乗っていただけませんか?」

それから数時間後、陽太は天哉と並んで川沿いの道を歩いていた。ふたりを先導するように、自転車を押しながらおでん屋の女将が歩いている。

彼女が押している自転車は、あれだ。隣家との境に押し込んであったママチャリ。それが妙に似合っているような、似合っていないような。

割烹着を脱(ぬ)いで、Tシャツとデニム姿になった女将はもはや完全に〝女将〟には見えないのだが、それもそのはず、なんと彼女は陽太たちと同い年だった。

唯一の先客が帰った後は閉店まで他に客が来ることもなく、あれこれ話している間に、彼女には現在恋人がいないらしいことまでは聞き出した。いまのところ仕事で手一杯で、それどころではないようだ。田ノ倉(たのくら)小和(こより)と名乗った彼女は、半年ほど前にこの場所でおでん屋を始めたばかりなのだという。

ちなみに、暖簾にあった『和・おでん』の「和」は和食の「和」ではなく、彼女の名前から一文字取って付けた店名だそうで、〝わ〟ではなく〝より〟と読むらしい。

「おい陽太」

「ん？」

「彼女、警察に通報するつもりなんじゃないか？」

小和の耳を気にした様子で天哉が囁く。

陽太たちはいま、自転車を押す小和に先導されて彼女の家に向かっている。何故かと言えば、彼女からの相談に応じて、今夜、小和の自宅に泊まり込むためだ。

「おまえも往生際が悪いな。なんでだよ？」

小和の家に向かうことが決まってからも、天哉はぐちぐちと気乗りしない風なことを呟いている。

「ぼくたちが、ある意味、その……」

「インチキか？」

「そう言うと語弊があるが……まあそれに近いことをしていると話していたのは聞こえていたはずだ。それなのに依頼だなんて、どう考えてもおかしいだろう。もしや、美人局か？」

「んな古典的な騙し方するかよ。というかさ……」

必死なのではないか、と思った。藁にも縋りたい思いというか。インチキでもなんでも、悩みを解決してくれる可能性があるなら頼ってみずにはいられない。思いつめた顔つきで相談があると切り出してきた小和からは、そんな切実な気配を感じた。

そう思って改めて見れば、小和の頬の白さは血の気がないせいだろうし、目の下にはくっきりと隈も浮かんでいた。

「ま、大丈夫だろ。そう心配するなよ。ハゲるぞ」

「おまえなぁ……」

たしかに陽太も、最初はいくらか躊躇した。「ぜひ今夜にも泊まってみて欲しい」と懇願してきたのは小和のほうだったが、さすがに初対面の女子の家に男ふたりで泊まり込むのはどうなのか。普通、多少なりとも気が引けるところだ。

しかし、小和の住んでいる家というのは亡き祖父母から譲り受けた一軒家で、だから陽太たちは小和が寝るのとは別の一室を使えるからと切々と訴えられて、かつ、ぜひとも助けて欲しいのだと涙目で縋られて。これで断っては男が廃るというもの。

「そ、そうですよね、わたし怪しいですよね。急にこんなことお願いしてしまって……ごめんなさい。でも、警察になんてそんな……」

「わかってるって。こいつはこういう奴だからさ、気にしなくていいよ」

こそこそ話していたつもりだったのに、どうやらしっかり聞かれていたらしい。

狼狽える小和をなだめて、陽太は天哉にニッと笑ってみせた。

「困ってる相手が目の前にいるんだ。こういうときこそ俺たちの出番だろ。それに、彼女がそんな裏表あるように見えるか？　おまえも少しは他人を信用するってことを覚えろよ」

「……どうなっても知らないからな」

眉間に皺を寄せたまま舌打ち交じりに吐き捨てて、天哉は口を噤んだ。

やがて川沿いの道を逸れ、小和は私道らしき細い路地へと入って行く。

店からは歩いて十分足らずといったところか。路地の最奥から一軒手前の家の前で「ここです」と告げて小和が足を止めた。郵便受けに貼り付けられている表札と思しきプレートには、手書きで『田ノ倉』とある。自転車を押した小和が先に立って門扉をくぐると、玄関先のセンサーライトがパッと灯った。

「あ、その門はきちんと閉まらないので、そのままで大丈夫です」

どうやっても閉まり切らない門扉に苦戦している陽太に気づいたらしく、振り向いた小和が言う。陽太は頷いて、ザラついた手のひらをシャツの裾で拭った。

ここに来るまで比較的新しそうな住宅が並んでいたが、この一角に集まっている家は軒並み古そうである。私道の手前側に位置する隣の家の建仁寺垣は一部が破れて抜け穴のようになっているし、小和が閉まらないと言った門扉には盛大に錆が浮いていた。

「どうぞ。上がってください」

「あー、うん。えーと、お邪魔しまーす」

鍵を開けた小和に招き入れられて、陽太はおずおずと玄関に足を踏み入れた。予め一軒家だと聞かされてはいたものの、マンションやアパートとは違って、いざとなると何故か少しばかり気後れする。なかに入ると、どこからともなく木の匂いがした。

外観から予想できた通りに古い家だ。玄関を上がってすぐ右手に階段、正面の廊下を真っすぐ進んだ奥には洗面所とトイレがあるようだ。

「おわっ⁉」

玄関の暗がりを、なにかがひゅっと走り抜けた。驚いてよろめいた陽太を振り向いて、小和がくすりと笑う。

「ヤモリですね。なんだかこの辺りは多いみたいなんですよ」

なんでもないことのように告げた小和に、天哉が思い切り顔をしかめる。

そういえば、さっき店にもいた。天哉が苦手なことを知っていたから口にはしなかったが、アレもたぶんヤモリだったのだろうと思う。この辺りは川にも近いし緑も多いし、そのせいでたくさん繁殖しているのかもしれない。

「天哉、平気か？」

「一晩なら、まあなんとか」

こそっと訊ねるのに歯切れの悪い口調で応じた天哉は、虫や爬虫類が大の苦手だ。陽太は〝G〟のつくアイツ以外なら大抵なんともないし、トカゲ系はむしろ好きなほうなのだが。

「二階にも部屋はあるんですけど、荷物置きとクローゼット代わりになっていて、わたしはこの和室で寝起きしてるんです」

玄関から廊下を進み、左手奥にあったフローリングのダイニングキッチンから続き間になっている和室に足を踏み入れたところで小和が足を止めた。

「じゃ、霊が出るっていうのもこの部屋？」

「れ、霊？　やっぱり霊なんでしょうか？」

途端に、裏返った声で小和が叫ぶ。

「ごめんごめん、間違えた。小和ちゃんの悩みは悪夢なんだったよな」

小和から相談された心霊現象とは、悪夢だ。ここ三ヶ月ほど、毎晩悪い夢を見続けているらしい。悪夢を〝心霊現象〟という括りに含めて良いものかはひとによって意見が分かれるところだろうが、彼女はそれを霊の仕業ではないかと疑っているのだという。

「けど、この部屋はな……」

陽太は、天哉を見やった。それに応えて、ちらりと天哉の眉間に皺が寄る。陽太がなにを言いたいのかわかったのだろう。

小和が寝起きしているという和室は、いかにも出そうな部屋なのだ。

古い家だからというのもあるだろうが、陽太には少々窮屈に感じられるくらい天井が低い。そして、夏場だというのにひんやりと湿った空気が漂っている。エアコンはつけていないらしいが、小和に言わせると「風通しがいいから夏も涼しい」らしい。

部屋の左手に置かれた重たそうな箪笥の上にはごちゃごちゃと雑多な物が飾られていて、なかでも目立つのは木彫りの熊と、赤べこ――ゆらゆらと首が動く赤い色をした牛の張り子人形、それにガラスケースに入った市松人形だ。

「人形の髪は伸びてない？」

「はい、たぶん……」

自信なさそうに小和が答える。

和室の中央には小さめのちゃぶ台が置かれていて、ダイニングから正面にあたる側は障子が閉まっているが、開けてみると目の前は庭だった。首を回らせるとすぐ左手に玄関が見える。ということは、こちら側は路地に面しているわけだ。

庭を背に右手には押し入れが、ダイニングとの境には箪笥と並んで仏壇がある。更に、仏壇の真横にあたる長押の上からは、男女合わせて四人分の額装された遺影が室内を見下ろしていた。

「このひとたちは？」

「ご先祖様だそうです」

「そういえば、表札とは別に『田ノ倉』って手書きのプレートが郵便受けに貼ってあったけど、ってことはこの家はお母さんの実家ってこと？」

「あ、はい。そうなんです」

写真は、曾祖父と曾祖母、更にその上のジジババということらしい。小和に彼らの面影があるのかどうかは、あまりよくわからない。

「こっちの襖は？」

「そこは隣の和室――客間に繋がっています」

一通り室内を見回してから、陽太は畳の上にどかりと座り込んだ。

「じゃ、俺たちは小和ちゃんが寝てる間、隣の客間にいればいいんだな」

「お願いできますか？　布団などは押し入れにありますので、自由に使っていただいて構いませんから。――あ、いま、お茶でも」

「お茶より酒がいいな」

「おい陽太！」

目を吊り上げた天哉を手招き、「ま、いいからおまえも座れよ」と畳を叩く。

「ビールと酎ハイと、いろいろ持ってきたのでお好きなものを。足りなかったらまだ冷蔵庫にありますから。あと、これ、座布団使ってください」

ダイニングから両手にいくつもの缶を抱えて戻ってきた小和が、いそいそと押し入れを開けて座布団を取り出した。ありがたく受け取って、尻の下に滑り込ませる。陽太はちゃぶ台に並べられた缶のなかからレモンサワーを選んでタブを開けた。

「飲み過ぎるなよ」

「わかってるって。このくらい大丈夫だよ」

「そうは言うが、おまえは許容量を超えると途端に寝るからな。遊びに来てるわけじゃないんだから気をつけろ」

はいはいと適当に返事をして、早速缶に口をつける。いままで付き合った彼女たちのなかの誰よりも、天哉のほうが小言が多い気がするのだが、それってどうなのだ？

「おつまみも。どうぞ摘んでください」

　再びダイニングに姿を消していた小和が、しばらくしていくつかの小鉢を盆に載せて戻ってきた。さすがは飲食店の女将、小鉢の中身は手作りの総菜だ。

「で、三ヶ月くらい悪夢を見続けてるんだよね。さっきも聞いたけど、どんな夢かは全然覚えてないの？」

　ここのところ毎晩続けて悪夢を見ている。ただし、その内容は思い出せない。店で話を聞いていたとき、小和はそう言っていた。

「始まりの時期は、たぶん三ヶ月前くらいだったと思います。最初は毎晩ではなかったんですけど、段々頻度が増していって、先週あたりからは毎晩」

「同じ夢？」

「だと思います。なんとなく誰かに叱られているような、注意されているような、そんな夢だった気はするんですけど詳しいことは覚えていなくて。でも、なんだか嫌な夢を見たなという気分だけは残ってるんです」

　不安そうに室内を見回して、小和が囁く。

「やっぱり……霊がいるんでしょうか」

「ラップ音は？」

　さあ、とあやふやに小和が首を傾げる。

「木造の古い家ですから、家鳴りはしょっちゅうですけど……それともわたし、誰かに呪われているんでしょうか」

「恨んでいそうな人物に心当たりでもあるのか？」

口を挟んだ天哉に、小和が忙しなく瞬きながら答えた。

「わ、わかりません……けど、でも、自分でも知らないうちに誰かに迷惑をかけていたり失礼なことをしちゃっていたのかもしれないですし……」

尻すぼみに小声になって、小和は首を竦めた。

陽太は、天哉と顔を見合わせた。店で話をしている間に気づいたのだが、最初に受けたおっとりしていそうなイメージとは違って、小和は結構ネガティブな性格らしい。おでんを食べている間も心配そうな顔つきでチラチラとこちらを気にしていたし、言うことが一々後ろ向きだ。

「ちょっといいか」

不意に改まった調子で天哉が口を開いた。

「ぼくたちが怪しいことはわかっているはずなのに、どうしてぼくたちに相談したんだ？更には今日会ったばかりの客を無防備にふたりも自宅に上げるなど、普通の女性ならあり得ないだろう」

「あ、怪しいだなんて、そんな……！　ごめんなさい、わたしのほうこそ怪しいですよね」

あたふたと狼狽える小和を、「まあまあ落ち着いて」と宥める。

「で、なんで俺たちに話してみようと思ったわけ？」

「それはその……たしかに少し迷いましたけど、でもおふたりのお話が聞こえてしまったので、思い切ってご相談してみたいと思って」

「というと？」

「陽太さんは霊を信じていらっしゃるみたいでしたけど、天哉さんは『霊などいない』と断言されていました。だからです。わたしの悪夢は、呪いや霊のせいなんかじゃないことを証明していただきたくて」

「なるほどそういうことか」

ようやく小和の意図がわかり、天哉が得心した顔をみせた。

「そういうことなら、喜んで引き受けよう」

「あ、ありがとうございます！」

頭を下げた小和が、次の天哉のセリフでぴくりと顔を上げた。

「では改めて料金プランの説明をさせてもらう」

「そうでした、肝心なことを……。おいくらなんでしょう？」

「基本的には成功報酬だが、稼働日の諸経費は別途請求させてもらう。今回だと――」

天哉の説明に、小和の頬がさっきまでとは少し違った様子で引き攣る。

「お、思っていたより……あ、いえなんでもないです！　ごめんなさい、それでお願いします。ぜひ！」

天哉の設定した〝なんでも屋〟の料金は、一般的な調査会社よりはかなり安いが、人気の占い師が三十分あたりの鑑定料として請求する額なんかと比べると、だいぶお高い。

「どうする、やっぱりやめとく？」

なにやら胸のうちで試算していそうな小和の顔色を見て訊ねるが、

「いえ、お願いします。もうわたし、そろそろ限界なんです。悪夢に悩まされることなく眠りたい。だから、よろしくお願いします」

きっぱりと言い切って、小和は改めて深々と頭を垂れた。

○○

「おいふざけるなよ陽太！」

気づけば半目になっている陽太を慌てて揺り起こそうとしたが、時既に遅く。「起きてる起きてる、心配するな」と言った次の瞬間、陽太はごろりと畳の上に横になって寝息を立て始めた。

だから飲み過ぎるなとあれほど言ったのに。天哉は陽太のひよこ頭を睨み、深々と息を吐いた。

仕切りの襖は半分ほど開けてあるが、隣の和室では小和が既に就寝中だ。今夜は寝ている彼女の様子を時々覗いて見守り、悪夢にうなされていることに気づいたら起こす段取りになっている。

悪夢を見ている最中であれば、どんな夢を見ていたのかも記憶している可能性が高い。

だからまずは彼女がどんな悪夢に悩まされているのか具体的な内容を把握し、その上で、明日になったら悪夢の原因について検討しようと先ほど三人で相談して話はまとまった――はずだったのだが。

やはり人選を誤っただろうか。

陽太は昔、いつも多くの友人に囲まれていた。どちらかと言えば対人スキルに難のある自分とは違って機微に聡く、瞬時に誰とでも打ち解けるコミュニケーション能力に長けた陽太と組めば、足りない部分を補い合えるいいコンビになれると思ったのだが。

事実、対依頼人との関係構築においては概ね期待通りに活躍してくれている。しかし、とかく調子が良く、いい加減なところはもう少しなんとかしてもらいたい。

いかにも平和そのものといった陽太の寝顔を恨めしく見やり、

「……仕方ないな」

嘆息して立ち上がると陽太の手元に転がっている空き缶を隅に避けてから押し入れの布団を一枚拝借し、なけなしの親切心で陽太に掛けてやる。それから部屋の電灯を消し、自分は座布団の上に腰を据えた。

「気持ちよさそうに寝やがって」

天哉は元からあまり酒が強くない。そもそも理性の揺らぐ〝酔う〟という状態が嫌いなので酒など飲めなくても一向に構わないのだが、こんなときはやはり理不尽だと思わずにはいられない。再三忠告したにも拘わらず酔い潰れてしまった陽太はどうせ朝まで起きやしないから、結局自分だけが寝ずの番になる。

「これぞまさしく貧乏くじだな」

規則正しい陽太の寝息に耳を澄ましている間に少しずつ暗闇にも目が慣れ、ぼんやりと家具の輪郭が見えるようになってくる。

と、パッと庭のほうから光が差し込んできた。

一瞬身構えるが、そういえばこの家は玄関先にセンサーライトがついていたなと思い出して再び座り直す。通行人が家の前を通ったのだろう。間取りの関係上、この部屋にも玄関の灯りが入ってくるのだ。

数秒の間、外の照明が室内を照らし、何気なく首を回らせた天哉は「うっ」と呻いた。障子の裏に、嫌な形の影を見つけてしまった。ヤモリだと小和は言っていた。この家にはたくさんいるのだと。

障子の裏側にいるアイツは窓に張り付いているらしいが、室内にいるのだろうか。それとも外だろうか。天哉は慌てて立ち上がると、転がっている陽太を窓際に押しやり、自分は部屋の奥へと寄った。

「ぐしゅッ」とくぐもった音を立てて陽太がくしゃみをする。

「ったく。おい陽太、大丈夫か？」

「ぐしゅん、ぐしゅッ」

位置を交換する間に剝ぎ取ってしまっていた布団をもう一度掛けてやり、足の先で陽太を突く。

「ぬむー……」

返事ともつかぬ呻き声を上げて、もぞもぞと布団に潜り込んだ陽太が寝返りを打つ。

どうやら目覚めてはいないようだが、寝ながらくしゃみをするとは器用な奴だ。半ば呆れながら、そういえば今日は依頼人の家に行ったときからしきりにくしゃみをしていたなと思い出す。

「アレルギーだと言っていたが、一体なにに反応しているんだか」

肩を竦めて位置を変えた座布団に座り直そうとした、そのとき。

天哉はギクリと動きを止めた。

視界の隅に、さっきまではなかったモノが映っている。

ギシッ！　ミシッ！　と天井が鳴った。

「うぅん……」

苦しそうに呻く小和の声が耳に届くが、天哉はその場から動けなかった。

身体が動かないのだ。固く押さえつけられているかのように、指一本動かせない。

動かせるのは——唯一、眼だけ。なにかに導かれるように、天哉はそろそろと視線を上げた。

先ほど視界の隅に映ったモノ。それは、暗がりに沈む隣の部屋の天井にあった。

位置は、ちょうど眠る小和の真上辺りだろうか。

黒い。丸く、小山のような。ちょうど小柄な女性くらいの――

人影？

天井に張り付いている黒い影。あれはそうだ、四つん這いになった黒い人影だ。

そう気づいたと同時に、その影がぐっと首を反らした。

不自然な体勢で天井からぶら下がる影の顔が見える。老婆だ。皺深い顔。目元に特徴的なホクロがある。

「……ッ！」

天哉の背筋に、ひやりとしたものが伝う。

カッと見開かれた老婆の眼には、紛れもなく激しい怒りが満ちていた。

気づかれてはならない。アレに見つかってはならない。天哉の本能が、そう訴えた。

しかし、なにかを探すようにしばし辺りを彷徨った老婆の視線は、やがて天哉の上でぴたりと止まった。

ゆっくりと天井から手を離した老婆が、こちらに向かって腕を伸ばす。

――……け。

あり得ない。届くはずがない。だってこちらは隣の部屋なのだ。そう思う間にも、老婆の腕は、ずる、ずるり、と伸びてくる。

――……け。……行けぇ。

老婆の口が動き、なにか言っている。

切れ切れに発せられる声は不明瞭で、なにを言っているのかはわからない。わかりたくもない。身体を締め付ける呪縛から逃れようと、天哉はただもがいた。

ずずっ、と老婆の腕が伸びる。

天哉は動けず、声も出せない。

ずずっ、ずるり。老婆の腕が近づいてくる。

届くはずがないと思っていた距離を縮め、老婆の筋張った手が、もう、いまにも天哉の頬に届く——。そう思った次の瞬間、天哉の目の前がすっと暗くなった。


「俺、いつ寝た？　全然覚えてないんだよなぁ。あ、でも悪かったと思ってるからさ。怒るなよ。ちゃんと反省してるし。な？」

いつものへらへらとした追従笑いを浮かべつつこちらを窺う陽太には取り合わずに、天哉は内心で自分に言い聞かせていた。

昨夜のは、夢だ。それ以外に合理的な解釈などあり得ない。

昨晩、憤怒の形相をした老婆が天井に張り付いていたあれは、夢だ。

「起きているつもりだったが、うっかり眠ってしまっていたのか。悪夢の相談に乗っていたせいで、つられて妙な夢を見たんだな」

至って理性的にそう判断できるのに、何故だろう。いつになく奇妙な不安が抜けない。

「ん？　なんだって？」

「いや、なんでもない。——それより陽太。せっかく時間をもらったんだ、いまからちゃんと調べよう」

「あれ？　怒ってないのか？」

意外そうな面持ちで陽太が瞬く。

「つまらない言い合いをしている場合じゃない。小和さんは昨夜も悪夢を見たと言っていた。なのに、ぼくたちはふたりしてそれに気づきもしなかった。つまり、ぼくたちは依頼人の期待を裏切ったわけだ」

「あー、うん。まあ、そうだよな……」

途端に陽太がしゅんと項垂れる。今朝の小和の憔悴した様子を思い出したのだろう。

天哉たちは、いま、昨夜から引き続いて小和の家にいる。家主である小和は先ほど買い出しに行かねばならぬと言って慌ただしく出かけたが、ふたりは彼女の許可を得て家に残ったのだ。

「小和さんは、なんの成果も得られなかったぼくたちのためにわざわざ朝食まで用意してくれて、なおかつぼくらを信用して家に残ることも許可してくれたんだ。落ち込んでいる場合でもない。さっさと頭を働かせろ」

陽太が目を覚ましたのが結局小和の起床時間とほぼ同じで、天哉も何故か、昨夜の記憶は途中からふつりと切れている。お陰で、小和からの依頼に対する解決策はいまだに見当もついていない状態だ。早急になんらかの解答を見つけねばならない。

「それはおまえの仕事だろ」

「わかってる、おまえのひよこ頭には初めから期待していない。――まず、可能性を考えよう」

天哉は一度眼鏡をはずし、ハンカチでレンズを拭ってからかけ直した。それから示し合わせたようにふたり同時に立ち上がり、隣の和室に移動する。

「小和さんは、三ヶ月くらい前から悪夢を見ると言っていた。夢というのは深層心理の表れだ。ということは、第一に、彼女の現在の環境に問題がある可能性を考えるべきだ。要するに、悪夢の原因はなんらかのストレスだということだな」

「なるほどな。で、その環境ってのは？」

「そうだな……まずは睡眠環境か」

「ってことは、やっぱりこの家だな！」

「ああ、それはあり得る」

小和が布団を敷いていた辺りに見当をつけ、天哉は畳に腰を下ろした。そうして、ぐるりと室内を見回してみる。

「この天井の低さは潜在的に圧迫感を与えているかもしれないな。それから、彼女の頭上近くに箪笥があるのも考えものだ。――いや、そもそもその前に、昨晩は二度もヤモリを見た。だけでなく、この家には虫も多いな」

朝になってハッと目を開いたとき、天哉の鼻先すれすれの位置を特大の蜘蛛が這っていた。大嫌いな虫のなかでも、特に蜘蛛は苦手だ。グロテスクな縞模様のついたやつでなかったただけマシだが、ひょろ長い脚をした蜘蛛が至近距離にいたことを思い出すと、いままで鳥肌が立つ。

「虫やヤモリが多いのは、古い木造家屋のせいもあるんだろう」

「けど、小和ちゃんはそういうの平気だって言ってただろ。ていうかさ、そうじゃなくて俺が言いたいのは、この家に――」

「ならば、傾きか」

天哉じゃあるまいしと笑った陽太が言いかけるのを遮り、天哉は続けた。

「木造家屋は経年によって床が傾きやすい。目で見てわからない程度の傾斜でも、人体にとってはストレスになるからな」

「えーと、あの、だからそうじゃなくてさ」

焦れたように言って、天哉の向かいにドサッと腰を下ろした陽太が仏壇を指差す。

「この家に霊が憑いてるってことだよ。例えばじいちゃんとか、ばあちゃんとかのさ」

昨夜見た老婆のあのぞっとする目つきが脳裏を過り、天哉は思わず陽太を見やった。次いで、陽太の顔から仏壇に視線を移し、更に長押の上に並ぶ遺影を順に見回していく。

昨夜の老婆の顔は怒りに歪んでいたせいもあって、ハッキリ誰とはわからない。が、おそらくここにある遺影の老婆のどちらかだったのだろう。知り合ったばかりの女性の家に泊まり込むという事態に少なからず後ろめたさを感じてもいたから、それがああいう形で夢に出てきたわけだ。

そうか、そういうことか。

「またどうせ霊なんかいないってバカにするんだろ」

天哉の沈黙を勝手に誤解したらしく、陽太が口を尖らせた。

「でもな、定番ってのがあるんだよ。墓地、廃墟、山の中、病院、ホテル、事故現場、車、それに家だ」

「なにがだ？」

「だから霊が出る場所と、霊が出る原因として考えられるものだよ。墓地だの事故現場だのは当然として、なんだかんだ自宅での心霊体験も多いんだよな。自殺者とか殺人事件があった家なんかは〃心理的瑕疵物件〃とか言われるくらいだし。それだけじゃなくて、昔その場所が処刑場だったとか、土地自体に問題があることもあるんだってよ」

「ふん」

鼻息で返すと、陽太がムッと頬を膨らませた。

「ちぇっ、少しくらい聞く耳持てよ」

常々「霊はいる」と主張しているだけあって、陽太は怪談マニアでもある。その手のサイトなども趣味でよく徘徊しているらしく、お陰で妙なことに詳しかったりもする。

が、しかし。

「オカルト小ネタはどうでもいい。——こうして見ると、睡眠環境に原因がある可能性は高そうだが……もうひとつの環境についても無視はできない。彼女自身の環境、つまりは人間関係だ。これも大きなストレス要因になり得る。彼女自身も呪われているかもしれないと言っていたくらいだ、誰かとトラブルになっている可能性もある」

「どうかな、あれは性格のせいじゃないのか？　小和ちゃんって面白いくらいネガティブだろ」

言いながら、ポケットからスマホを取り出した陽太がなにやら操作している。

「なにをしている？」

「小和ちゃんのSNSを調べてみようかと思ってさ」

たしかにSNSはいまの時代、人物調査の基本だ。

「んー、よくわかんねーな。小和ちゃんってネットやらないタイプなのかも。SNSのアカウントがひとつもないんだよ。店のほうは、HP（ホームページ）はなくて情報サイトに載ってるだけ。口コミも一件しか載ってないし、いつ行っても客がいないとか書かれちゃってるよ。おでん旨かったのにな。もったいない」

短時間で、大まかなところを陽太が手際よく調べて寄越（よこ）す。

日頃から陽太のことを馬鹿だ馬鹿だとこき下ろしてはいるが、実は陽太は別に頭は悪くない。調子に乗ると考えるよりも先に口が動いたり、やる気がないと一切物を考えないという欠点があるだけで。

スマホをしまって、陽太が顔を上げる。

「なあ天哉。この家は相当古いだろ？　元々住んでたじいちゃんもばあちゃんも死んでるし、成仏し切れなくてまだ家にいるのかも。——や、違うな。だったら孫に悪さするはずないか。としたら、きっと全然違う悪霊が棲みついてるんだ。この辺の家はどれも古そうだし、元々土地に因縁があったりするのかもしれない。やっぱり俺は、その線を推す！」

「だったらどうする。お祓いでもするか？」

「できるわけないだろ。俺たちはインチキ霊媒師なんだから」

適当に返した天哉の言葉に、至極真面目な顔つきで陽太が答える。

「でも調べるくらいできるだろ。家の由来とか、この辺の土地が昔どうだったかとかさ。天哉の言う通り小和ちゃんの悪夢はストレスのせいかもしれない。けど、違うかもしれない。さっき言ってたじゃないか、ちゃんと調べようって。だから調べてみようぜ」

「好きにしろ」

「よし、じゃあ行こう！」

途端に勢い込んで陽太が立ち上がる。

「は？　どこに？」

「調べに行くに決まってんだろ」

さも当然のように言い放つ陽太に、天哉は眉を寄せた。

「だから、どこに行ってなにをどう調べるのか訊いてるんだ」

「あー、それはまあほら、適当に？」

へらりと頭を掻いて、陽太が目を泳がせる。例によって、思い付きで立ち上がってはみたものの、その先は考えていなかったとみえる。天哉は冷ややかに応じた。

「ぼくはここに残る。この家の構造などに問題がないかどうかを、もう少し調べる必要があるからな」

「家の構造、な」

ふーんと相槌を打ちながら、陽太が不満そうに唇を尖らせる。

「俺の勘では、なんか、そういうのじゃないと思うんだよなぁ……。ま、いいや。わかった、じゃあ俺は小和ちゃんの親に会ってくる。家の由来とか、この辺の土地のこととか教えてもらえるかもしれないし」

「勝手にしろ」

「じゃ、また後でな。とりあえず、今夜店に行く前に電話しろよ。——あ、この家の鍵は天哉が預かっといてくれよな。後で店に行ったときに返すだろ？」

返事も聞かずに「じゃあな」と言い置いて、バタバタと騒がしく陽太が出て行く。天哉は開け放たれた障子の間から燦々と陽に照らされた庭を眺めつつ、肩を竦めた。陽太のマイペースぶりはいまに始まったことではない。

それから片手で顎を支え、考えた。

「霊や呪いのせいではないことを証明する、か」

いままでやってきたことと同じようでいて、少し違う。

天哉が〝心霊相談なんでも屋〟を始めたのは、オカルトなどという非科学的な代物に人生を妨害されている人々を無駄な悩みから解放してやりたいと思ったからだ。

とはいえ、オカルト思考に染まり切ってしまっている相手を頭ごなしに否定したりはしない。ただやんわりと、彼らの悩みの源は別の場所にあるかもしれないことを示唆してやるのだ。だから「霊はいる」と断言してやまない陽太を相棒にすることにしたのだし、そんな陽太だからこそ、祈禱の真似事のようなことをやらせても説得力が滲み出る。

やってみたら案外、小器用になんでもこなす陽太の霊媒師っぷりの評判がよかったのは思いがけない副産物だったのだけれど、それはともかく。

今回の依頼は、いつもとは違うのだ。前提が真逆になる。

霊はいない。呪いはない。そのことを明確に証明できねばならないのだ。それも、依頼人の納得できる形で。

「そのこと自体はむしろ大歓迎なんだがな。しかし……」

悪夢は、心霊現象とは言えない。

悪夢を紐解くなら精神医学、或いは脳神経学の分野だろう。内容を分析するなら、その役目を負うのはカウンセラーか精神科医だ。

そこまで考えて、天哉はゆるりと頭を振った。

「いや違うな。ぼくらが考えるべきは、彼女にどう納得させればいいのか。それだけだ」

なにも、医者やカウンセラーの役割を果たそうと思う必要はない。

　実際に小和が悪夢から解放されるか否かは、最終的には彼女次第（しだい）といえる。ならば天哉たちがやるべきは、小和が悪夢に悩まされている原因と思しき可能性を挙げ、彼女を納得させることだ。

「――あ？　調べ物？　終わったんだろ。なら、そろそろ行くぞ。〝和〟で集合だ。んー、そうだな三十分後に。じゃ、後でな」

　通話口に一方的に捲（まく）し立てて、陽太は終話ボタンを押した。

「いまの話してた相手って須森か？」

「うん、そう」

　手にしていたスマホをテーブルに置いて、陽太は頷いた。

　十八時を回り、とっくに〝和〟の開店時間は過ぎているにも拘わらず天哉から一向に連絡がないものだから、痺（しび）れを切らして電話をかけたのだ。

　ちなみに、そういう陽太はいま、吉祥寺の居酒屋にいる。小和の母親に会って話を聞いてきた後、天哉からの連絡を待って時間を潰していた先でバッタリ友人たちと遭遇し、せっかくだからと軽く飲むことにして、いまに至る。

「須森って須森天哉？　あの秀才だった奴だよな。運動音痴の」

　グラスに残ったビールを飲み干しながらカワモトが首を捻る。

「おまえらって仲良かったっけ？」

「というか、陽太は須森のこと嫌ってなかったか？」

「え、嫌ってた？　俺が天哉のことを？」

陽太はきょとんと首を傾げた。

「あれ違ってたか？　悪い、俺たち須森とはほとんど話したことなかったしさ、おまえが須森と喋ってるとこも全然見たことなかったし。むしろ避けてんのかなと思ったことも何度かあったからさ」

あやふやに言って、センザキが頭を掻く。

カワモトとセンザキ——河本と仙崎は、高校時代の同級生だ。河本は税理士で、仙崎は美容師をしている。見た目も性格も正反対に見えるふたりだが、思えば高校時代から仲が良かった。

陽太にとって同級生ということは天哉にとっても同級生ということなのだが、どうやらさっき電話で名前を挙げたときの反応からすると、天哉はふたりを覚えていなそうだ。河本と仙崎にしても、似たり寄ったりといったところか。天哉は頭が良くてスポーツがダメだったことくらいしか記憶にないようだ。

ほんの数年前のことなのに、驚くほど人間というのは忘れるのが得意な生き物だなと思う。陽太も、記憶力はそう悪いほうでもないと思っていたが、言われてみれば高校時代に天哉とどう接していたかは全然思い出せない。

「昔のことは覚えてないけど、俺、いま天哉と働いてるんだよ」

「おまえが？　須森と？」

一斉に笑う河本と仙崎に、陽太は「なんだよそれ」と唇を尖らせた。

「なんの仕事してんだ？　やっぱりＩＴ系か？」

「須森が社長で陽太が営業とか？　そういうんなら、まあわからないでもねぇな」

どうやらバカにされたらしいことは理解できたが、こんなことで腹を立てるのも大人げない。「違うんだよ」と陽太は努(つと)めて平静な口ぶりで答えた。

「俺たち、ふたりで霊媒師やってんだ」

「はぁ？」

「霊媒師。依頼人の心霊相談を解決してんだよ」

河本と仙崎が顔を見合わせる。

「陽太は昔からバカだからしょうがないけどさ、須森ってそういう奴だっけ？」

「心霊って、幽霊とかそういうのだろ？　あり得ねぇ。須森はそういうの信じるタイプじゃねぇだろ。それともアレか、勉強のしすぎで頭ヤラレたか？」

前半はともかく、河本と仙崎の天哉に対する人物評は概ね間違いじゃない。陽太も、初めて天哉から〝心霊相談なんでも屋〟をやらないかと持ち掛けられたときには耳を疑ったものだ。

「なあ、もしかして陽太って幽霊が視えるわけ？」

「いんや。視えない」

答えると、ふたりはまたしても顔を見合わせた。

――霊媒師という職業には資格が必要ない。国家資格も民間資格も存在しないんだ。今時は探偵になるのでも相応の資格が必要な時代だから、そういう意味でもこの分野は非常に遅れている。言い換えれば、広大な白地が広がっているということだ。その上、仕事の成果は目に見える〝物〟である必要もなく、指標とすべきはただひとつ、依頼人の満足度だ。つまり、原価はゼロで済む。

一緒に仕事をしないかと誘われたときに、天哉はそう言っていた。

「それで霊媒師って、完璧にインチキじゃねぇか」

「インチキはインチキだけど、真剣にやってんだよ。誰にも言えなかったことを相談できたって喜ばれることも多いし、天哉のアドバイスもよく効くって言われるし。俺の祈禱だって結構評判いいしさ」

目に見えない不安にも必ず科学的な根拠はあるのだ、と天哉はいつも言う。

ただ、陽太たちは、それを直接依頼人に突き付けたりはしない。「霊は祓ったから、もう大丈夫」と言ってやるのだ。そのワンクッションを挟んだ上で本来のアドバイスを伝えることで、依頼人の心、場合によっては身体も救えることになる。

「おいおい、そりゃ詐欺だろ」

「ちげーよ。俺たちは真面目に〝人助け〟してんだからさ。詐欺ってのは初めから相手を騙すつもりでいるだろ。そういうのとは全然違うんだって」

高校を卒業して以来顔を合わせていなかった天哉とバッタリ会ったのは、予定もなくぶらぶらと過ごしていたゴールデンウィークのことだ。

医学部に進学していたはずの天哉が何故か文学部に移っていたこともだが、そのまま大学院まで進んで修了した挙句(あげく)、就職に失敗したらしいこともそのときに初めて聞かされた。もちろんプライドの高い天哉が自ら「失敗」という言葉を使ったわけではないが、たぶんまあ、そういうことだ。多くを語ろうとはしなかったので、詳しいことは敢(あ)えて陽太も訊ねていない。

そして陽太はちょうど五月の大型連休を迎える直前に、二年勤めた会社を辞めたばかりだった。

――ぼくは、将来的に臨床心理領域で会社を興(おこ)そうと思っている。だが、問題は資金だ。そこでだ。おまえの顔を見て、思いついたことがある。まずはそれで金を稼(かせ)ごうと思うんだが、一緒にやってみないか？

そう持ち掛けられて、二つ返事でＯＫした。

やってもいいと思った理由は、ひとつだけだ。天哉はその商売を〝社会貢献〟だと言い切った。だからやってみようと思った。

それに、やたらと頭の固い天哉と違って陽太は、幽霊は絶対に存在すると思っている。

「まあ多少インチキかもしれないけど……でも、俺たちがやってることは〝社会貢献〟なんだ。要するに、占い師と同じさ」

陽太は、力説した。

これも天哉が言っていたことだ。

――占いも、その確からしさが証明されているわけじゃない。だが、世間では占い師がもてはやされ、ほとんどの雑誌に占いコーナーがある。毎朝テレビでも占いを流す。しかし、テレビや雑誌で発表されている占いの内容が『当たる』ことに科学的な裏付けが一々説明されているわけではない。それでも占いの結果に一喜一憂する人々はいる。そういう人々が占いに求めているのは『安心』なんだよ。或いは『希望』と言ってもいい。

「俺たちも占いと同じく、『安心』と『希望』を依頼人に与えてるってことだ」

気持ち胸を張りつつ断言する陽太に、河本が眉を寄せた。

「でも結局金のためなんだろ？」

「そりゃまあ金は欲しいさ。俺いま無職だし、あいつは起業したいらしいしさ。だから、人助けをして稼げたら一石二鳥じゃん」

答える陽太に、河本と仙崎が揃って憐みの視線を向けてくる。

「そういや、陽太の就職先ってブラック企業だったよな。とうとう耐えられなくなってゴールデンウィーク前に辞めたって言ってたっけ。教科書売ってたんだったよな？」

「英語教材な」

「残業代も出ないのに、月の残業が百時間？」

「二百」

「ああ、そりゃ間違いなくブラックだ。で、メンタルやられたのか。そうか。陽太は元々バカだったし、うん。そう思えばいろいろしょうがないよな」

うむ、とふたりが深く頷く。

「おいおまえら！」

ムッと身を乗り出すと、仙崎がつと真顔になった。

「まあいいけど、捕まらないようにしろよ。同級生から犯罪者が出るってのも、あんまり楽しいニュースじゃねぇし」

「そうそう。陽太がいい奴だってことは俺らは知ってるけどな。それと法律に違反するかどうかは別物だ。詐欺のつもりがあるのかないのかはともかく、聞いてる限りじゃ、やってることは限りなく黒に近いグレーだろ」

そう言ってから、河本がふと首を傾げる。

「陽太さあ、おまえなんかでっかいトラウマでもあんの？　学生時代も噂じゃ詐欺っぽい変な女に引っかかってたって聞いたし、就職先だって、先輩の紹介だかなんだか知らないけどわざわざ妙なとこ選ぶしさ。他人を疑わないってのはおまえのいいとこでもあるけど、それでも限度があんだろ」

「ああ、それ俺も思ったわ。おまえって時々、わざと自分から茨の道を選んでる感じなんだよな」

河本が言うのに、仙崎までもが同意を示した。

「や、別にそういうつもりは――」

ない、と思うのだが。

「あ、おい、時間大丈夫か？　そろそろ行ったほうがいいだろ」

「須森って遅刻とかうるさそうだよな。あいつ、自分のことは棚に上げても他人には厳しいタイプっぽいし」

言われてみれば、そろそろ出ないとマズい。促されて席を立ち、ざっくり三等分に割り勘して店を出た。

「じゃ、またな。前科一犯はマジで笑えねぇぞ。須森によろしく言っとけ」

「あ、おい！　だから俺たちは――」

「わかったわかった。いいから、せいぜいまっとうに働けよ」

またな、と片手を挙げて、河本たちがアーケードのほうに立ち去って行く。まだどこかに寄るつもりでいるのだろう。陽太は反対に、駅に向かって歩き出した。

詐欺だ詐欺だと連呼されて、「そうではないのだ」と上手く伝え切れなかった自分の頭の悪さが少しばかり恨めしい。たしかに一般的にみたら、陽太たちのやっていることは詐欺紛いに思われてしまうのかもしれない。ただそれでも天哉が〝人助け〟だと言うからには、〝人助け〟なのだ。ちゃんと社会のためになることをしようとしている。

なのに……。

そういえば天哉にも昨日言われたっけ。おまえのせいで共犯者になるのはごめんだ、と。

「犯罪者なぁ」

ホームに上がり、電車を待つ間にスマホを取り出して、陽太は小さく溜息を零した。河本たちに言われるまでもなく、〝心霊相談なんでも屋〟が限りなく黒に近いグレーなのはわかっている。

「やっぱアカウント変えないとダメか」

昨日陽太が怒らせた依頼人の女子大生からの書き込みが、SNSにもHPのコメント欄にも並んでいる。念のためにとチェックしてみたオカルト系の掲示板にも、ご丁寧にHPのURLを貼り付けて、インチキだ、詐欺だと糾弾するコメントが書き散らされていた。

〝なんでも屋〟では、これまで集客は主にSNSでやってきた。まずは悩んでいそうな人間を見つけてこちらから売り込みをかけ、問題を解決することで好意的な口コミを得る。そして、それを拡散させることで次の依頼人を呼び込む。

始めた当初は客など来ないのではないかと思っていたのが、天哉の考案したシンプルかつ非常に効果的なこのビジネスプランのおかげで、最近は週に数件程度、コンスタントに依頼が入ってきていた。大盛況とは言わないまでも、ありがたいことに、そこそこ繁盛していたのだ。昨日までは。

しかし肝心のネット環境がこんな状態では、当分新規の依頼など入ってこないだろう。

思えば、ミスをしたのは今回が初めてではないし、いままで表立って攻撃してくる依頼人と出会わなかったのはただのラッキーだったのかもしれない。

「天哉と相談しないとな」

アカウントとHPを新しく作り直すか、ほとぼりが冷めるまで待つか。

天哉に誘われたとき、霊媒師として活動する間に一千万円の起業資金を貯めるのが目標だと言われた。もちろん起業資金だけでなく、その間のふたり分の生活費も必要だから一千万というのは結構シビアな目標かもしれない。

でも、なんとかなるはずなのだ。天哉の立てた目標なのだから、きっとそれなりの勝算はあるに違いない。ただし、陽太が度々うっかりミスをやらかしたりしなければ。

「マジで失敗したな、これからは本気で気をつけよ。けど――」

先ほど河本たちから言われたことで、ひとつ気になったことがあった。

少々取り澄ましたところのある天哉は昔から友人が多いタイプではなかったが、陽太は、天哉の頭の良さは素直に尊敬に値すると思っている。

それは中学校のときから思っていたことで、だから「妙な組み合わせ」だと級友たちからは首を傾げられながらも天哉とは普通に仲良くしていた……はず、なのだが。

「高校のときは仲悪かった……？」

何故だろう。そんな記憶は全くないのだけれど。

やってきた電車に乗り込みながら、陽太はひとり首を捻った。

所々の設備に新しさは感じるものの、どことなく鄙(ひな)びた雰囲気の漂う三鷹台の駅で電車を降り、家路を辿る人波に乗って歩く。川沿いの道を行くうちに、次第に通行人の姿は減っていった。駅から少し離れているせいだろう。

〝和〟に着くと、天哉は先に到着していた。おでんを突(つつ)きながら、酒ではなく烏龍茶(ウーロン)を飲んでいる。

「遅かったな。ちょうどいま、悪夢の原因について改めて話をしていたところだ」

「うん、なんだって？」

天哉の隣に腰を下ろしてビールを頼む。

店内に他の客の姿はなかった。立地の問題もあるのだろうが、この店はどうやら本当に流行(はや)っていないようだ。そしてやはり、今日も見つけた。ヤモリだ。入り口の引き戸の脇に一匹張り付いている。天哉は気づいていなそうなので、黙っておこう。

「悪夢を見るのはストレスのせいじゃないかって」

お絞りを渡してくれながら、答えたのは小和だった。

「でも……ストレスと言われても、全然思い浮かばないんです」

困惑半分の口調で、小和が申し訳なさそうに瞬く。

「昨晩、ぼくらが泊まっていても悪夢は見たんだよな？」

「はい。いつもと同じです。内容は全然覚えていないんですけど、誰かに叱られているような夢だったと思います」

「あー、ごめん。俺も寝ちゃったからな。天哉は起きてたんだろ？　なにか変わったことに気づかなかったか？」

「……いや、特になにも」

答えるまでに、一拍の間があった。なんだ？

けれどもそれを訊ねるよりも早く、天哉が再び口を開いた。

「一般的に、人間が最もストレスを感じやすいのは人間関係だろうと思う。或いは、転職や転居といった環境の変化なんかもストレスになるそうだ。心当たりはないか？」

「夢を見るようになったのは三ヶ月くらい前ですけど、いまの家に引っ越してきたのは今年の春で、このお店を始めたのもその頃ですから」

心当たりはない、と小和は首を振った。

「三ヶ月くらい前になにか変化はなかったか？」

「ちょっとすぐには思い出せませんけど……でも、特になにもなかったと思います」

「変な客が来てたりとかは？」

「お客さんは――」

なにかを言いかけて、思い直したように口を噤んだ小和は再び首を横に振った。

「お酒を出す店ですから、時々は困ることもありますけど……どちらかと言うと、最近はお客さんが来てくれないことのほうが困ってます。でもそれも、ストレスかと言われると、ちょっと違うような……」

ごめんなさい、と小和が項垂れる。

「自分のことなのに、なにもお答えできなくて。わたし本当に駄目な人間なんです。せっかく始められたお店もちゃんと繁盛させられないし、お客さんを呼びたくても、友達も全然いないし」

放っておくとあらぬほうへと際限なく落ち込んで行きそうな小和に、陽太は慌てて「おい」と天哉の脇腹を小突いた。

「な、天哉さ、他にも可能性があるとか言ってなかったか？」

「あ、ああ」

気まずさを紛らわすためか、天哉が一度咳払いしてから改めて口を開いた。

「悪夢の原因は、睡眠環境のせいではないかと思う」

そう言って天哉が家の老朽化に言及すると、小和がパッと顔を上げた。

「家が古いせい、ですか？」

「まず、昔の家ならではの天井の低さ、更に布団のすぐそばにある箪笥が問題だ。特に箪笥。あの上にはたくさん物が載っているな。その真下で眠っているせいで、上から物が落ちてくるかもしれないという緊張感と警戒心が睡眠下でも働いてしまっている可能性がある」

「天井と、箪笥……」

「まだある。次に、家の老朽化による傾きが原因である可能性だ。これに関しては実際に傾き具合を計ってみた」

　木造住宅の場合、経年によって徐々に柱や床板が傾いていくことは珍しくなく、その傾き度合いには誤差の範囲と、日常生活に支障をきたす範囲とがある、と天哉は説明した。その分岐点は、およそ3／1000程度の勾配だそうだ。

「精度を高く判定するには専門の業者に依頼する必要があるが、素人でも簡易的な方法で調べることができる」

「で、どうだったんだよ？」

「スマホにダウンロードした水平器のアプリと、水を入れたペットボトルを床に置いてみて表面がどの程度傾くかを見る方法との両方で調べてみた。結果としては、傾いていると言えば傾いているが、概ね誤差の範囲と言える程度だった」

「なんだ。じゃ、それが原因じゃないんじゃないか」

　曖昧な答えに拍子抜けする。

「残念ながら、家の傾きがストレス要因だとは断定できなかった。が、ストレッサーとなり得る状況は、他にもある。隙間風だ。これも睡眠時のストレス要因になり得る。キッチンの窓が壊れているのを見つけたんだが、ガムテープで補修してあった」

　天哉の視線を受けて、小和が「そうなんです」と答える。

「少し前に気づいたので、なんとかしたほうがいいかなと思って」

「いくらなんでもガムテープって……」

思わず呆れると、「やっぱりダメでしたか？」と小和は首を竦めた。

「キッチンのあるダイニングと寝室にしている和室とはダイレクトに繋がっているが、寝るときに間仕切りを閉めているか？」

「いいえ、開けっ放しです」

「となると、当然寝ている間も隙間風に晒されていることになる。人間というのは、思いのほか些細な環境要因をストレスに感じるものなんだ」

調べてみたところによると、過去に、エアコンの室外機から発生する騒音と低周波で不眠などの体調不良になったと裁判に訴えたケースがあった、と天哉が言う。

「その裁判では、一部原告側の訴えが認められている。これは、睡眠時の環境と睡眠の質には大きな相関があることを示すいい例だ。あの家に関して言えば、家電設備は新しく入れ替えられているようだから、そこに原因がある可能性は低い。とはいえ、改善すべき点は多々ある。――そこで、だ」

一度言葉を区切り、天哉が重々しく告げた。

「ぼくからの提案は、客間に寝場所を移動することだ。諸々の条件を踏まえると、寝場所としていまの和室は相応しくない。だが、隣の客間ならばキッチンからの隙間風を感じることもないし、頭上に圧迫感を与える家具もない。更に、実際に踏んでみた感触だが、畳のへたり具合も客間のほうが少なかった」

「それじゃあ……」

「ああ。結論としては、悪夢の原因は睡眠環境のストレス。つまり寝ている部屋が悪い」

すっかり解決を信じて疑っていない様子で断言した天哉に、小和が目を輝かせた。

「そんなこと考えもしませんでした。すごい！　それで解決したら本当にすごいです天哉さん！」

絶賛されて、満更でもない顔つきで烏龍茶を口に含んだ天哉がちらりとこちらを見る。

「というわけだが、陽太のほうはどうだ？　なにか別の問題でも見つかったか？」

まったく期待の込められていないその口調にむくれつつも、陽太は肩を竦めて答えた。

「残念ながら特にナシ。小和ちゃんの母ちゃんに会ってきたんだけどさ。ご先祖様たちも満足な最期だったから、恨んで祟ることとなんてないだろうって言われた。それに、土地の因縁なんかもないはずだって」

「それでは、決まりだな。小和さんは今晩から寝る場所を変えてみて欲しい。おそらくそれで問題は解決するはずだが、二、三日様子を見て、それでもまだ悪夢を見続けるようであれば別の原因を改めて検討してみよう」

「わかりました。ありがとうございます！」

すっかり感服の眼差しを天哉に注ぎ、小和が晴れやかな笑顔をみせる。

天哉は天哉で、ひと仕事終えたとばかりに清々とした顔つきだ。そんなふたりを横目に眺めて、陽太はひとり唇をへの字に歪めた。なんとなく釈然としない。

「なんだ？　不満そうだな」

満面の笑みで見送ってくれた小和を残して店を出たところで天哉に問われ、陽太はぴたりと足を止めた。既に陽は落ち、川沿いに等間隔に並ぶ街路灯が足元を照らしている。ジョギングウェアに身を包んだ若い女が路上に立ち止まったふたりの脇を掠めて走り去って行った。川沿いの通りは、この辺りに住む者たちのジョギングコースになっているらしい。

「まさか、これで調査終了とか言うつもりじゃないよな？」

「だとしたらどうする？」

「反対する」

断言すると、天哉が冷ややかな眼差しを向けてくる。

「それなら聞くが、これ以上なにを調べるつもりだ？　おまえが主張していた先祖の問題も土地の因縁もないことは今日調べてきてわかったんだろう？　彼女の悪夢が心霊現象によるものだという疑いは消えたはずだ」

さあどうする、と天哉が目顔で訊ねてくる。

陽太は、ぐっと答えに詰まった。

「でもさ、なんか違う気がするんだよな。寝る場所を変えても、小和ちゃんの悪夢は終わらない気がする」

「根拠は？」

「ない」

話にならないという風に嘆息して、天哉が歩き出す。慌てて後を追いながら、陽太は食い下がった。

「じゃあさ、帰る前にちょっとだけ付き合ってくれよ。小和ちゃんの家の近くで聞き込みをしてみたいんだ。どうせ小和ちゃんの家は駅までの途中だし、ちょっとだけ。な？」

なにを聞き込むのか、とは天哉は訊ねなかった。代わりに、陽太が今日、小和の母から聞いてきた話を教えろと言う。

「仮に睡眠環境だけが要因でなかったとして、次に考えられるのは人間関係を中心にした現状のストレスだからな。母親はどんな人物だった？」

「んー、普通に優しい母ちゃんだったな。明るくて元気で。顔は小和ちゃんとあんまり似てなかったけど——あ、俺が霊媒師だって言ったら『珍しい』ってさ」

「おまえ……まさか名刺を渡したのか？」

「もちろん。小和ちゃんの店の客だって言って、話を聞いたんだ。『東京にも霊媒師さんがいるのねぇ』って感心された」

「……まあいい。それで？」

思い出しつつ、陽太は答えた。

「えーと、小和ちゃんが住んでるあの家は元々母ちゃんの実家だったらしいんだよな。で、私道の一番奥の大きな家が庄司さんっていうこの辺の地主で、その庄司さんから、ひいじいちゃんの代にあそこの土地を買ったんだって。途中で一度手は入れてるけど基本的には建て替えてなくて、だからあの家はもう築五十年以上にはなるはずだって言ってた」

　この辺りは昔、東京のなかでも〝田舎〟と評される地域で、基本的には畑ばかりだったようだ。墓地や処刑場の跡地だった可能性はないかと陽太が投げかけた問いに、小和の母は笑って「そんな土地だったらご先祖様も買わないわよ」と答えた。

　事実、自分のところの畑を潰して売った、と庄司家の人間が話したのを幼少期に耳にした覚えもあるらしい。

　もしかしてあの家になにかおかしなモノが憑いているのかと、なかなかに鋭い質問を返されて、しどろもどろになった陽太に小和の母はもう一度朗らかに笑ってこう答えた。

　——そういうのは、ないと思うわねぇ。だって私も、出たり入ったりはしたけど結局あそこに三十年以上住んでいたんだもの。その間、変なことは一度もなかったわよ。

「因縁話はいい。そうではなく、ぼくが聞きたいのは——」

「あ、そういえば庄司家とは少し揉めたことがあるって言ってたな。小和ちゃんがあの家に住むことに決まった頃のことらしいけど、庄司家の息子っていうのが、あの土地を買い戻したいってちょっとしつこく言ってきたらしい」

「揉めた？　それはどの程度の揉め事だったんだ？　いまも継続しているのか？」

一度は陽太の話を遮ろうとした天哉が興味を惹かれた様子で眉を上げ、矢継ぎ早に問いかけてくる。眼鏡の奥の目がキラリと光ったのがわかった。

「や、そんな大した話じゃない」

あの家に住んでいた祖父母が両方とも相次いで亡くなったときに、もう建物も古いし、どうせそろそろ建て替えが必要になるだろうからこの機に買い戻したいと庄司家の息子から打診されたのだそうだ。

「でも小和ちゃんが住むことになったからって断ったら、それきりだったらしい」

「その他のご近所トラブルなどは？」

「なさそうだな。私道に沿って小和ちゃんの家のほかに二軒あって、どっちの家も同じ頃から住んでる古い住人なんだってさ。子どもたちは独立して出て行ってるからいまは年寄りばっかりになってるらしいけど、皆いいひとだって」

「他には？」

「んー……」

しばし考えて、特にない、と陽太は首を振った。

「あとはやっぱ、店に全然客が来てなさそうなことを心配してた。母ちゃんより、父ちゃんが心配っていうか反対してるらしい」

「反対？」

「あの店も、元々はじいちゃんが焼鳥屋をやってたらしいんだよな。それを、家と一緒に小和ちゃんがもらうことになって、おでん屋に変えて。けど、そのときからずっと『酒を出す店をひとりでやる』っていうのが父ちゃん的には気に入らないんだってさ」

途端に、またしても目の色を変えた天哉が食いついてきた。

「それは、現時点でも父親は反対しているということか？」

「うん。気持ちはわかるけど過保護すぎだって母ちゃん呆れてたし」

「なるほど、それはプレッシャーだな。そうか、なるほど」

「なるほど」と天哉は二度繰り返した。なんだ？

「わからないか？　一番の応援者であって欲しい家族からの反対は、大きなプレッシャーとなり得る。尚且つ、現状で小和さんは父親からの反対を撥ね退けられるほどの成功を収められていない。その状態がストレスでなくて、なんだというんだ」

今度は陽太が「なるほど」と呟いた。

よくわかった。天哉はあくまでも、「小和の悪夢はストレスが原因である」という結論に持って行きたいわけだ。

話している間に私道の入り口まで辿り着き、ふたりは路地を折れた。手前の二軒の家からは光が漏れている。在宅のようだ。

「やっぱり昔の話を聞くなら、まずは地主からだろ」

天哉は特に同意を示さなかったが、否定もしない。いかにも気乗りしなそうな顔つきで後についてくる。どうせまた内心では陽太のことをバカにしているのだろうが、まあいい。

陽太は、先に立って路地を奥へと進んだ。

時計を見ると二十時を少し回ったところだ。見知らぬ他人の家を訪ねるには少々遅いが、まだギリギリ許容時間内だと思うことにする。小和の家の前を通過すると、玄関先でパッとセンサーライトが灯った。

小和の母からこの辺りの地主であると教えられた最奥の家は、言われてみればこれまでの家よりも一回り近く敷地が広い。陽太は、「庄司」と表札の掲げられているインターフォンを押した。しばし待つ。

「あれ、留守(るす)かな」

応答する声は、いくら待っても聞こえてこない。もう一度押してみる。

「おい陽太」

見てみろと天哉が庄司家の家屋を指差す。

「ここから見える限り、すべての雨戸が閉まっているし、どこからも光が漏れていない。留守だろう」

「んー、そうかぁ？」

首を伸ばして覗いてみると、たしかに真っ暗だ。そのまま視線を巡らせて、門柱の脇に立っている外灯の電球が外されていることに気がついた。

「留守っていうか、長期で不在なのかもな」

外回りの営業をしているときに、たまにこういう家を見かけたことがある。

仕方ない。では別の家にするか。私道の入り口へと向かって踵を返し、小和の家の前を通過する。と、隣家の垣根の奥から、こちらを覗いている老人と目が合った。

暗がりに浮かび上がった老人の姿に一瞬ギョッとするが、ちょうどいい。呼び出す手間が省けた。陽太はそちらに歩み寄り、ぺこりと頭を下げた。

「ども。こんばんは」

「庄司さんとこは、いまは誰もいないよ」

少しばかりぼんやりした目つきをした老人だった。八十をとっくに超えているだろう。腰は曲がっていないが枯れ枝のように細く、この暑い時期に厚手の綿入れを羽織っている。

「庄司さんとこって、どっか旅行中とか？」

老人はゆっくりした動作で首を横に振る。

「死んじゃったからね。もう誰もいない。ろくでなしの息子も全然帰ってこないしさ。ずっと寂しいって言ってたんだけどね、庄司さん」

そこまで告げて、老人が突然顔色を変えた。目つきが険しくなる。

「帰れ！　この家は売らんと言ったら、売らん！」

「じ、じいちゃん？　急にどうしたんだよ？」

「オレはこの家で死ぬんだ。ハツコの幽霊がなんと言おうと、オレはここを出ないからな。施設になんか――」

「待った、ちょっと待った！　じいちゃん、いまなんて言った？」

「売らないって言ったんだよ。オレは、自分の家の畳の上で死ぬ。そう決めて——」

「違う違う、それじゃない。俺たち別に、じいちゃんの家を買いに来たんじゃないから。そうじゃなくて、じいちゃんさ、さっき〝幽霊〟って言わなかった？」

「……うん？」

陽太たちが家を売れと言いに来たわけではないということは理解したのか、老人の眼から険が消えた。代わりに、ぼんやりした表情で首を傾げる。

「ハツコさんってひとの霊が出るの？」

陽太は、辛抱強く訊ねた。

「ああ。ハツコな。死んでからもうるさいんだ、あいつは」

「ハツコさんって奥さん？」

そうだ、と老人が首肯する。

「うるさいってことは、ハツコさんの霊が喋るの？」

「どこにいるんだか知らねえが、声ばっかりうるさくてよ。施設に入れだの、家を売れだのって毎晩毎晩喚き散らしやがる」

「姿は視えないけど、声だけ聴こえるんだね？」

陽太は、俄然勢いづいた。

「ねえじいちゃん、俺さ、この辺に憑いてる悪霊がいるんじゃないかと思ってるんだよ。じいちゃんも悪夢を見る？」

「夢なんか見ねえ。あいつの声がうるさくて、眠れやしないんだ。――なんだおまえたちは。泥棒か？」

唐突に、老人の顔つきがまた険しくなった。

「や、だから俺たちはそういうんじゃなくて……」

「怪しい奴らだ。さてはおまえら、泥棒だな？　待ってろ、いま警察呼ぶからな」

ごそごそとポケットを探り、老人が携帯電話を取り出した。

「違うよ、じいちゃん！　俺たち泥棒なんかじゃ――」

「ろくでなしの息子も、携帯ってヤツの使い方を教えてくれたんだから少しはいいとこもあるな。――ああそうだ。ここのボタンを押せって、この前庄司の息子が……」

「わ、わ、わ。押さなくていい！　押さなくていいから！」

焦る陽太の肩が、傍らからぐっと摑まれた。

「お邪魔しました。ぼくたちはもう失礼します。天哉だ。おじいさんこそ、もう夜ですから早く家に入られたほうがいい」

「あ、おい天哉――」

抗議の声を上げかけた陽太に「無駄だ」と天哉が囁く。

「フジモトさんのとこだって売らないって言ってたぞ！　騙されないからな！」

天哉の制止で携帯から目は上げたけれど、ダメだ。まったく話は嚙み合っていない。

「じいちゃん、俺たち怪しい奴じゃないから。なんかごめんな」

なにを言っても老人の眼は尖ったままだ。

「認知症？」

「だろうな」

ひそひそと小声で囁きを交わしながら、さっき来たばかりの路地を引き返す。私道の入り口に立って、つと天哉が足を止めた。振り向いてみると、暗がりに浮かんでいる老人のシルエットはまだこちらを睨んでいるようだ。

「藤元さんってのは、私道沿いの最後の一軒か。話聞いてみたかったんだけどな」

「いまは無理だな。やめておいたほうが賢明だ」

一番手前にある家が「藤元」であることは、横目に表札で確認してきた。ということは老人の言う「フジモトさん」はおそらくこの「藤元」さんのことだろうが、怒りオーラ全開で見張られているかと思うと、インターフォンを押すのも憚られる。

「なあ天哉。隣りあった家同士で片方には霊が出てるんだ。小和ちゃんの悪夢も、きっと悪霊の仕業だよ。やっぱりあの家のせいなんだ。小和ちゃんの家にも悪霊が棲んでるんだよ」

結局土地の因縁などは聞けなかったが、それでも収穫はあった。

力を込めて訴えると、天哉が「ふん」と鼻で嗤う。

「幽霊話はもういい……」

言いかけて、中途半端に言葉を途切れさせると思案気に顎を擦った。

「待てよ」

「あ？　なんだよ？」

「いや、なにか引っかかった気がしたんだが……」

しばしその場に佇み、やがて天哉はゆるりと頭を振った。

「駄目だな、わからない。とりあえず小和さんの件はしばらく様子見だ。今日のところは引き上げよう。行くぞ」

「ちぇっ、なんだよもう」

陽太は頭を掻きながら、さっさと駅に向かって踵を返した天哉の後を追った。

「なんか今日はモヤる日だな」

「……ん？　なにか言ったか？」

なんでもない、と答えて陽太はそっと息を吐いた。天哉は天哉でなにやら考え込んでいる様子だが、陽太は陽太で、どうにも上手く説明できないモヤモヤが胸に残っている。

「ごめんなさい、お呼び立てして」

椅子を引いて腰を落ち着けた天哉たちを等分に見やって、小和が申し訳なさそうに眉尻を下げた。

「それで、あの……」

「悪夢は続いているんだな。一度で解決できずに申し訳なかった」

わかっている、と応じて、天哉は素直に謝罪を口にした。

陽太と連れ立って再び小和の元を訪れたのは、彼女から連絡があったためだ。寝る場所を変えて数日経ったが、相変わらず悪夢は続いているのだという。

「そんな！　こちらこそ、せっかく考えていただいたのに」

「や、小和ちゃんが謝ることじゃないって」

いかにも畏まった様子で肩を窄める小和に、陽太が苦笑交じりに執り成す。

「依頼を引き受けた以上、解決するのがぼくたちの役目だ。それに睡眠は単なる休息の時間ではなく、脳や身体のメンテナンスが行われる人体には欠かせない時間なんだ。正常な睡眠が阻害されると、場合によっては心血管疾患や代謝異常などの原因になる。早急に原因を解明し、安眠を取り戻さないと小和さんの体調も心配だ」

お通しの小鉢をふたりの前に置きながら頷く小和の顔には、数日前よりも色濃くなった隈が浮かんでいる。

「早速だが、改めて原因を検討してみよう。まず、睡眠環境が悪夢の原因であるというぼくの説はどうやら間違っていたということだが。現状には本当にストレスを感じていないのか？　或いは、過去に強烈なトラウマとなる体験があったりは？」

「この前そのお話をしてから考えてみたんですけど、やっぱり特に思い当たることはないんです」

本当に心当たりがないようで、小和は当惑した様子で首を横に振った。

そもそも『夢』がどういうものかと言えば。

フロイトは、抑圧された願望の表出であると唱えた。一方ユングは、夢には現実世界での足りない部分を補償する役割があることを重視していた。この他にも、アドラーやフロム、エリクソンなど多くの研究者が様々な解釈をしているが、それは夢というのが非常に多義的で曖昧であるがゆえのことだ。

研究者によって、夢の解釈の仕方は異なる。けれども共通している一点もある。

それは、心の治療を行う手段として〝夢〟を重視したことだ。

「失礼だが、この店の経営はどの程度本気で考えてるんだ？　ＳＮＳのアカウントも、ホームページのひとつも作っていないよな」

数日ぶりに訪れた小和の店には、今日もひとりの客もいなかった。暑い日が続くせいでおでん屋は分が悪いというのもあるが、それにしても客がいなすぎる。

「それは……荒らされてしまったので、削除したんです」

小和が悲し気に瞬いて目を伏せる。

「味についてはお口に合わない方もいると思うので仕方ないんですけど、お料理に虫が入っているとか、変なことを書かれてしまって……。それでアカウントは削除したんです。でも、それ以来お客さんは減ってしまって」

「それはクレームにしても悪質だな。なにかトラブルがあったのか？」

「いいえ、特にそういうことは」

首を捻りながら、小和が眉尻を下げる。

「以前に呪われているのかもしれないと言っていたのは、その件もあってのことか?」

「あ、はい。あのときはそこまで考えていなかったんですけど、でも、言われてみたらそうですね。もしかしたらわたし、誰かに恨まれて……」

「相手に心当たりはないんだな?」

まったく、と小和が首を横に振る。しばし考えて、天哉は再び問いを投げた。

「ひょっとしてアカウントが荒らされたのは三ヶ月くらい前か?」

「あ……そういえば、そうかも」

時期が一致することを考えれば、SNSのアカウントが荒らされたことと、小和の悪夢には関係があると考えていいだろう。

夢というのは記憶の集合だ。過去に蓄積された記憶の断片に情動が結びつき、無差別に脳内で上映される。それが夢だ。

そして実は、夢の内容は基本的に悪夢が多いと言われている。喜びなどのポジティブな感情よりも、不安や恐怖などのネガティブな感情のほうが強く脳を刺激するからだ。なかでも同じ悪夢を繰り返し見る場合は、精神的な問題がベースになることが多い。

つまり、過去の研究者たちが「心」の問題を紐解く手掛かりとして夢を重視したその通りに、小和の問題も当て嵌めることができるのではないだろうか。

やはりストレス。それが原因と考えるのが妥当だろう。それも、睡眠環境ではなく現実に小和の置かれた状況からのストレスだ。

「しかし、当人にはその意識がなさそうなんだがな」

「駄目ですよね、わたし……。お客さまに不快な思いをさせてしまったかもしれないのに、気づいていないんですから。やっぱりお店をやるのは向いていないのかな」

何気なく独り言ちたのが耳に届いてしまったらしく、小和が顔を曇らせて肩を落とした。

「あ、いやぼくはそんなつもりで言ったわけじゃ……」

天哉は慌てて陽太の肩を突き、フォローを頼む。目配せに応じて頷くと、陽太がぐっと身を乗り出した。

「そんなことないって！　小和ちゃんのおでん、旨いし。〝荒らし〟なんていうのは、そいつ自身が変な奴なだけなんだからさ。気にすることないよ。な？」

「そう……だといいんですけど……」

憂い顔の晴れない小和に、陽太が「けど」と続けた。なにやら気遣わし気な表情をしている。

「父ちゃんが心配するのもわかるよな。この店にはいつもひとりだろ？　閉店するのは夜中だし、家の前の私道は暗いじゃん。玄関のライトが人感センサーになってるのは防犯的にいいと思うんだけどさ、でも小和ちゃんは独り暮らしだから家に誰かいるわけじゃないだろ。その〝荒らし〟がただのクレーマーならいいけど……」

隣の家は認知症の老人の独り暮らし、路地の突き当たりにあたる奥の庄司家は現在無人。自宅周辺の環境も少々寂しいことが心配だ、と陽太が言う。

「しかも、隣の家のじいちゃんのところにも霊が出るって言うんだからさ」

「お隣の家に霊、ですか？」

「うん。この前あそこのじいちゃんから聞いたんだけど、亡くなったハツコさんっていう奥さんの幽霊の声が聴こえるんだって。だからさ、もしかしたら小和ちゃんが住んでるあの家も、いろんな意味で危な——」

「ちょっと待て」

　数日前にも気になった。なにかが引っかかっている。天哉は片手を挙げ、言いかけた陽太を遮った。

「あ？　なんだよ天哉」

　訝し気に首を傾げた陽太を見つめながら、天哉は指先で眼鏡を支えた。そして考える。

　小和の家に泊まった数日前の、あの晩。小和が寝入ってしばらく経っていたことを考えても、たぶん深夜の二時か三時くらいだったに違いない。玄関のライトが点き、それで一瞬だけ室内が明るくなって、陽太がくしゃみをした。

　その後、激しい家鳴りがして、天井に老婆が——。

「老婆？」

「あ、いや、なんでもない」

慌てて頭を振って、次の瞬間閃いた。

「そうか……！　センサーライトに、声だけの亡妻の霊。陽太、おまえの言った通りかもしれない。問題は〝家〟なんだ」

「へ？」

きょとんとする陽太を押し退けて、天哉は身を乗り出した。

「たしかめたいことがある。今夜、もう一度泊まらせてもらえないだろうか？」

「わ、わかりました。わたしの家なら、いつでも」

頷きつつも、小和が戸惑ったように瞬いた。

「でも、一体なにが……？」

「それは後で説明する。遅くとも明日の朝にはハッキリしているはずだ。おそらく今度こそ、問題を解決できると思う」

小和と陽太が顔を見合わせて、揃って首を捻る。

「ま、いっか。とりあえず天哉に任せてみようぜ」

陽太のその一言で、話はまとまった。

それから閉店時間になるのを待って、片付けを終えた小和と共に店を出る。

「この時間になると、やっと少し涼しくなるな」

店を出る前に眺めた時計によると、いまは二十三時少し前だ。どうせもう客も来ないだろうと小和が言って、少し早めに店を閉めた。川沿いの道から私道に入り、小和の家に向かって路地を奥へと進む。深夜に近い時間とあって、さすがに隣家の老人の姿もない。家の灯りも消えているから、もう寝入っているのだろう。

門扉の脇に自転車を止め、小和が先に立って玄関のドアを開ける。続いて入り、靴を脱ごうとしたところで手を止めて、天哉はぎくりと身体を強張(こわば)らせた。

「ヤモリですね」

「ヤモリだな」

家主にも、それから二度目の訪問にして既に我が物顔で上がり込んで行く陽太にも、靴箱の上をちょろちょろと走っている影を気にする素振りはない。

「おい陽太、やはり今夜は帰――」

「今更なに言ってんだよ。もう一回泊まってたしかめたいことがあるって言い出したのは天哉だろ」

「考え直したんだ。確認したいことは、おまえだけでも充分――」

「男ひとりで女子の家に泊まるわけにいかないだろ。いいから、早く来いよ。ヤモリは見るな。大丈夫だ、そいつは噛まない」

「天哉さんはヤモリ苦手なんですか？　可愛いのに」

さも意外そうな顔で小首を傾げられて、天哉はぐっと言葉に詰まった。嫌いなものは嫌いなのだからどうしようもないが、女性の前であまりにあたふたするのも情けない。

「……可愛いとは思わないが、別に平気だ」

ぼそっと答えると、先に部屋に入りかけていた陽太が足を止めて振り向きニヤリとする。

天哉は無言のまま、陽太を睨み返した。

「お邪魔しまーす。さ、そんじゃ俺らは、今日は和室で見張りだな。小和ちゃんは昨日までと同じく客間で寝てみてよ」

「はい、わかりました。よろしくお願いします」

簡単に食事をするという小和にお茶で付き合い、片付けを終えてから二部屋に分かれる。

小和に頼んで借り受けた懐中電灯をちゃぶ台の上に置いて待つと、ほどなく客間に布団を敷き、寝支度を整えた小和が仕切りの襖を半分開けて顔を覗かせた。

「それじゃあ、あの……お先に失礼します」

「うん、おやすみ」

開かれた襖越しに、膨らんだ布団が半分ほど見える。身軽に立ち上がった陽太が和室とダイニングの電気を消し、戻ってくる。今日こそは寝ずの番をするときつく言い聞かせてあるので、今夜は陽太も酒を飲んでいない。

「これで朝まで待つとか、結構辛いな」

しばらく経ち、客間から微かに小和の寝息が聞こえてきたところで陽太が囁いた。

「おそらく、それほど待つ必要はないと思う。我慢しろ」

「しょうがねーな。ま、寝なきゃいいんだろ」

絶対に眠らないと断言して、陽太が座布団を枕代わりに畳の上に転がる。そのままの姿勢で再び囁いた。暗闇のなか、目を開けて天井を眺めているらしい陽太の横顔がぼんやりと見える。

「なあ天哉。高校のとき、俺らって仲悪かったっけ？」

「高校？　さあ、どうだったか……。突然、どうした？」

「河本と仙崎に言われたんだよ。おまえら全然仲良くなかったよなって」

陽太とは、中学校も同じだった。それは憶えている。たしかその頃は結構親しくしていたはずだが、そういえば高校時代のことはあまり記憶にない。

「中学のときは俺も天哉も帰宅部でさ、そんな奴はほかにいなかったから、よく一緒に帰ったよな」

「ああ。そうだったな」

「でもさ、高校に入ってからは全然遊んでないだろ。なんでだっけ、覚えてるか？」

「いや……覚えていないが、クラスが違ったからじゃないか？」

「一年何組？」

「二組だ。二年は一組、三年も一組だ」

「あ、俺三年は三組だった。けど、一年と二年はおまえと一緒だな。二組、一組」

「そう……だったか……？」

天哉は眉を寄せた。高校時代。一年と二年。同じクラスに陽太はいただろうか。

思えば、高校時代の記憶は薄い。改めて思い返してみたことなどなかったから、いままで気づかなかった。しかし考えてみれば妙だ。まだ十年も経っていないのに、何故これほど当時のことを憶えていないのだろう。

「俺さ、なんか変なんだよな。記憶が繋がらないっていうか――」

言いかけて、不意に飛び起きた陽太が両手で口元を押さえる。

「どうした？」

驚く天哉に、陽太が「ヤバい」と囁く。

「くしゃみが……っくしょん！」

立て続けに二度、三度とくしゃみをして、陽太が立ち上がる。隣室を窺いながら指でダイニングを示すのに、天哉は即座に「行け」と顎をしゃくった。

「トイレにでも籠ってろ」

いかに隣室とは言え、仕切りは薄い襖一枚だけだ。立て続けにくしゃみをしていたら小和が目を覚ましてしまう。天哉が言うのに慌ただしく頷きながら、陽太が足音を殺して部屋を出て行った。

またしてもくしゃみの発作なのはわかったが、陽太のあれは、なんなのだ。風邪の自覚症状はないようだし、さっきまでまったく平気な素振りだったのに。

嘆息しながら天哉もそっと腰を上げて、隣室を覗いてみる。

小和の布団からは規則正しい寝息が聞こえてきており、変わったところはない。再びちやぶ台の前に座り直そうと首を引っ込めかけたとき、パッと正面の窓から光が射した。玄関のセンサーライトが点いたのだ。

「来た！」

呟いて腰を上げようとしたところで、天哉はギクリと息を呑んだ。

何故か、隣の部屋の暗がりから目が離せない。

ピシッ！　ミシッ！　と空気の爆ぜるような音が鳴る。

「うぅん……」

苦しそうに呻く小和の声が聞こえてくる。

意思に反して、身体が動いた。じり、じり、と膝立ちになって小和の眠る客間へ近づいて行く。

視えた。小和の眠る布団のちょうど真上。天井に張り付いた黒い影が。

と思った瞬間、身体の自由が利かなくなる。

グ。グゲ。ググッ。

丸い輪郭をしていた影がゆっくりと形を変えてゆく。

腕が伸び、首が伸び、頭ができて――ソレが、ガクンと首を反らした。

目元にある特徴的なホクロが目に入る。

「う……」

視線がかち合った。憤怒の形相でこちらを睨む、老婆の影と。

ギ、ギシッ！　ミシミシッ！　天井が鳴る。
――……て……け。出て……け。出て行けェーッ！

カッと目を見開いた老婆が大きく口を開け、天哉のほうへと腕を伸ばした。

次の瞬間、天哉の視界は暗転した。


「……い！　おい、天哉！　起きろよ、おまえなにやってんだよ」

乱暴に肩を摑まれて、天哉はハッと目を開いた。

「陽太？」

「シッ！」

静かにしろと口を塞ぐ手を撥ね退けて身体を起こす。見ると、すぐ隣に鼻の下まで布団に潜りこんでいる小和の姿があった。

こっちに来い、と身振りで促す陽太について立ち上がり、ぼんやりと眼鏡を直しながら和室に戻る。

「おまえ、なんで小和ちゃんの隣で寝てるんだよ」

和室に入るなり陽太が不機嫌な声で囁いた。

「ぼくはどのくらい寝てたんだ？」

「知るかよ。おまえがトイレに入って、しばらくしてくしゃみが止まったから戻ってきたら、おまえがいなかったんだ」

もしや小和に異変でもあったかと隣室を覗いてみて、そうしたら何故か小和の枕元で寝入っている天哉を見つけたのだと陽太が口を尖らせる。

「おい天哉、おまえまさかよからぬことを……」

「そんなわけないだろう」

「じゃあ、なんで小和ちゃんの隣で寝てたんだよ」

「それは——」

説明しようとして、天哉は口ごもった。

天井に張り付いた老婆がいた。全身が黒い影のようなのに、その表情だけはハッキリ見えた。憤怒の形相で「出て行け」と言いながら、老婆はいまにも天哉に摑みかかってきそうだった。あれは現実のことだったのか……？

「いや、夢だ。夢を見たんだ」

「小和ちゃんがうなされてたのか？」

「そうじゃない。——いや、たしかにうなされていた気もしたが、そうじゃなくて……」

「なんだよ、ハッキリしろよ」

眉を顰める陽太に答えようとして、天哉はハッとした。ようやく頭が覚醒した。

「こんなことをしている場合じゃない。行くぞ！」

ちゃぶ台の上に置いておいた懐中電灯を摑み、陽太を押し退けて部屋を出ると玄関に急ぐ。靴を履いて外に出た。

「お、おい天哉。なんだよ急にどうした？」

戸惑った顔つきで追いかけてきた陽太が「あれ？」と首を傾げた。

「さっき俺たちが来たときより門が開いてる気がするんだけど」

「やはりな。——おい陽太、侵入者がいるはずだ、探せ」

「ん……と、こっちだ！」

きょろきょろと辺りを見渡して、なにかに気づいたらしい陽太が天哉の手から懐中電灯をひったくって走り出す。

「あ、おい陽太！　ちょっと待て！」

庭を突っ切り、陽太の後について家の側面へと回り込む。少し遅れて追いつくと、陽太が懐中電灯を上に向けて照らしている。

「誰だおまえ、そんなとこでなにやってんだよ！」

丸く照らされた光のなかでは、中途半端に壁に足をかけた中年男がひとり、二階の窓からぶら下がっていた。

「まさか、庄司さんの家の方だったなんて」

疲労の滲んだ声で小和が呟く。

「驚いたよな。土地を買いたいからって、普通こんな変な嫌がらせするか？」

捕らえた男を警察に突き出し、事情聴取のために三人も最寄りの三鷹警察署に同行させられ、ようやく解放されたところだ。既に表はすっかり明るく、勤め人たちが通りを足早に通り過ぎて行く。早くも気温は上昇し始めているようで、戸外に出ただけでじわりと汗が滲んだ。

「あの、よかったらわたしの家で朝ご飯でも――」

「遠慮する」

あんな話を聞かされた後では、とてもではないが二度と小和の家に上がりたいとは思わない。即答すると、驚いたように目を見開き、それから小和がしゅんと項垂れた。

「そうですよね。もうお仕事は終わりですし、これ以上わたしなんかと――」

「ああいや、そういう意味ではなく。つまりその……申し訳ないが、あの家には上がりたくない。だから食事をするなら別の場所にしよう」

「天哉は虫とかトカゲとかが大の苦手なんだよ。可愛いだろ？」

焦る天哉を横目にニヤニヤと笑いながら陽太が言い、それで愁眉を開くかと思いきや、小和は一層肩を窄めた。

「そうでした。そうでしたよね、それなのにあんな家に二度も泊まり込みにきてくださっていたなんて……わたし、なんとお詫びすればいいのか……」

「ああ、うん……そっか、小和ちゃんってそういう子だったな。――ま、とにかくいろいろ気にしないでいいから。とりあえず飯でも食いに行こうぜ」

陽太が先に立って歩き出す。

昨夜、天哉たちが捕まえた男は、小和の家がある辺りの地主だったという庄司家の息子だった。隣の家の老人が「ろくでなし」と言い捨てていたその男は、両親の死と共に売るつもりだった実家の土地とあわせて元々は自分の先祖の土地であった近隣を買い占め、大規模なマンションにする計画を温めていたのだそうだ。

しかし小和の家を含めてどの家も売却に同意を示さず、ならばとにかく先に住んでいる人間を追い出してしまおうと考えたのだと、事情聴取の間に警察官から聞かされた。

男はまず、小和の店を潰そうとSNSを荒らして客足が落ちるようにしむけ、更には深夜に小和の店と家に忍び込み、少しずつ虫を放していたのだという。

ひどく間怠いやり方ではあるが、小和が若い女性であることに目をつけて、証拠の残らない方法を考えたときに「虫」という答えに辿り着いたらしい。この辺りはヤモリが多いといつだったか小和が言っていたが、それはエサである虫が豊富だったせいだ。

「庄司家の息子にとって誤算だったのは、小和さんが女性にしては珍しく、その手の生き物を苦手にしない性質だったことだな」

「最初は台所の窓から入れてたけど、塞がれたから二階に登ってたんだとさ。頭イカレてるよな」

「そもそも悪質な嫌がらせをしてでも利益を手にしようと考える男だ。元からまともな神経をしていなかったんだろう」

だな、と陽太が同意する。

「きっと、小和ちゃんは眠っている間でも二階の侵入者を察知してたんだ。だからもう夢も見なくなるよ」

よかったな、と笑いかける陽太に、ようやく小和も笑顔をみせた。

「本当にありがとうございました」

「けど、なあ天哉。なんで侵入者がいるかもしれないってわかったんだ？」

答えは簡単だ。家の立地とセンサーライト。そのことが予め頭にあれば、もっと早く答えを出せていたかもしれない。

「あの家は路地の奥にある。小和さんは新聞も取ってないようだし、最奥の庄司家が無人になっている以上、家の前を通る者がいるはずないんだ。それなのに深夜にセンサーライトが光った」

「あ、そっか。人感センサーだもんな。誰か通らない限り反応するはずないんだ」

「そうだ。それに加えて、隣の家の老人の話もヒントになった」

「死んだばあちゃんの霊が出るって言ってた、あのじいちゃんの話？」

きょとんと瞬く陽太に、天哉は肯(うなず)いた。

「おそらく老人の家に出る亡妻の霊というのも、庄司家の息子の仕業だろうと思う。あの老人は『家は売らないぞ』と執拗(しつよう)に言っていただろう？」

「藤元さんも売るつもりはない」と隣家に関しても言及していた。

それに、小和の家にも庄司家の息子から土地を買い戻したいという話があったことは、陽太から知らされていた。それで、もしかして庄司家の息子というのは、あの一帯の土地を買い戻すことを諦めていないのではないかと思ったのだ。

「そうか。それにライトが点いたことを考え合わせて、侵入者の可能性を疑ったわけだな。でも、じいちゃんの家に出る霊が庄司家の息子の仕業だっていうのは？」

「あの老人は、妻の姿は見ていないと言っていた。声だけだ、と。思い出せ。老人は携帯を持っていたよな」

しばし考え、陽太が「ああ！」と手を打つ。

「持ってたな。んでもって、庄司の息子に使い方を教えてもらったようなことを言ってた。――そうか！　そのときに」

「おそらく、亡妻に似せて加工した音声かなにかを仕込んだんだろう。アラーム機能で毎晩その声を流すように設定してあるんだ。老人の携帯を見せてもらえば、きっとすぐに見つかる」

「おい天哉、そのこと警察に――」

「大丈夫だ、話してきた」

すごいな天哉と陽太が言うのに大きく頷き、小和も賞賛の眼差しをくれる。

「やっぱり、おふたりにお願いしてよかったです」

そう素直に認められると妙に照れ臭くなって、天哉はぶっきらぼうに答えた。

「悪夢だというから原因はストレスだろうとばかり考えていた。ある種の思い込みだな。ひとつ弁解するなら、陽太は侵入者を察知していたせいだろうと言ったが、ライトが顔を照らしたせいで眠りが浅くなったストレスも、悪夢の原因のひとつだったと考えられる。いずれにしても、結果的に陽太の勘のお陰で侵入者の存在に辿り着けたが、もっと早い段階で気づいてもよかった。悪かったと思う」

陽太が近隣住民からも話を聞いてみたいと食い下がらなければセンサーライトの件に気づくのはもっと遅くなっていたかもしれないし、そもそも陽太が小和の母親から話を聞き出さなければ、庄司家の息子の動向を知ることもなかった。

原因は悪霊だという主張そのものは論外だが、陽太の動物的な直感のお陰で手遅れになる前に事態を解決できたようなものかもしれない。

「じゃ、俺も役に立ったってことだな」

「もちろんです！　陽太さんも、本当にありがとうございます」

即座にそう応じて、小和が続ける。

「いまだから思うのかもしれないんですけど、そういえば夢のなかでわたしのことを叱っていたのって、あの家のおばあちゃんだったのかも。家の異変に気づきなさいって教えてくれていたのかな」

ふと、天哉の脳裏に憤怒の形相でこちらを睨む老婆の顔が蘇った。

「普段は飾ってないんですけど、これです。あの家に住んでいた、亡くなったおばあちゃんとおじいちゃん」

スマホの写真を開き、小和がこちらに掲げてみせた。

「これは……」

写真を目にした瞬間に、天哉の背筋に冷たいものが伝った。その顔にはハッキリと見覚えがある。

表情は違う。が、目元にある特徴的なホクロ。

間違いない。天井に張り付いていた、あの老婆だ。

「お、優しそうなじいちゃんとばあちゃん。ばあちゃんは少し小和ちゃんに似てるな」

「似てますか？　そうだったら……そうですね、嬉しいです。でも逆ですけどね」

「お？　そうか、ばあちゃんが小和ちゃんに似てるんじゃなくて、小和ちゃんがばあちゃんに似てるのか」

「順番的には、そうでしょう？」

笑い合うふたりの声が耳を素通りして行く。

憤怒の形相で腕を伸ばしてくる老婆を見た、あれは〝夢〟だ。

夢――のはずなのに、何故だ。どうして自分は、いまの瞬間まで見たこともなかった老婆の顔を知っていた……？

「腹減ったな。なんせ徹夜明けだからな」

なに食う？

呑気な声で陽太が小和に訊ねている横で、天哉はごくりと唾を呑みこんだ。額に滲む汗は暑さのせいか、それとも冷や汗なのか。自分でも、どちらともわからなかった。

第二話　泣声

「面白い、面白いぞ天哉！」

笑い転げる陽太を、枝豆を摘みながら天哉が仏頂面で睨んでいる。

「だから夢を見ただけだと言っただろう。――まったく。話すんじゃなかった」

「夢じゃない。それは絶対に夢じゃないぞ。天哉は小和ちゃんのばあちゃんの霊を視たんだ。間違いない！」

な、と同意を求めると、カウンターの内側でおでん種の様子を見ていた割烹着姿の女将が曖昧に微笑んだ。

「え？　え、ええ。そう……かな？」

そうだと応じても違うと応じても、どちらにも角が立つと案じているのだろう。この店の若い女将、こういう些細なところを妙に気にする性格は少し天哉に似ている。

「あ、そういえば小和ちゃん髪切った？」

「すごい、よくわかりましたね。前髪を一センチ短くしただけですよ」

驚いた顔をみせる女将に、傍らで天哉が「おまえは本当にそういうところばかりよく気がつくな」と呆れ半分の口調で呟く。

あれ以来すっかり悪夢から解放されたという年若い女将——田ノ倉小和のやっているおでん屋〝和〟は、ふたりにとって既になくてはならない行きつけの店だ。

それには、この店の立地が未だに実家暮らしをしている陽太の家からも実家を離れて独り暮らしをしている天哉のマンションからも近く、立ち寄りやすいという地の利もあるが、それだけとも言えない。

初めは、客足の落ちてしまっていた小和の店を少しでも応援しようという気持ちもあった。けれど〝和〟は、味、値段、雰囲気ともに決して内証豊かとは言い難い陽太たちにとっても優しい店で、顔を出せば小和も必要以上に喜んでくれるものだから、ついつい足が向く。いまでは陽太も天哉も週に二度三度と通い詰める、もはやヘビー級の常連客だ。

「けどさ、そのばあちゃんは天井に張り付いて怒ってたんだろ？　天哉のことを侵入者と間違えたんだろうな。小和ちゃんの見てた悪夢って、やっぱりばあちゃんからの警告だったんだよ。それを天哉は生で視たんだ」

霊の存在を頭ごなしに否定する天哉が、実は霊を視ていた。これほど愉快なことがあろうか。天哉が睨むのにも構わず、陽太は再び話を蒸し返し、腹を抱えて笑った。

「黙れひよこ。断じて違うぞ。どうしてぼくが老婆の姿を夢に見たのか、いくらでも説明がつく」

そんな陽太にムキになった様子で、天哉が捲し立てる。

「あれは深層心理の投影だ。仏間にあった遺影と、小和さんの顔を深層心理がミックスした結果、ああいった不自然な老婆という形でぼくの夢に出てきた。第一、何度言えばわかるんだ。幽霊など所詮、人間の想像の産物に過ぎない。心霊現象などという非科学的なものを信じるのは、陽太みたいな馬鹿だけだ」

「んなことないって。霊はいるぞ。絶対にいる。俺は信じてる」

「いいや、いない。いるはずがない。ぼくは断固として幽霊の実在を認めない」

この手のやり取りは、いまに始まったことではない。

心霊現象〝絶対否定派〟の須森天哉と、〝絶対肯定派〟の野間陽太とは、今年の五月からふたりで組んで仕事をしている。しかも何故か心霊否定派の天哉からの提案だったにも拘わらず、ふたりの仕事は〝霊〟絡みの相談を受けることだ。

その名も〝心霊相談なんでも屋〟といういい加減な屋号で、その割にはそこそこ順調に数々の案件をこなしていたのだが、しかし。先月、陽太のちょっとした失敗によって主な集客ルートだったSNSが炎上し、アカウントの閉鎖を余儀なくされている。

その件で今日は改めて相談があると天哉からは言われており、待ち合わせは〝和〟で、ということになったのだが。

「で、今後の話ってのは、なんだよ？」

ビールを片手に、おでんの大根を突きながら陽太は切り出した。

先月までは猛暑に苦しんでいたのが嘘のように、ここまで歩いてきた川沿いの道を吹き抜ける風は肌に冷たかった。そこここから虫の声が聞こえてきていたし、長かった夏から季節は秋へと移ろった。となれば、ぼちぼちおでんも旨くなってくる時季だ。

「そういえば、小和ちゃんからの依頼を受けてから『思いついたことがある』って言ってたよな。新しいアカウントを作っただけじゃないのか？」

今後の方針変更について、と天哉は言っていた。ということは、削除したアカウントを単純に作り直しただけではないのだろう。

「まず、名称を変えようと思う。次のぼくたちのチーム名は〝AGRI〟だ」

「あ？　なんだって？」

「Anti Ghost Research Institute の頭文字を取って〝AGRI〟だ」

「アンチ・ゴースト……？」

「日本語に訳すならば、〝否・心霊調査研究所〟といったところか。要するに、霊などのオカルト的存在を否定するための調査を行う機関ということだ」

それを聞いて、陽太はムッと口を尖らせた。

「なんだよ、それ。俺は嫌だな」

「そう言うだろうと思ったが、まあ聞け。やること自体はいままでとほとんど変わりない。むしろ、インチキだと自認していながら〝霊媒師〟を名乗っていたいままでよりも、よほど誠実に依頼人と向かい合える」

「ああ、うん。そりゃあまあ……」

「今度からは形ばかりの祈禱をしてみせたりはしない。依頼人の身辺に生じている出来事が霊や呪いのせいではないことを前提に、然(しか)るべき調査を行い、科学的に合理的な解答を示す。これまでも生活習慣の改善や部屋の掃除を促したりしてきた。それと同じことだ。あくまでも前提が違うだけでな」

「まあ、そっか。そう言われればな」

渋々頷く陽太に、ダメ押しのように天哉が続けた。

「実は、これは小和さんからの提案なんだ」

そう言って目を向けた天哉に、小和が躊躇(ためら)いがちに頷いた。

「わたしみたいに霊や呪いのせいじゃないって言われて安心したいひとは他にもいるんじゃないかなと思って」

「そっか。そういえば、小和ちゃんの依頼は、まさにそれだったんだな」

思えば小和がふたりに悪夢の件を依頼してきたのは、陽太は霊の存在を信じているが、天哉は信じていないと断言したせいだった。

「そもそも、ぼくは元から霊などという非科学的な存在に対しては徹底的に否定する立場を取っている。不可解な現象からオカルト的思考を排除し、それらに悩まされるという不毛な問題からの脱却を支援したいと思っていたんだ。なのに、何故わざわざ一度心霊現象を肯定するなどという面倒な方法しか思いつかなかったのか……。いずれにしても、おまえはいままで通り霊がいるならいると思っていても構わない。おまえが立てた仮説を、ぼくが科学的に検証した上で否定してやる」

上から目線のひどい言われようだが、陽太にはむしろしっくり来た。なるほどそれならば、いままでとほとんど一緒だ。

「わかった。じゃ、その線で行くか」

「新しいアカウントも〝ＡＧＲＩ〟で作成しておいた。いままで通り、依頼が入ってきたときの返信もこちらからのアプローチも、すべてぼくがやる。だから陽太は触るなよ」

わかってるよ、と応じながら、陽太は少々むくれた。そんなに役立たず扱いしてくれなくてもいいものを。

「そういや、小和ちゃんも俺たちに用があるって言ってたよな。紹介したい相手がいるって言ってたっけ？」

気を取り直して顔を上げると、小和が唐突に顔の前で両手を合わせた。

「あああの！　ごめんなさい！　どうしてもおふたりに会いたいと言われてしまって、断れなくて」

「え、なに？　そんなにマズい相手なわけ？」

「マズいというか、なんというか……」

微妙な顔つきで視線を彷徨（さまよ）わせた小和が戸口に目をやって「あ」と呟く。

「来た……みたいです」

振り向くと、磨りガラスの扉の向こうに人影が兆した。と、勢いよくガラリと音を立てて戸が開く。そこから入ってきた人物を一目見て、陽太は「あ！」と声を上げた。

真っ白な髪を頭頂部でお団子に結い上げた、小柄で丸顔の老婆。パッと見は可愛らしい雰囲気なのに、目つきだけは異様に迫力がある。その老婆の顔には、見覚えがあった。

「あんときのばあちゃん！」

いつぞや川向こうでへたり込んでいたときに、あの店に行けと〝和〟を指差して教えてくれた老婆だ。

「ばあちゃん、もしかして小和ちゃんの知り合いだったのか？」

思いがけぬ邂逅に驚きも冷めやらぬまま訊ねると、老婆がニッと唇を歪めた。

「孫が世話になったようだな、小僧ども」

「え、孫？ってことは、小和ちゃんのばあちゃん？」

「はい。あ、いま住んでいる三鷹の家のほうの祖母ではなくて」

「えーと、あの家は母ちゃんのほうの実家だったんだよな。ってことは、父ちゃんのほうのばあちゃんか」

「普段は四国に住んでるんですけど、しばらくこちらに滞在するそうで」

つかつかと歩み寄ってきた老婆が陽太と天哉の間に立つ。

「ふん。どうも鈍い小僧だな。だがまあ、おまえさんの体質は面白い」

小腰を屈（かが）めて、至近距離から陽太の顔をしげしげと覗き込んだ老婆がにんまりする。

「こっちもだ」

続いて、老婆は天哉のことを覗き込んだ。

「こっちのおまえさんは、頑固（がんこ）だな」

「おばあちゃん、失礼よ」

やんわりと窘（たしな）めて、「実は、ご紹介したいとさっきご連絡したのが、この祖母のチヅと、それから」

言葉を切って、小和は陽太の背後へと目を移した。その視線を辿って振り向くと、いつの間にか陽太の真後ろに男がひとり立っていた。

「うわっ！」

まったく気配を感じなかった。ひっそりと佇んでいるのは妙に存在感の薄い、陰気な雰囲気の中年男、なのだが――

「あれ、あんときのおっさん？」

こちらも見覚えがあった。初めてこの店を訪れたときに顔を合わせている。小和と揉めていて、助け舟を出そうと割り込んだ陽太を睨みながら帰って行った男だ。

「そうでした、一度お会いになってましたよね。あの、こちらは……」

何故か口ごもった小和の後を引き取って、男が口を開く。

「私は、小和の父だ」

「父……父⁉　小和ちゃんの父ちゃんだったのか！」

「その節はどうも」

陰気な雰囲気そのままに、ぼそぼそとした口調だ。

「あー、や、こちらこそ……」

こちらを見下ろしているその眼差しは雄弁に「胡散臭い」と語っているようで、陽太はなんとなく身を引きながら、もごもごと口のなかで応じた。

しかし意外だ。陽太は小和の母親にも会っているが、彼女は小和からネガティブな面をごっそり抜き取ったような朗らかな性格のひとだった。その母親の選んだ夫がこの陰気な男だというのが、いまひとつピンとこない。

「祖母は四国で、その……」

言いにくそうに口ごもり、小和がちらりと天哉を見る。

「拝み屋をしているんです。ええと、なんと言いますか……あの、いわゆる霊媒師というのでしょうか」

「マジか！　本物⁉」

「本物だ。小僧らとは違ってな」

老婆はニヤリと唇を歪めた。

「〝四国の御縁〟といったら、その筋では有名よ」

「みえにし？」

「ま、屋号みたいなもんだな。〝田ノ倉〟は死んだ亭主の苗字だったからな。〝御縁〟は先代から引き継いだ名前よ。客たちからは『御縁の婆』と呼ばれている」

「ほー。すげえな！　本物の霊媒師！」

興奮して天哉を突くが、特にリアクションは返ってこない。

「おい天哉。俺、霊媒師って初めて会ったよ。すごくないか？」

「……コメントは差し控える」

興奮する陽太とは裏腹に低い声で応じて、天哉は顔を背けた。

「今日はなに？　もしかして、小和ちゃんは俺たちに霊媒師のばあちゃんを紹介してくれるために呼んだってこと？」

「祖母がおふたりにお会いしたいと言っていたので、それもあるんですけど。実は、その……もうひとつ。おふたりに相談したいという方をご紹介したいと」

「お、依頼人？　ラッキー！　で、その相談者はどこにいんの？」

身を乗り出すと、答えたのは意外なことに小和の父、田ノ倉だった。

「正直、私としては気が進まない。しかし、あなた方は少し変わった仕事をしているらしいと聞いている」

奥の席に老婆をちょこんと座らせて、自身は戸口のほうへと引き返しながら「まったく気は進まないのだが」と田ノ倉が重ねて言う。

二度も繰り返したということは、よほど気が進まないのだろう。陽太は無言で小和に視線を投げた。それに気づいた小和が眉尻を下げ、声に出さずに口の形だけで「ごめんなさい」と応える。

「管理職としては、部下の悩みを放っておくことはできない。それに……小和が、そういう事情なら自分を助けてくれたふたりに相談してみろと言ってきかないのでね」

最後は言い訳のように、ぼそぼそと田ノ倉が呟く。

「ははん、なるほど」

陽太は、一気に田ノ倉に親近感を覚えた。

どこの馬の骨ともわからない若者ふたりのことは信用していない。でも部下の悩みは解決してやりたいし、なにより可愛い娘の言うことには逆らえない。そういうことか。

陽太は、田ノ倉に向かってぐっと親指を立ててみせた。

「そういうことなら、任せておいてよ。で、なんの相談?」

「私からの依頼ではない。私の部下が、あなた方の依頼人だ。相談内容は本人から聞いてくれ。もうすぐ来る」

話は済んだとばかりに扉に手を伸ばした田ノ倉の前で、カラリと戸が開く。そして、おずおずとした様子でひとりの男が顔を出した。

つるんとした卵形の顔に、目尻の垂れた細い目が見るからに柔和な印象を与える。一言で評するなら、「無害」と括られる部類の男だ。

「あ、田ノ倉課長。ここで合ってましたか」

「わかりにくい場所で悪かったな。――紹介しよう。あなた方の依頼人、松島亨くんだ」

田ノ倉の声に応じて、紹介された男がぺこりと頭を下げた。

「どうも。あの、松島と言います。よろしくお願いします」

無性にカレーうどんが食べたくなった。

たぶん、あれだ。取引先の会社から駅に向かうまでの間に蕎麦屋の前を通った。そのときに、出汁でのばしたカレーのいい匂いが漂っているのを嗅いだせいだ。カレーの匂いというのはどうも吸引力が強い。

よし、今日の夕飯はカレーうどんにしよう。松島亨は西武新宿線の車窓を流れる景色を眺めながら、そう決めた。

熱々のカレーうどん。それも、シンプルなやつがいい。

とろみを利かせた餡に、具材はくったり煮えた長ネギだけ。それにたっぷりの七味唐辛子を振りかけて、ずずっと啜る。彼女からは栄養がないといつも叱られるが、松島は、ことうどんに関しては具の少ないほうが好きなのだ。例えば天ぷらうどんよりも、薬味のネギだけが入ったかけうどんとか。

「グゥーッ」

考えていたら腹が鳴った。

少々赤面しながらそっと辺りを窺ってみるが、吊革を摑んで電車に揺られる周囲の乗客たちは、どうやら松島の腹の虫が鳴いたのには気づいていないようだ。ほっと息を吐き、次いで腕を伸ばして時計を見る。二十時前だった。

自宅のある最寄り駅の上石神井までは、あと一駅。駅前のスーパーで材料を買って帰り、大急ぎで作っても二十一時前にはカレーうどんにありつけそうだ。

普段は面倒なのでコンビニやスーパーの弁当か、駅前のラーメン屋で適当に済ませてしまうことが多いのだが、今日は久しぶりに自炊をしよう。訳あって節約中の身なのだから、本当ならば毎日自炊すべきなのだ。

「そうだ、がんばらないとな」

口のなかで呟いて、松島は最寄り駅に停車した電車を降りた。総菜売り場以外馴染みのないスーパーでカレー粉と片栗粉を見つけるのにしばし苦労したが、予定通りに買い物を済ませて自宅に帰る。

松島がいま住んでいるのは、「ここが自宅です」と誰かに紹介するのも少々憚られるくらいに古く、かつ汚い安アパートだ。踏みしめると嫌な軋み方をする外階段を上り、手前から二番目の二〇二号室に、一月ほど前に越してきた。

「ただいま」

誰もいない室内につい声をかけてしまうのは、いままで実家暮らしをしていたゆえの習慣だ。当然応える者などいないのだけれど、居た堪れなさに似た物悲しさを覚えたのは越してきて数日のうちだけで、あっという間に慣れた。

「うどんだ、うどんだ。カレーうどん」

手早くスーツを脱いで部屋着に着替え、ひとり立てばいっぱいになる台所に立つ。ネギを切っている間に水と粉末出汁を入れた鍋を火にかけて、沸騰したところにネギを加え、少し煮たててから冷凍うどんを投入。カレー粉を入れ、片栗粉でとろみをつけたら、鍋ひとつでカレーうどんの完成だ。

かなり適当に作ったわりに、見た目だけなら結構それっぽい。

「おー、旨そう。我ながらやるな」

出来上がったうどんを器によそってから室内に戻り、折り畳み式のローテーブルの前に腰を下ろす。リモコンでテレビの電源をつけてから七味を振りかけ、いただきます、と箸を取り上げる。一口啜り、松島は満足の息を吐いた。

「旨い！」

これこれ。食べたかったのは、これだ。取引先から直帰してくる一時間の通勤電車内で、カレー熱をひとりふつふつと胸のうちで高めてきただけに、余計に旨い。

ものの十数分で作ったにしては旨くできたことに満足しつつ、二口目を啜ったそのとき。

ガリッと奥歯が硬いものを嚙んだ。

「ん？」

あからさまな異物感に思わずその硬いものを吐き出して、そして松島はギョッと目を見張った。指先で摘み上げたそれは、爪だった。

爪切りで切り取られた後の、あれだ。三日月形をした爪の欠片。

「なんで爪が……？」

調理の途中で混入したにしては、不自然だ。松島は自身の爪と、口のなかから吐き出したそれとを見比べて、次の瞬間、「う……」と呻いた。

「この爪、僕のじゃない……」

気づいた途端、なんとも言えぬ嫌な気分に襲われた。どう考えてもそれは松島のものではない。

三日月形をしたその爪は、赤い色に塗られていた。

マニキュア、女、と即座に連想が繋がる。ティッシュでその爪を包んで屑籠に捨て、松島はほとんど口をつけていないカレーうどんを見つめた。

最初から最後まで自分で調理したうどんに何故女の爪が混入したのかはわからないが、もはや、これ以上食べる気はしない。がっかりしつつも結局うどんはそのまま流しに捨て、微妙な空腹を抱えたまま、松島はその夜、眠りについた。

それから数日後のことだ。その日、松島は会社の同僚たちと昼食に出た。

会社のある西新宿周辺には飲食店が多い。天丼が食べたいという同僚の意見で蕎麦屋に入り、なんとなくつられて松島も天丼を頼んだ。

「おい松島、おまえ少し痩せたんじゃないか？」

同僚のひとりが言い、もうひとりも同意を示して頷いた。

「独り暮らし始めて、ちゃんと食ってないんだろ。いくら節約する必要があるからって、身体壊したら元も子もないぞ」

「わかってるさ。面倒だからついコンビニ弁当ばっかりになっちゃうんだよな。でも、気をつけるよ」

張り切って作ったカレーうどんをそっくり捨てる羽目になって以来、ここ数日は自炊をしていない。節約のためには自炊をせねばと考えておきながら情けないことなのだが、どうにもその気になれずにいる。

「若いからって舐めてるとあっという間にガタがくるからな」

「おまえだって同い年のくせに。わかった風なこと言うなよ」

ふたりの同僚は同期で、どちらも松島と同じ二十九歳だ。まだ年齢を理由に体調の変化を感じるほどではない。笑いながら応じると、親父からの受け売りだ、と同僚は答えた。

「ま、とりあえず天丼でも食って、今日後半戦の元気を充電しておけ」

「そうだな」

天丼が運ばれてきたところで会話を終え、それぞれに箸を取り上げる。今日の午後はずっと外回りの予定だから、同僚の言う通り、ガッツリした天丼にしておいてよかった。そう思いながら勢いよく天ぷらを齧り、丼の飯を掻き込んでいく。

と、半ばまで食べ進めたところで器のなかに異物を見つけた。

「うわ……」

「おいそれ、髪の毛じゃないかよ」

箸の先で摘み上げたのは一筋の髪の毛だった。ぞろりと長いところを見ると、女物だろう。

「最悪だな。――ちょっと、すみません!」

同僚が顔をしかめ、店員を呼びつけた。

「髪が入ってたんだよ。こいつの、交換してやって」

「ああいや、いい。――すみません、もう下げてください」

同僚が店員に頼むのを制して、松島は箸を置いた。長い髪を摘み上げてしまったところで、すっかり食欲は失せてしまったのだ。

「わかるな。米の間に髪が入ってたりするとさ、気持ち悪くて食えなくなるの。母ちゃんに弁当作ってもらってたとき、たまにあったわ」

「俺もあったな、そういうの」

申し訳ないと平身低頭する店員に「大丈夫だから」と告げ、お茶のお代わりだけもらう。

「おまえ、ツイてないな」

深く同情した面持ちで言う同僚に、まったくだ、と松島は頷いた。

僕はツイてない。そう思ったのだ。そのときまでは。

「なるほど。それ以来、何度も食事に異物が混入していたわけですね」

「そうなんですよ。忘れた頃に、髪とか爪とか」

相槌を打った天哉に重たい息を吐きながら松島が応じて、それから顔を上げて小和に向かって謝罪した。

「すみません、食べ物屋さんでする話じゃなかったですよね」

「いえいえそんな、大丈夫ですよ。でも……もしかして、あんまりお食事を召し上がっていないんじゃないですか？」

たしかに、松島は心なしか顔色も悪く、ワイシャツの襟元がわずかにダブついている。痩せたせいだろう。

「はあ……。今度はいつ髪や爪が入っているかと思うと、あんまり食欲も湧かなくて」

「うちの店は大丈夫ですよ。絶対になにも入っていませんから！　あの……お味はともかく、おでんのお鍋はちゃんと毎日見てますし、変なものは入っていません。その、虫とか、そういうのも絶対。お店も業者さんに頼んでちゃんと害虫駆除しましたから！」

先月の出来事を知っているだけに言いたいことはわかるのだが、力説する小和の熱意の方向性は、いまに限っては少々ズレている。

「や、おでんは普通に旨いから。俺たちがこんだけ通ってんだから、味にも自信持とうよ。

つか、料理屋で味はともかくとか言っちゃダメだろ」

「あ……」

思わずといった様子で突っ込む陽太に、小和が頬を染めて片手で口元を押さえた。

そのやり取りを見ていて毒気を抜かれたのか、松島が笑いながら言った。

「じゃあ、少しだけおでんをもらおうかな」

「はい、ぜひ！」

小和が差し出したおでんに、それでも怖々と松島は箸をつけた。

「うん、ほんとだ。これは旨いね」

初めはぎこちなかった箸遣いが次第に忙しなくなり、次から次へと松島は小和がよそってやるおでんを平らげていく。大根、しらたき、厚揚げ、ちくわぶ、牛筋、つみれ、ごぼう巻き、はんぺん、がんもどき。噛み締めるとじゅわっと出汁のしみ出す熱々のおでんを頬張って、最後によく味のしみた玉子にからしをたっぷりと載せて、出汁に黄身を溶かしながら松島は皿の中身を綺麗に飲み干した。

見ているだけでこちらの腹まで膨らんできそうな食べっぷりだった。

「いやぁ、旨かった。久しぶりに落ち着いて夕飯を食べた気がするな」

大きく息を吐いて箸を置き、ようやく松島が人心地ついた様子で笑みを漏らした。

よかったです、とこちらも満足そうに小和が微笑む。

「いくつか質問してもいいですか？」

　松島が食べ終えるのを待って、天哉は切り出した。

「食事に異物が混入するのは、自宅でも外でも同じですか？」

「ああいや……そうですね。言われてみれば、外での食事ではあまりないですね。主に自宅で食事をしたときです」

「異物の混入に気づいたのは、正確にはいつ頃から？」

「いまのアパートに引っ越したのが八月の終わりだったので、先月の頭頃かな。家であまり食事をしなくなって、そのせいでどうやら痩せてしまったようなので、田ノ倉課長に気づかれてしまったんですよ。それで、思い切って相談してみたのが数日前のことなんですけど、最初は気のせいだろうと呆れられましてね」

　そう言って、松島が苦笑する。

「まあちょっとした異物くらいならそんなに気にしなくてもいいのかなとも思ったんですけど、いよいよ堪らないなと思ったのが一昨日なんです。家で作った味噌汁に虫が入っていたんですよ。小さな蛆（うじ）みたいなのが、こう、うじゃうじゃと」

「うわ、それ気持ち悪いな」

　陽太が顔をしかめ、さすがの小和も眉間に皺を寄せていた。天哉としてはもちろん、想像もしたくない。

「よしわかった。それは絶対に悪霊のせいだから、いますぐ俺がお祓いを――」

　なにを思ったか、陽太が突然立ち上がる。

「陽太！」

「あ、いけね。そうだった、もうこういうのはやめるんだよな」

慌てて制すると、ハッとした様子で瞬いて、頭を掻きながら陽太が椅子に座り直す。

「馬鹿が。口を開く前に頭を働かせろ」

まったく、こいつの頭は本当にひよこ並みだなと嘆息しながら見回してみれば、小和も、それから先ほどから黙って成り行きを見守っていた〝本物の霊媒師〟も、ニヤニヤしながら陽太を眺めている。

「失礼。――いまのは忘れてください」

ひとつ咳払いをして仕切り直すと、天哉は生真面目な口調で松島に告げた。

「ご安心ください。松島さんのお悩みは、ぼくたち〝ＡＧＲＩ〟がきっちり解明させていただきます」

「なあ天哉。髪と爪ときたらさ」

「女の霊だ、とでも言いたいのか」

「お、鋭いな。なんでわかった？」

無邪気に訊ねてくる陽太を、天哉は溜息を隠さずに黙殺した。

インチキ霊媒師をやめ、〝ＡＧＲＩ〟として初の依頼人がまさか小和の父によって紹介されるとは思いもよらなかったが、松島はある意味、とても扱いやすい依頼人だ。特に隠し事をする様子もなく、周囲の人々から話を聞いてみたいと申し出た天哉に、早速会社の同僚のひとりと学生時代からの親友だという男を紹介してくれた。まずは昼に同僚と会い、夕方からは場所を移動して友人に会う予定でいる。

西新宿にあるという松島の会社の近くで同僚が時間を取ってくれることになったのは、小和の店で依頼を引き受けてから二日後のことだ。昼食を兼ねて、松島の丼に髪の毛が混入していたという蕎麦屋に連れて行ってもらうことになっている。

待ち合わせ場所に指定されたビルの前で人待ち顔に佇んでいると、スマホを片手にじっとこちらを見つめながら歩いてくるスーツ姿の男を見つけた。

「失礼ですが、松島さんの……？」

「やっぱりキミたちか。松島の同僚の佐伯です。よろしく」

「ぼくは須森と言います。こっちが野間です。お忙しいところ、ありがとうございます」

行こうか、と促されて天哉たちは佐伯と肩を並べて歩き出した。松島もそうだが、佐伯という名のこの同僚も、いかにも人の好さそうな雰囲気の男だ。

「こんな時期にOB訪問って珍しいね」

「ええまあ、ちょっと出遅れてまして」

同僚を訪ねるにあたり、松島からは例の相談については秘密にして欲しいと頼まれている。考えた末に「OB訪問」という口実を捻り出したのだが、やはり少々無理があったか。

とはいえ、佐伯に疑っている様子は微塵もない。

「松島からは蕎麦屋に連れて行ってやってくれって頼まれてるけど、そこでいいのか？もっと若い奴が好きそうな店もあるけど。ステーキの旨い肉バルとか」

「ステ――」

「いえ、いいんです。その蕎麦屋で」

肉と聞いてぴくりと反応しかけた陽太の背中をどつき、天哉はすかさず答えた。今日の目的は、同僚から松島の人となりを聞くだけでなく、実際に髪の毛が混入したという現場をたしかめることもあるのだ。

それ以上他を勧めることもなく、「わかった」と応じて佐伯が蕎麦屋の暖簾をくぐる。天哉たちも後に続いた。

異物混入の話を聞いているだけに気は進まないが、検証のためにも天哉と陽太は揃って天丼を頼む。佐伯はかつ丼を頼んでいた。

一応は言い訳のためにも会社のことなどをいくつか訊ね、注文した品がやってきたところで質問の内容をさり気なく切り替える。

「ところで、松島さんってどんな方ですか？　実はぼくたち、松島さんとはそこまで親しくないんですよ」

「松島はいい奴だよ。普通にいい奴っていうか、優しいんだよな」

「前より少し痩せましたよね」

「そうそう。それも彼女のためなんだよな」

かつ丼を勢いよく掻き込みながら、佐伯が言う。

「あいつこの前まで実家暮らしだったんだけど、彼女のために家出たんだよ。独り暮らしを一度もしたことがない男は嫌だとか彼女に言われてさ。優しいだろ？　俺だったら、いくら彼女の頼みでも素直に家を出たりしないよ。何度も引っ越すの面倒だしさ。けど、それをやっちゃうのが松島なんだよ。慣れない独り暮らしの上に結構ゴリゴリ節約もしてるみたいだし、痩せたのもそのせいだろうな」

「松島さんってモテそうっすよね」

「モテるよ」

ぐっと身を乗り出した陽太に、佐伯がニヤリとする。

「見た目もそれなりだし、とにかくいい奴だからさ。社内でも密かに狙ってた女子がいたらしい。なのに結局高校のときからの彼女一筋だからな。純愛っていうの？　余計にあいつの株は上がったけど、悔しがってる女子もいると思うよ」

天哉は、「ん？」と首を傾げた。もしかして――

「あ、それも知らなかったのか。あいつ、今度結婚するんだよ。独り暮らしも節約も、そのためさ」

あ、マズい。また陽太が妙なことを言い出しそうだ。止めなければ。

反射的にそう思い、けれども天哉が制するよりも僅かに早く、勢いづいた様子で陽太が口を開いた。

「わかったぞ、生霊だ！」

「……は？」

漬物を口に運びかけていた佐伯が手を止めて、きょとんと瞬く。

「松島さんはモテる。きっと彼女がいることも知っていて、それでも松島さんを好きな女子がいるんだよ。で、とうとう松島さんが結婚することになって、それでも好きな気持ちはどうしようもなくて、思い余って生霊となり——イテッ！」

天哉は机の下で陽太の足を思いきり踏んづけた。

「失礼、なんでもありません。松島さんを好きな女性が誰かというのはご存じですか？」

「具体的に誰ってのは知らないなぁ。女子同士だったら知ってるのかもしれないけど、でもあいつに長い彼女がいることは社内では有名だから……。けど、なあ。これ、OB訪問だよな？　なんかキミたち、変なこと調べようとしてないか？」

陽太のせいで、さすがの佐伯も怪しみだしたようだ。訝し気に眉を顰められて天哉は内心で焦った。

「社内の人間関係がどうなのかも少し聞いておきたいと思って。すみません、他意はなかったのですが」

納得したのかしなかったのか、「ふーん」と曖昧に小首を傾げながら佐伯は味噌汁を飲み干した。こちらも特に異物を発見することもなく天丼を食べ終えていたので、これ以上突っ込まれる前にと急いで席を立つ。

「今日はありがとうございました」

「参考になったらいいけど。――そういえば、この店だったな。松島の丼に髪が入ってたの。あいつ、そういうの妙にツイてないんだよな」

伝票を摑んで立ち上がり、ふと思い出したように佐伯が言う。

「この前も、一緒に昼飯食いに行ったら麻婆豆腐(マーボー)にラップの切れ端が入っててさ。それも松島のだけ。別の店ではあいつ、ジャケットの上にスープをこぼされてたし」

「そのとき毎回一緒にいたメンバーは？」

「んー、俺だな」

しばし考えて、佐伯があっさりと言う。

「昼飯に行くメンツは毎回違うけど、その三回は俺が一緒にいた。ほんと、そういうつまらないとこでツイてないんだよ、あいつ」

そう言ってから、「でも」と佐伯が続ける。

「そういうとこも何故か女子には人気があるんだよな。可愛い、ってさ」

それから更にもう一度「でも」と続けて、佐伯が不意にこちらを向き直った。妙に真剣な面持ちをしている。

「キミたちの素性(すじょう)は訊かないけどさ、ちゃんと報告しておいてくれよ。松島は女子から人気があるけど、あいつは誠実な奴だから。浮気なんかは絶対にしない。それに、あいつは絶対に嫁さんを幸せにする。そういう奴だから。取引先にも可愛がられてるし、仕事も真面目にする。酒はほどほどにしか飲まないし、ギャンブルもやらない。だから大事な娘を嫁にやっても安心できる。そう伝えておいてくれよ」

「……へ？」

ぽかんと口を開けた陽太を小突き、天哉は「はい」と頷いた。

「伝えます」

どこをどう誤解したのか、どうやら佐伯は天哉たちのことを、松島の妻になる女性の両親が依頼した興信所の調査員かなにかと間違えているようだ。松島からの相談内容を打ち明けるわけにはいかない現状、この誤解を利用しない手はない。

割り勘で会計を済ませ、佐伯とは店を出たところで別れる。

「高校のときの彼女と結婚か。なんかすごいな。——イテッ！　なにすんだよ」

のほほんと言う陽太の脇腹を、天哉は力いっぱい殴った。

「おまえはどうしてそう余計なことばかり口走るんだ。黙っていろと言ったよな？」

「あー、や、うん。悪い」

へらりと頭を掻く陽太に反省している素振り(そぶ)りは欠片も見受けられない。

「けどさ、生霊のせいってのはあり得そうだろ？」

「ぼくが『Ｙｅｓ』と答えると思うか？」

「うん、わかってる。答えは『Ｎｏ』だな。——で、この店はどうだった？」

出てきたばかりの蕎麦屋を陽太が指差す。

「わかったことはふたつだけ。店員の女性は全員推定五十代以上で髪の長い女性はフロア内にはいなかったことと、配膳の動線からして、丼のなかに異物が混入したとしたら、それは厨房のなかでのことだろうということだ」

「じゃ、ここでの収穫はナシか」

どちらからともなく歩き出しながら、陽太が言う。

「いまのところ、俺の案は生霊だな。松島さんのことを密かに想ってる女子の怨念が食事に紛れ込んでるんだ。おまえの案は？」

「愛や恋が理由なら、食事に髪や爪や蛆を混入させるのはあまりにえげつない。ぼくは、嫌がらせじゃないかと思う。だが……」

松島の食事に異変があった際、毎回一緒にいたのは佐伯だけだと言っていた。だとすると嫌がらせをしているのは佐伯ということになるが、松島のことを「いい奴だ」と言っていた佐伯の口調に嘘はないように感じたし、第一、嫌がらせをしている当人ならば、ああもあっさり一緒にいたことを認めはしないだろう。

「次は高校からの親友だっけ。夕方までまだあるし、カラオケでも行くか？」

「なにが楽しくておまえとカラオケなんか。ぼくは本屋に行く」

「本屋か……。俺はいいや。じゃ、後で合流しようぜ」

時間もあるので、とりあえず新宿駅までは一緒に歩いて行くことにする。

「なあ天哉。俺さ、この前から考えてたんだけど、やっぱりあんまり思い出せないんだよな」

「高校時代のことか」

「俺たち二十四だろ。高校卒業したのなんて、まだ六年前のことじゃないか。なのに、全然覚えてないんだよ」

「正確に言うと、高校に入る前からじゃないか？」

「ん？——ああ、言われてみればそうかも」

「ぼくの場合は、中学三年の後半くらいから記憶が曖昧になっていると思う」

「そうか……うん、そうかもな。俺も同じかも」

視線を宙に彷徨わせながらしばし考えていた様子の陽太が、つと真顔になった。

「なあ天哉。これって変じゃないか？　俺、小学校の頃のこととか、わりと覚えてるんだよ。なのに中高時代のことだけ覚えてない。なんか変だろ？」

「……たしかに奇妙だとは思う。だが——」

言いかけて、天哉は口を噤んだ。

実は天哉も先月小和の家で陽太からその話をされて以来、幾度か思い出そうとしてみたことがある。けれども、結果は変わらなかった。中学三年の夏休みまではいろいろと憶えているのに、それ以降のことがどうしても思い出せないのだ。

というよりも、思い出してはいけない気がする。

記憶を遡ろうとすると、天哉の本能のどこかがブレーキをかける。

「陽太、この話はやめよう」

「……だな」

もっとごねるかと思いきや、陽太は陽太でなにか思うところがあるらしく、珍しく素直に同意を示した。

「結局、なにもわからなかったわけか。へっぽこ探偵だな」

「うるせーな。松島さんが優しくていいひとだってことは、よくわかったさ」

「ふん。うすっぺらい人物評だ」

それから更に二日後の土曜の夜、陽太は〝和〟にいた。

小腹が減ったので小和に焼きおにぎりを作ってもらい、熱いお茶と漬物で腹を満たしている。そんな陽太の前で最前から憎まれ口を叩いているのは、小和の祖母のチヅだ。

二日前、松島に手数をかけさせて、かつ微妙な嘘を吐いてまで話を聞かせてもらったわりに、同僚からも親友からも、これといって決定打になるような話を聞き出すことはできなかった。わかったのは、松島がとにかくいい奴らしいということだけだ。

たったふたりだけしか接触していないからまだなんとも言えないが、天哉が見当をつけた「嫌がらせ」らしきことをしそうな人物が周囲にいる気配も、いまのところ見つけられていない。

「つーか、ばあちゃん。いつまでこっちにいるんだよ」

「そうな。用は済んだから、まあ適当に帰るわ」

今夜は松島のアパートに行く予定になっていて、〝和〟で天哉と、それから松島と待ち合わせをしている。平日は落ち着かないという松島の都合に合わせて、週末を待つことになったのだ。

「可愛い孫の一大事にやきもきしていたんだが、どうしても向こうで外せない仕事があってな。ま、アタシが送り込んでやったへっぽこ探偵もそれなりに役には立ってくれたみたいだ。安心して帰れるというものよ」

「あのな、ばあちゃん。俺たちは探偵じゃないから」

バリボリと漬物を咀嚼しながら言うと、呆れたようにチヅが肩を竦める。

「なにを言うかと思ったら、突っ込みどころはそこか。おまえさんの頭はまったくもって緩いな」

「悪かったな、バカで」

ムッと口を尖らせる陽太に、ニヤリとチヅが唇を歪める。

「愚かの者とて愚かを知るは、まだ賢し。賢しと思ふ愚かの者こそまことの愚かの者とは云ふ」

「へ？」

「自分が阿呆だと知っている者は、まだ救いがあるということよ」

褒められたのか、貶されたのか。微妙な顔つきになった陽太に、小和がくすりと笑みを漏らした。気のせいか、チヅがやってきてから小和は以前よりも明るくなったような気がする。

「ところで小僧、話を聞いた男どもと会ったときにくしゃみは出たか？」

「いや、出なかったけど？」

「そんなら、これから行く依頼人の家でくしゃみが出るかどうか、気をつけておけ」

何故、くしゃみ？

怪訝に思って訊ねようとしたところに、カラリと店の戸が開いた。反射的に首を回らせてみると、顔を覗かせているのは天哉だ。その隣に松島の姿もある。

「松島さんとそこで会った。陽太、行くぞ」

「んあ？　もう？　いま？」

「いまだ。行くぞ」

「ちょ、ちょ、待った待った！」

急いで残りの焼きおにぎりを頬張ってお茶で流し込むと、財布を取り出して会計を済ませてから慌ただしく立ち上がる。

「行ってらっしゃい」

「忘れるなよ小僧。いいな、くしゃみだぞ」

「ん？　ん、わかったよ。じゃ、小和ちゃんまたね！」

「申し訳ない、急がせちゃったね」

笑顔で見送る店主たちに手を振って店を出ると、松島が申し訳なさそうに眉尻を下げた。顔を合わせるのも二度目なので、前回よりも砕けた口調になっている。

「や、いいっすよ。それより、今日は松島さんとこで夕飯食うんだよね？　ちょっと食っちゃったけど、まだまだ入るから」

「それならよかった。食材選びから見てもらったほうがいいだろうから、駅前のスーパーで買い物して行こう」

今夜、松島のアパートへ出向く目的は、「どうやったら自宅で、しかも自らが作った料理に異物が混入するのか？」をたしかめるためだ。まず先にそのトリックを見破れば、それを仕掛けた相手や動機も見えてくるはずだ――と、天哉は言っていた。

陽太としては、松島の知り合いに片っ端から当たっていけば、いつか生霊を飛ばしていそうな女子に突き当たるのではないかと思っているのだが、例によって、その案は早々に却下されている。

――そもそも、生霊という概念はまやかしだ。人間には特定の相手から向けられる強烈な感情を感知するという能力がある。〃生霊〃として認識されるのは、そうやって受けた感情の残滓だ。脳内に蓄積されていた情報がふとした瞬間に表出する、要するに〃思い出し笑い〃などと同じ。早い話が〃生霊〃は、特定の相手から特定の感情を向けられた受容者の脳に残った記憶であり、それが物理的に干渉してくることはあり得ない。

とかなんとか言っていたが。なんでも面倒くさく考えようとする天哉お得意の弁舌だったので、半分くらいは聞き流した。

「きみたちは、料理は？」

「全然」

駅に向かって歩きながら松島に問われ、陽太と同時に天哉も首を横に振った。

「僕も、そんなには。じゃあ今晩はあんまり期待できないな」

笑いながら松島が言い、電車とバスを乗り継いで、上石神井駅が最寄りの松島のアパートに向かう。

宣言通りに途中でスーパーに寄り、食材を買い込んだ。

男三人でも適当に食べられそうなもの、ということで少々季節は早めだが、今夜のメニューは鍋に決まった。これだけは得意なのだと松島が言う〝鶏のつくね〟を入れた、みぞれ鍋だ。

「あとどれくらいで引っ越す予定なんですか？　結婚されるんですよね」

天哉が問うと、松島が照れ臭そうに目を細めた。

「あと二ヶ月かな。いま彼女は仕事の都合で海外にいるんだけど、帰ってきたら新居を探して移る予定になってるんだ」

「あ、そか。結婚するんだっけ。おめでとうございます！」

「うん、ありがとう」

素直に頬を緩めている松島の様子は、なんとも微笑ましい。

「そんなわけで、短期で住めるところ、なるべく安いところと思って探した結果、このアパートになったんだけどね」

そう言って松島が指差したのは、見るからにボロいアパートだった。すぐ目の前にゴミ捨て場があるせいで、どこまでがゴミかわからないくらいの有様だ。

「うわ、これは年季入ってんな」

フロアに五部屋あるが、灯りの点き具合からして一階は半分以上が空室っぽい。二階は松島の家も含めて四部屋が埋まっているようだ。ドアの脇に並んでいる洗濯機も、動くのか壊れているのか判別できないほど汚れているものが多い。

「これで『瑞泉（ずいせん）キャッスル』って」

「ご大層な名前だろう?」

と松島は笑って、

「こんなだから壁は薄いんだ。声の音量は控えめで頼むよ」

「ん、気をつける」

嫌な音を立てて軋む階段を上り、松島に続いて玄関を入ると、外観から予想できた通りの部屋だった。いつ張り替えたものかわからない黄ばんだ壁紙に、足の裏がこれまた嫌な感じに沈むクッションフロアはところどころが破けている。玄関を上がってすぐのところにある小さなキッチンの戸棚も、またまた嫌な感じに飴（あめ）色に染まっていた。

ただ、こんな部屋でも精いっぱい掃除はしているようで、埃の類はほとんど落ちていない。キッチンとの仕切りはガラスの嵌った引き戸で、奥にある居室部分は畳敷きの和室だった。

「部屋のなかは好きなように見て構わないよ。その間に、鍋の支度をするから」

松島が言って、襖の一部が破けた押し入れのなかから座布団を取り出した。

途端に、くしゃみが出る。

「ぶぇッくしょん！　ッくしょいっ！」

「おい陽太、またアレルギーか？」

「ああうん、なんだかわかんないんだけど——ヘッくしょん！」

「あ、ごめん……座布団が黴臭いせいかな。部屋は平気なんだけど、ここ、押し入れのなかだけ湿度がすごいんだよ」

言われてみれば松島が取り出してくれた座布団は黴臭く、かつ、しっとりと湿っている。

腰を下ろしかけていた天哉が立ち上がり、松島に断ってから押し入れを開く。

「たしかに、この湿度の高さは異常ですね」

陽太も、天哉の傍らから覗き込む。

「ほんとだ。空気自体がじっとりしてるな——ッくしょいっ！」

くしゃみを連発する陽太に、嫌な顔をして天哉が身を引く。腕を口元に当てながら、陽太はぐっと押し入れのなかに身を差し入れた。短期住まいのつもりでいるせいか押し入れの中身はほとんどなく、楽々入り込める。しばしそのまま暗がりに目を慣らしてから、首を回らせて内部を観察した。案の定、奥の壁や四隅には真っ黒な黴が生えている。

「配管の関係かもしれませんね。たまに、こんな風に湿気が溜まってしまう間取りの部屋があると聞いたことがあります」

「そうらしいね。最初は布団を仕舞っていたんだけど、あまりに湿気てしまうから、いまは出しっぱなしにしてるんだよ。短期の住まいだし、そこは我慢かなと思ってるんだけど」

天哉と松島が話している声を聞きながら押し入れ内部を見渡していると、天井近くに光る物を見つけた。一度身を引いて、立ち上がってから上段に半身を差し入れて再度覗き込んでみる。

「どうした？」

「ん？　ああ、上のほうになんか……」

「見せてみろ。――これはシールだな」

キラキラと光っていたそれは、天井近くの桟の裏側に貼られていたシールだった。いかにも子どもが好みそうな虹色に光る、菓子のオマケによくついてくるようなシールだ。

「前の住人の置き土産かな。きっと子どもが貼ったんだね」

天哉に場所を譲られ、覗き込んだ松島が言う。

「なんかこの部屋さ、入居者入れ替わり時の清掃とか、あんまりちゃんとされてないみたいだな。――ックしょいっ！」

「まあ、それも安さのうちかなと思ったんだけど……きみは埃や黴のアレルギーなんだね。ごめんよ。座布団は仕舞ったほうがいいか。押し入れも閉めておこう」

くしゃみの止まらぬ陽太を申し訳なさそうに見やり、松島が取り出したばかりの座布団を押し入れに仕舞い込んだ。それから襖に手をかけた、そのとき。

――ギャー！

押し入れの奥から、子どもの泣き声が聞こえた気がした。ぴくり、と松島の手が止まる。そろそろと襖を閉め、それから再び陽太を見る。

「もしかして……いまの、聞こえた？」

「子どもの泣き声みたいなの」

こくこくと頷いて陽太は天哉を振り向いた。

「おい天哉、おまえも聞いたか？」

既に押し入れには興味を失くした様子で室内の別の場所を検分していた天哉が「いいや」と答えて首を横に振る。

「空耳じゃないのか？」

天哉が言うのに、松島が困惑の面持ちで眉尻を下げた。

「実は、気のせいかと思ったから話していなかったんだけど……いまみたいに子どもの泣き声が聞こえることがあるんだよね。ごくたまになんだけど」

それを聞いて、陽太は目を見開いた。

「マジか！　おい天哉、聞いたか？　ついに俺も聴いたぞ。霊の声だ！　この部屋には子どもの霊がいるんだよ！」

「やっぱり……きみもそう思う？　食事に入っていた髪や爪や、蛆。まあ明らかに調理場のミスだったと思うラップの切れ端が入っていたこともあったけど、それは置いておいて。なんだか怪奇現象みたいだなと僕も思ったんだよね」

微妙に頬を引き攣らせながら、「いままでそういうのは全然信じていなかったんだけど」と松島は自身の二の腕を擦った。

「俺、最初は女の霊かと思ったんだよ。松島さんはモテるっていうから、きっと結婚することに嫉妬した女が生霊飛ばしてきてるんだろうって。けど、違ったな。子どもの霊だ。この部屋に憑いてる子どもの霊が悪さしてるんだよ」

間違いない。とうとう陽太も、念願の心霊現象を我が身で体験したのだ。

「うわー、すげー。ヤバい、聴いちゃったよ。子どもの霊の声」

うきうきと言う陽太とは対照的に、松島の顔色はどんどん悪くなっていく。

「馬鹿が、いい加減にしろ。それに松島さんも、しっかりしてください。常識的に考えましょう」

冷ややかな声音で天哉が言い、押し入れに歩み寄ってスパンと襖を開いた。

「このアパートは壁が薄いと、さっき松島さんご自身が仰ってたじゃないですか。よその部屋に子どもがいるんでしょう。それがたまに聞こえてくる。特に、この押し入れは湿度の高さからして、水道管に接しているようだ。そのせいで音もよく伝わってくるんです。更に言えば、荷物がほとんど入っていないせいで押し入れ内部が空洞になっているから、伝わってきた音が響く。それだけのことです」

浮足立っていた気持ちに水を差されて陽太は唇を尖らせたが、松島はハッと我に返った様子で照れ臭そうに頭を掻いた。

「ああ、そうか……うん、そうだな。言われてみれば、その通りだよ」

「納得していただけたところで早速ですが、食事の支度をしませんか」

「そうだね。あ、僕がやるからきみたちは座っていてくれて構わないよ」

「いえ、ぼくも手伝います」

「俺はパス」

キッチンに向かうふたりの背中に、陽太は声を張り上げた。

もう少し押し入れを調べたい。天哉はああ言ったが、もしかしたら今度は声だけでなく姿も見えるかもしれないではないか。ここの子どもの霊と、陽太は相性がいいのかもしれないのだから。

「好きにしろ」

投げやりに応じた天哉の背中に肩を竦めてから、陽太は再び押し入れの襖を開いた。途端にまたくしゃみが出る。

そういえば小和の祖母のチヅから、松島の家に行ったらくしゃみが出るかどうか気をつけておけと言われた。あれはどういう意味だったのだろう。

「埃とか黴にアレルギーがあるから注意しろってことか？」

まさか。陽太自身も知らないアレルゲンをチヅが知っているはずもない。

「ま、いっか」

考えるのをやめて、さっきと同じように袖口で鼻と口を覆いながら押し入れのなかに頭を突っ込む。先ほど見つけたシールは、やはり同じ位置にあった。

「子どもが貼ったんだろうけど……」

押し入れの天井に子どもがシールを貼る。それ自体は別に不思議でもないし、よくあることだろうと思う。でも、その子どもが霊となってこの場に留まっているのだとしたら？

だとしたら、このシールの意味合いはいくらか変わってくるのではないだろうか。

「まさか、虐待……？」

シールが貼られているのは、押し入れの天井だ。ということは、その子どもは上段に登っていなくてはならない。しかしこんなところにシールを貼りたがるくらいの小さな子どもが、自分の足で上の段によじ登ることができるだろうか。

もちろん踏み台になるものがあれば登れないこともないだろうし、たった一枚のシールから想像を膨らませすぎかもしれない。でも……。

嫌な想像だ。

「なあ、いるのか？　ごめん、俺には視えないんだ。いるなら、またさっきみたいに声だけでも聴かせてよ」

陽太は、押し入れのなかに向かってそっと声をかけた。

もしも虐待されていた子どもの霊がここにいるのなら。こんな暗くて湿ったところにいないで、出ておいでよ。そう思いを込めて囁いてみる。

が、いくら待っても、さっき聴こえたと思った子どもの泣き声が再び耳に届くことはなかった。

背後から陽太のくしゃみが聞こえてくるなか、天哉は松島と共にキッチンに立った。元々が単身者用に造られているせいで、男ふたりが肩を並べるとかなり窮屈に感じる。

「ご覧の通り狭いから、向こうで待っていてくれても構わないよ」

「一応、調理工程から確認させてください」

「なるほど、そうだね。僕自身が調理中に異物を混入してしまっている可能性もあるわけだ。――じゃあ、まずは上の棚から食器を出してもらっていいかな」

「取り皿を三枚ですね」

言いながら上の棚に手を伸ばし、皿を取り出したところで指先がべたつくものに触れた。思わず顔をしかめて手を引っ込める。汚れた指先からは、少し変わった臭いがした。

「どうかした？」

「棚板がべたついてますね」

「ああ、そこね。油染みが残ってるんじゃないかな。なんせボロアパートだから」

松島には気にした素振りはないが、いくら短期とはいえ、天哉ならとてもこの部屋には住めない。まずなにより、あの押し入れの湿気だけで無理だ。

とはいえ、依頼人の前でそんなことを口に出すほど分別に欠けてはいない。取り出した皿を先に室内に運んでから、松島に断って指先についた油を洗い落とした。そうしている間にも松島は手際よく野菜を切り進め、ひき肉を丸めている。

「料理はあまり得意じゃないと言ってたわりに、上手いですね」

「一応ね、実家を出る前に少し練習してきたんだよ。このつくねも母親から伝授されたんだ。彼女もバリバリ働きたいひとだから、結婚したら家事も分担しないといけないしね」

なるほど、同僚の佐伯が松島を「優しい」と評したのは、こういうところなのだろう。特別にモテたいとは思わないが、こういうところは参考にしておくべきかもしれない。

「土鍋があればいいんだけど、普通の鍋しかないんだ」

下の棚から取り出した鍋を松島が示し、汚れなどがないことをたしかめてから水を張る。具材にも異物が混入していないことをチェックしながら鍋に入れていき、たっぷりの大根おろしで鍋の表面を覆ってからコンロにかけて火を点ける。具材に火が通るのを待つ間に片付けを手伝った。

「異変が起きるようになってから、他になにか変わったことはありませんでしたか？」

「特に思いつかないけど……例えば、どんな？」

「室内に荒らされた形跡があったり、閉めたはずの鍵が開いていたり。外部から何者かがこの部屋に入った可能性はないかと」

「そう言われても……」

困惑した面持ちで松島が室内を振り返る。つられて天哉も振り返ると、押し入れに向かって陽太がなにやらしきりに話しかけている。

あいつ、頭は大丈夫か？

「ご覧の通り、物もほとんど置いてないからね。侵入者があったとしても、気づかないかもしれない」

「たしかに。——鍵は、普通の鍵ですか？」

「うん、そう。ピッキングで簡単に開くタイプ」

玄関の靴箱の上に無造作に投げ出されていた鍵を取り、松島が見せてくれる。

「せっかく考えてくれた可能性を潰すようで悪いんだけど、僕が食事を作って、よそって、運んで、それから食べるまでの間に誰かがなにかを入れるような隙はなかったよ。いつも、できたものを運んですぐに食べるからね」

「一度テーブルに置いて、また箸やなにかを取りにキッチンに戻ったりはしていないということですね？」

「一度や二度はそういうこともあったかもしれないけど、基本的にはしていないはずだよ。うどんなんかの麺類のときには丼ひとつだし、両手で全部運べるからね」

どうやら自信があるらしく、松島はきっぱりと断言した。

となると、侵入者が松島の目を盗み、食事に異物を投入した可能性は低いわけか。

では、いったいどうやって調理されたばかりの料理に異物を混入させることができるのだろう……。

「そろそろ煮えたね。とりあえず、食事にしようか」

「ああ——ぼくが運びますよ」

松島がコンロの火を止めるのを待って、天哉は鍋に手を伸ばした。先に立った松島の後を追い、完成したみぞれ鍋を和室へと運ぶ。

——ウギャーーッ！

不意に、耳元で赤ん坊の泣き声が聴こえた気がした。泣いているというよりも叫んでいるような、ひどく切羽詰まった声だ。

「どうかした？」

思わず足を止めた天哉を見咎めて、訝し気に松島が首を傾げる。天哉は気を取り直して室内に足を踏み入れた。

「いえ、なんでもありません。——おい陽太、できたぞ」

「お、旨そう」

鼻を覆っていてもくしゃみが止まらないらしい陽太は涙目になっている。

「おまえ大丈夫か？」

「平気平気――っくしょん！」

それを見て、「申し訳ない」と松島がまた恐縮したように肩を窄めた。つくづくひとのいい男なのだと思う。

「じゃあ食べようか。今日は……」

なにも入っていないといいのだけど。おそらくそう続けようとした言葉を呑み込んで、松島が曖昧に微苦笑を浮かべる。

「大丈夫ですよ。今日は、ぼくも手伝いました。なにも入っていないことはずっと確認していましたから」

ひとり用のローテーブルに三人は少々手狭だし、大の男がちまちまと額を突き合わせている光景は傍から見たらさぞ滑稽だろうが、仕方がない。身動きすると肩をぶつけそうになりながら、三人揃って箸を取り上げた。

「いただきまっす！」

散々くしゃみをしていたわりに元気そうな陽太が真っ先に鍋に箸を突っ込んだ。天哉もそれに続き、松島も鍋を突く。

「みぞれ鍋ってさ、旨いけど大根おろしが大量に必要だから作るのは面倒だって言うよな。――あれ、どうした？」

天哉は、取り皿によそった豆腐を口に運ぼうとしたところで、ぎくりと箸を止めた。まだ具材がわずかしか入っていない自分の取り皿には問題がない。ただ、鍋のなかに、あるはずのない奇妙な物が見えた気がした。

皿を置き、天哉はそっと箸を鍋のなかに差し入れた。淡雪のような大根おろしを掻き分ける。

──と、ソレがぷかりと浮いてきた。

咄嗟に松島を見やると、彼も中途半端に箸を浮かせたまま固まっていた。その視線は、中央に置かれた鍋に注がれている。

「なんだよふたりとも。どうかしたのか？」

陽太だけが不思議そうな顔をして、ぱくぱくとつくねを頬張っている。

「いや……なんでも、ない……」

答えた声が掠れた。

「ごめん、無理だ！」

放り出すようにして皿を置いた松島が、トイレに駆け込んで行く。

「え、おい。ちょっと、なんなんだよ？　おい天哉、どうしたんだ？」

ひとりだけ訳のわからぬ様子できょとんとしている陽太に、答えてやる余裕はなかった。

鍋の中身はまだ一口も口に入れていない。なのに吐き気が込み上げてくる。天哉は、片手で口元を覆った。

鍋の真ん中に浮いているもの。それは一対の目玉だった。

「なあ天哉。昨日の鍋に入ってたモノさ、おまえも視えたんだろ？」

「いいや、なにも視ていない。気のせいだ」

昨夜から、天哉はずっとこうだ。幾度訊ねてもまともに答えてくれない。

松島のアパートで囲んだ鍋のなかに、松島だけでなく天哉も異物が混入しているのを視たらしい。松島に聞いたところによると小さな歯がみっしりと浮いていたらしいのだが、天哉は頑としてそれを認めようとしないのだ。

「ちぇっ、ずりーよな。なんで俺だけ視えなかったんだよ」

まったくもって面白くない。松島と天哉ふたりが揃って目にしたものが、陽太にだけ視えなかった。松島の話によるとあまり気持ちの良い光景ではなさそうだから視えなかったのはむしろ幸いなのかもしれないが、それにしても面白くないものは面白くない。

「着いたぞ、ここだ」

べたべたと物件情報の貼られたガラス戸の前で天哉が足を止める。見上げると、〝オオクマ不動産〟とメッキの剝げた金文字の看板があった。

古く、そして小汚く、いかにも「大昔からこの辺りのことは知ってます」と言いたげな地場の不動産屋は、松島のアパートがある上石神井駅の南口に広がる商店街の片隅に埋もれていた。松島があのアパートを借りた不動産屋が、ここなのだ。

いまどき珍しいレトロな雰囲気のガラス戸を引き、なかへ入る。

「ごめんください。瑞泉キャッスルの件でお話を伺いたいのですが」

松島の住むアパートの名を挙げて、天哉が訪いを告げる。

妙に薄暗い店内だ。入ってすぐにカウンターがあり、その前にパイプ椅子が二脚置かれている。店頭部分は全部で八畳くらいだろうか。カウンターの奥の空間には壁に沿ってスチールラックが並び、その隙間を埋めるように絶妙な配置でデスクが二台置かれている。一台のデスクは空席になっていて、もう一台のデスクでは白髪頭の男がスポーツ新聞を広げていた。

天哉の声に反応して、白髪頭の男が鼻先にずり落ちた眼鏡の上から目をのぞかせて「いらっしゃい」と声を上げる。

「瑞泉キャッスルね。現地は見た？　あそこはかなりのボロだから、若い子にはあんまりお薦めしないよ」

新聞を畳み、思いのほか身軽に立ち上がった男が身振りでパイプ椅子を勧めてくれながらやってくると、カウンターの上に置かれていた名刺箱のなかから名刺を一枚取り出して、天哉の前に置いた。オオクマ不動産の大隈、と書かれている。

「すみません、住みたいわけではなく、いま松島さんという方が借りている二〇二号室について教えていただきたいのですが」

まつしままつしま、と口のなかで呟き、思い出したらしい。「ああ、あの短期借りのお客さんか」と大隈が頷く。

「あの部屋に、なにか問題があるという話はありませんか？」

「問題？　なんの？」

眼鏡の奥ですっと目を眇めて、今更のように大隈がふたりの顔を順に見回した。

「あんたたちは松島さんの知り合いか？」

「失礼しました。ぼくたちは、松島さんから依頼を受けて調査を行っています」

天哉が、新しく刷り直したばかりの名刺を差し出した。

ネットで注文したものが昨日のうちに陽太の家に届いていたのだ。いつ不在になるかわからない独り暮らしの天哉のところよりも、実家暮らしの陽太の家のほうが荷物は受け取りやすい。ということで陽太の家宛てに発送するよう手配しておいたのだが、タイミングの悪いことに受け取ったのが出戻りの姉で、「あんたまた怪しい商売やってるんじゃないでしょうね」と眉を顰められた——というのはまあ、また別の話だ。

「ＡＧＲＩ？　聞かない会社だね。なんの会社なんだ？」

指先で老眼鏡を支えながら名刺に目を落とし、大隈が眉を寄せる。

「調査会社です」

多くを端折って、天哉が答える。ふんと鼻を鳴らし、名刺を置いた大隈が胡散臭そうにこちらを見た。

「うちはここらでも長いし、まっとうな商売してるんでね。生憎調査会社に調べられて困るようなことはなにもないよ」

心なしか、さっきまでよりも態度が硬化した気がする。

予防線を張る大隈に、わかっています、と天哉が応じる。

「お聞きしたいのは、松島さんが借りている部屋の件だけです」

「あそこはなにせ古いアパートだからな、家賃も限界まで下げてる分、部屋もそれなりだ。短期間だし、お客さんのほうがそれでも構わないってことだったたから諸々合意の上で貸してる。なにも問題はない」

「契約上の問題については、ぼくらの関知するところではありません。ぼくたちがお伺いしたいのは——」

まだるっこしいやり取りを黙って聞いているのに飽きて、陽太は天哉が言いかけたのを遮ってぐっと身を乗り出した。

「ねえ社長。あの部屋、幽霊出ない？」

隣から天哉がものすごい目つきで睨んできたのは、とりあえず気にしないことにする。

「幽霊？　馬鹿言うな。そんなもんは出ないよ」

呆れた顔つきで大隈が言う。

「でもさ、俺聞いたんだよね。子どもの泣き声」

「そりゃ下の階の子どもの声だろ。一〇一に、たしか五歳くらいのがいるからな」

「じゃあさ、あの部屋で子どもが死んでない？　例えばその……虐待とかで」

　さすがに言い淀むと、大隈が渋い顔を一層渋くして言下に否定した。

「あるわけないだろ。あんたら、調査会社だって言ったな。なんの調査会社なんだ？　あんまり変なこと言うと、警察呼ぶぞ」

　頑なな態度を崩さない大隈に、少々焦る。

「怪しい調査じゃないって。松島さんに頼まれたんだ。俺たち、幽霊の調査をしてるんだよ。——ん？　あ、違った。幽霊がいないことを調査してるんだ」

「はあ？」

　胡乱な目つきで陽太を眺め、大隈が腰を上げる。

「なんだか知らんが、客じゃないなら帰ってくれ」

「待った待った！　ちょっと待ってよ。あの部屋で死んだひとは、ほんとにいないの？」

「いないよ」

　素っ気なく答えて、大隈が背を向ける。

　傍らの天哉に救いを求めるが、勝手に口出ししたことを怒っているのか、こちらも知らん顔でそっぽを向かれてしまった。

「ねえ社長、そんな冷たいこと言わないでさ。松島さん、本気で困ってんだよ。飯も食えなくて痩せちゃってさ。結婚準備のためにわざわざ引っ越したのに、あれじゃあ結婚する前に死んじゃうよ」

渾身の泣き落としが効いたのか、席を立った大隈はデスクに戻らず、そのまま壁際の棚を漁ると分厚いファイルを二冊抱えて戻ってきた。

「妙な噂を立てられたら面倒だからな。個人情報だから見せられないが、こっちで確認してやる。瑞泉キャッスルの二十年分の入居者情報だ。短期貸しの部屋は、たしか二〇二号室だったな？」

「さすが社長、やっぱ困ってるひとは放っておけないよね。優しいなぁ。サンキュー！」

陽太の世辞も「ふん」と鼻先で受け流して、大隈がファイルを捲る。

「しかし、あそこは古くて汚い以外では本当にまったく問題ない物件だぞ。いままでトラブルが起きたこともない。ま、古い分だけ長く住んでる人間も多かったからな。瑕疵物件もないわけじゃないが、どっちにしろ部屋が違う」

「どこ？」

「一〇五だ」

「死んだのは子ども？」

「年寄りだ。孤独死だよ。発見が早かったんで、被害もまあ大したことなかった」

「二〇二で子ども連れの入居者は？」

しばし唸りながらファイルを捲っていたが、二冊見終えたところで大隈が首を振る。

「いないな」

「それはおかしい」

それまで黙っていた天哉が、くいっと眼鏡を押し上げながら口を開いた。

「あの部屋の押し入れのなかに、菓子のオマケについてくるようなシールが貼ってありました。キャラクターの流行からしても、さほど古いものじゃない。少なくとも、ここ数年の間に子連れの入居者がいたはずですが」

「ああ……」

しばしなにかを思い出すように宙を睨み、やがて大隈が「それなら前の客のかな」と呟く。

「貸してたのは昨年の春頃までだったが、たしか離婚してたんだよな。別れたけど、まだ小さい子どもがいるんだって聞いた覚えがある。カミさんが子ども連れて出てっちまったらしい。その子が遊びに来たときにでも貼ってったんだろ。――ったく、あの清掃業者め。安いからって手抜きばっかりしやがって」

舌打ち交じりになにやら愚痴りつつ、うん、とひとつ頷く。

「そういや、二〇二を貸してる間に死んじまったのは、その客だけだ」

「そんなら……！」

勢い込んで反応しかけた陽太を制するように、「ただし」と大隈が声を強める。

「亡くなったのは病院でだ。癌だったんだよ。可哀そうに、まだ四十代だったのにな」

「なあ天哉。おいってば。怒ってんのかよ？　勝手に話したから？　でもさ、結果オーライだろ？　社長、いろいろ教えてくれたし。そうだ。なあ、子どもの霊じゃないとしたら、やっぱり女じゃないか？　前に住んでたひとは別れた妻がいたんだよな。その妻が、まだ夫がそこに住んでると思って恨みの生霊を飛ばしてるとか。どうだ？」

　不動産屋を出て駅に向かう。改札に入る直前で、天哉はぴたりと足を止めた。ぶつかりかけて、陽太が踏鞴を踏む。

「おい天哉」

「ぴよぴよ騒ぐな。しばらく黙ってろ」

　ぴしゃりと告げて、辺りを見渡す。ちょうどいい場所に喫茶店を見つけて、天哉はすたすたとそちらに足を向けた。陽太は口を尖らせながらも黙り、大人しく後についてくる。

　少し考えたいことがあった。先ほどの不動産屋の話を聞いて、なにかが閃きそうになったのだ。

　セルフサービスでそれぞれ飲み物を買い、空いている席に腰を下ろす。まだかまだかと陽太が待ち構えている気配を極力無視して、天哉は指先で眼鏡を支えながら目を閉じた。

　子どもの霊だ、いや女の生霊だとコロコロ意見を変えている陽太のことは、とりあえず放っておいていい。まず、松島の部屋で聞こえた子どもの泣き声は、階下の住人のものであることがわかった。一〇一号室に五歳児がいると言うから間違いない。

　次に、押し入れのシールだ。それは、前の住人の子どもが遊びに来たときにでも貼った

と考えればいいだろう。

最後に、最大の問題はこれだ。食事に混入していた異物。

昨夜、松島の部屋で、天哉もたしかに目にした。鍋に浮いていたふたつの眼球を。あれは見間違いではなかった。事実、松島も鍋のなかに異物を視たと言っていた。

ただし、松島が視たのは歯だったそうだ。小さな歯がみっしりと鍋のなかに浮いていたという。

天哉の視たモノと、松島の視たモノは違う。この差異に、なにか意味はあるのだろうか。

いったい何故、あんな幻覚を見たのだろう。

「幻覚……？」

つと、天哉は顔を上げた。

「おい陽太。おまえは昨夜、鍋のなかになにも視なかったんだな？」

「へ？　ああうん、別に。旨そうな鍋だったけど。つか、旨かったし」

そうだった。ふたりがどうして嫌な顔をしているのかもわからぬ素振りで、陽太だけはぱくぱくと鍋を食べ続けていたのだった。

ということは、天哉の目にしたアレは実体ではなかったわけだ。

「そうか、そういうことか……」

松島は視た。天哉も視た。なのに、陽太は視ていない。

この違いは——

ほとんど手を付けていない飲み物をそのままに、天哉は立ち上がった。

「陽太、行くぞ！」

「あ？　どこに？」

「松島さんのアパートだ」

○○

この一週間に、松島はまた少し痩せた。相変わらず食欲を失ったままなのだろう。調査に時間がかかってしまったことを、申し訳なく思う。

「あの、うちのおでんは本当に大丈夫ですから。よかったら少しでも召し上がってくださいね」

小和も気づいたらしく、松島を労わるように声をかけた。

「お気遣い、すみません。じゃあ少しだけ、大根なんかを」

松島が選んだいくつかのタネを器によそい、小和が差し出す。それを受け取って、松島が天哉を振り向いた。

「今日は調査結果を教えてもらえるんだよね？」

「はい。お待たせしました。結果が出ましたので、お知らせします」

昨夜のうちに松島とは連絡を取り、今日、小和の店で待ち合わせることを約束していた。

一週間前、不動産屋から松島のアパートに出向き、そこで採取したあるモノを、天哉は大学の研究室にいる知人に頼んで分析してもらった。その結果が出るまでに一週間かかったのだ。

「結論から話します。まず、食事に異物が混入していたのは霊の仕業などではありません。もっと言うなら、食事に異物が混入していたという事実もありません」

「どういうことですか？」

きょとんとした松島に代わって訊いたのは、小和だ。

「あれはすべて幻覚だったんです」

「幻覚……？」

松島だけでなく、小和も、それに陽太もぽかんと口を開けた。

そう言えば今日もまた店には祖母のチヅの姿があったが、話に参加するつもりはないらしく、食器棚の前に据えられた椅子にちんまりと腰かけてうつらうつら船を漕いでいる。

「そうです、幻覚です。松島さんの家で鍋を食べたあのとき、ぼくは鍋のなかに目玉が浮かんでいるのを見ました。松島さんは歯を見たと言っていましたよね」

「小さな歯だった。子どもの歯みたいな。それが鍋の表面を覆うくらい、びっしりと浮いていたんだ」

天哉は、ひとつ頷いた。

「そうなんですよ。鍋のなかに異物を見た。それは共通していますが、見たモノはぼくと松島さんでは異なっている。それに、あのとき陽太だけは平気な顔をして鍋を食べていた。

彼は、なにも見ていなかったからなんです」

「うん、たしかにそうだったね」

視線で続きを促されて、天哉は再び口を開いた。

「幻覚を見たぼくたちと、見なかった陽太の違いは、調理中にキッチンに立っていたかどうか。それだけです」

うんうん、と陽太が相槌を打つ。

「ぼくは当初、食事のなかに混入した異物は実在するものだと思っていました。でも、それが違うとわかった。──ところで、松島さんに教えていただいて、あのアパートを仲介した不動産屋に行ってきました。そこで前の住人が癌で亡くなったということを聞いたんです。とはいえ亡くなったのは部屋ではなく病院だそうなので、ご心配なく」

「ああ、わかった。けど、それが……？」

話がどう繋がるのかわからぬ様子で、松島が曖昧に首を捻る。

「癌で亡くなった。ということはつまり、あの部屋に住んでいたときには末期に近かったはずです。癌の末期というのは、腫瘍（しゅよう）の生じる部位にもよりますが、概ねひどい痛みに悩まされる。それを緩和するために、ホスピスなどではモルヒネを使います」

「んなことは知ってるけどさ、それがなんの関係があるんだよ？」

焦れたように口を挟む陽太をじろりと睨む。

「大ありだ。医療大麻というのを聞いたことがあるだろう？　日本では現状、認められていない。しかし世界ではその効用が広く認められつつある。医療大麻は通常、普通の大麻と同じように乾燥させたものを熱して吸引する。だが最近、服用するタイプのオイルが海外では浸透してきているんだ」

　その名を、ＣＢＤオイル（カンナビジオール）という。

　これは大麻から抽出して作られるオイルなのだが、麻薬として使用されるものとは成分が違う。国内ではいまのところ健康食品として分類されているが、用途は医療用だ。ＴＨＣ（テトラヒドロカンナビノール）という精神に作用する、いわゆる麻薬としての成分は含まれず、健康増進に効果のある成分だけを抽出しているオイルだ――ということになっている。

　大麻自体が違法である国内では製造ができず、手に入れたい場合は海外から輸入するしかない。そして、輸入されるもののなかには、本来含まれていないはずのＴＨＣが多く含まれているものもある。簡単に言えば粗悪品だ。

　値段の問題か、或いは手に入れやすかったルートの問題か。いずれにしても、松島の前の住人はその粗悪品を使っていたのだろうと思う。

「ぼくが知人に頼んで分析してもらった結果、松島さんのアパートから採取したものはこの粗悪品のＣＢＤオイルだったことがわかりました。それが幻覚を見た原因です」

「そんなものが、いったいどこに？」

　もっともな疑問だ。

「キッチンの棚板です。べたついているところがあると話したのを覚えていますか?」

こくこくと忙しなく松島が頷く。

「あるね。普段は目に入らないところだからと思って僕は気にしていなかったんだけど、もしかしてあれが?」

「元々、あそこに仕舞っていたんだと思います。それが零れて、染みついていた」

ヒントになったのは陽太の言葉だった。天哉は、ちらりと陽太を見やった。

「あのアパートは古い。だから家賃も安く、通常、入居前や退去時に行われるはずの清掃もおざなりだった。そのせいで棚板の清掃もきちんとされていなかったんでしょう。染みついた油汚れはそのまま放置され、そして、キッチンで火を使ったときに出る蒸気に反応した。ぼくたちは、それを吸い込んだんです」

入退去時の清掃がいい加減なのではないかと最初に言ったのは陽太だ。そして、不動産屋もそれを裏付けるようなことを呟いていた。それに「幻覚」という言葉が結びついて、思い出したのだ。棚板のベタつきを。

「なんだ……」

気が抜けたように松島が力なく笑う。

「なんだ、そうだったのか。僕はてっきり……」

「霊の仕業ではありません。食事のなかに異物を見たのは、火を使った調理をしたときだけだったはずです。外食時に異物が入っていたのは、あれはたまたまでしょう。ぼくたちも実際にその店に足を運んでみましたが、例えば蕎麦屋に関しては厨房に不慣れなバイトが入ったばかりだったそうですし、ラップが混入したという店などは、店員の態度からして、いかにもそういうことがあってもおかしくはない店だった。それこそツイてなかっただけです」

　最初にカレーうどんに入っていた爪は、たっぷり振りかけたという七味唐辛子のゴマや山椒(さんしょう)の粒、若(も)しくは、カレースパイスに含まれていた胡椒(こしょう)の粒かもしれない。共に鍋を囲んだ際に天哉が見た眼球はつくねで、松島が見た一面の歯は大根おろしだった。そう考えられる。

「ですから、帰ったら棚板を綺麗に拭き、できればあのアパートではあまり火を使わない食事をしたほうがいいかもしれませんね」

　わかった、と応じてから、松島がおずおずとした口調で付け加えた。

「じゃあ、あの子どもの泣き声は？」

「あのときも言った通りに別の部屋から聞こえてきたものです。一〇一号室に子どもがいるそうなので、配管を伝って聞こえてくるんですよ」

　聞き終えて、松島がようやく晴れ晴れとした顔つきになった。

「そうか、そうだったんだ。どうもありがとう。半信半疑だったんだけど、きみたちに頼んでよかったよ。ありがとう！」

　それから忘れていた食欲を取り戻したようにおでんを幾度もお代わりして、食べ過ぎたて行った。

と腹を押さえながら、それでもやってきたときよりも元気な足取りで松島は一足先に帰って行った。

海外にいるという彼女——婚約者から、今夜は電話がかかってくるのだそうだ。なにやら大事な報告があると言われているらしく、そしてその内容にもうっすら見当がついているようで、松島はなんとなくニヤけていた。

「やっぱりおふたりはすごいですね。わたし、田ノ倉の父にもちゃんと言っておきますね。松島さんの依頼を解決したこと」

ひと仕事終えた労いにと、陽太が所望するよりも早く栓を抜いたビールを差し出しながら小和が微笑む。

「な、天哉って頭いいんだよ」

何故か誇らしげに陽太が言い、それからすぐにつまらなそうに唇を尖らせた。

「ちぇっ、今回は絶対に霊の仕業だと思ったのにな」

せっかく初の心霊体験ができたはずだったのに、あの泣き声も違ったのかと陽太がつまらなそうにぼやく。

馬鹿が。だから霊などいるはずないだろう。そう言おうとした天哉が口を開くよりも先に、寝ているとばかり思っていたチヅが不意に口を開いた。

「くしゃみは出たか？」

「あ？　なんだばあちゃん起きてたのか」

「あの男のアパートで、くしゃみは出たのか。どうなんだ?」

陽太がちらりとこちらを見やり、それから頷いた。

「う、うん。出たけど」

それを聞いて、チヅがふっと鼻で笑う。

「せっかく感度はいいのに、肝心なところで鈍いヤツだ。もっと磨け。そうすれば、いつか念願の心霊体験ができるようになるぞ。それからそっちの小僧は、表の眼は開いているのに心の眼が閉じとる。もっと素直になれ」

ふと、思う。まさか陽太のくしゃみが反応しているのは——

「なんの話だよ、ばあちゃん」

「ふん。わからんなら、わからんでもいいわ。そのうちわかるときが来るだろうよ」

いや、そんな訳があるものか。この世に〝霊〟など存在しない。ましてや、それに身体が反応してくしゃみが出るなど、非科学的にも程がある。

天哉は、そっと頭を振った。

「そういや、松島さんの彼女って妊娠してるっぽいよね」

「そう言ってたな」

自分が見ていたものが幻覚だったと知れて、食欲の戻った松島がおでんを食べながら話していたことだ。おそらく今夜の彼女からの電話の報告は妊娠の件ではないか、と。時期的にも、前回帰国したときから数えてちょうど報告してもよいと思えるタイミングと合っているそうだ。

「俺たちが聞いた子どもの声さ、彼女のお腹の赤ちゃんの声だったりして。父ちゃんの危機を察知して、泣き声で精いっぱい警告しようとしてた、とか」

「馬鹿が。生まれてもない子どもが、どうやって泣くんだ」

即座に否定すると、陽太が呆れた風に肩を竦めた。

「おまえ、ほんとに頭が固いな。だってさ、一階の子どもは五歳くらいって言ってたろ？だけど俺たちがあの部屋で聞いたのは、もっと小さい子どもっていうか、赤ちゃんの声だった。……と思えば、思えなくないと思うんだけど。たぶん」

最後は自信なげに、陽太の声が尻すぼみになる。

けれども天哉は思い出していた。鍋を運んでいたあのとき、耳元に聴こえた悲鳴のような泣き声を。

まるで警告するように叫んだあの声は、たしかに赤ん坊のものだった。

子どもの泣き声とは違う、赤ん坊の泣き声。

もしかしたら、まだこの世に生まれてすらいない赤ん坊の……。

そういえば、松島が時おり泣き声を聞いたという押し入れのなか。あそこは暗く湿っていた。それは、どこか別の似た場所を思い起こさせはしないか？

例えば、生まれる前の胎児がいる母体のなか——

天哉は再び頭を振って、脳裏に浮かんだ妙な連想を慌てて打ち消した。

「五歳児も、叫び声だけなら赤ん坊と変わらないだろ。いつまでも馬鹿なことを言うな」

吐き捨てて、ふと首を傾げる。今更ながらの疑問が湧いた。

「陽太は、どうして霊などという非科学的なものを肯定できるんだ？」

「ん？　そりゃ決まってんだろ。信じるって決めたからさ」

「は？　決めた？」

「俺、幽霊とか一度も視たことないからさ。だったら信じるしかないだろ」

天哉は、まじまじと陽太の顔を見やった。

「いつからだか覚えてないけど、とにかく信じるって決めたんだよ。だから俺は、霊はいるって信じるんだ」

その答えに、ニヤニヤしながらふたりのやり取りを見守っていたチヅが声を上げて笑う。

「面白いことを言うな」

「そうか？　――そういや、ばあちゃん。いつまでこっちにいんの？」

「ぼちぼち来週辺りにでも帰るさ。あっちで待ってる者らもいるしな。ま、こっちはこっちで面白い小僧どもを見つけたから、またちょくちょく来るつもりでいるがね」

「それって俺らのこと？」

「さてね」

はぐらかすように言って、チヅがニヤリとする。

何気なく上げた視線がチヅとぶつかり、天哉はぎくりとして咄嗟に目を逸らした。

拝み屋をやっているというこの老婆、いかにもその素性からして胡散臭いのに、真っすぐに覗き込む眼差しには何故か不安にさせられる——。

第三話　おくりもの

朝六時半。セットしたアラームが鳴る五分前に、成海恵梨香は目を覚ました。

昔からそうなのだ。いつも決まって、アラームが鳴るきっちり五分前に目が覚める。

枕元に置いた眼鏡をかけてリモコンでテレビを点け、洗面を済ませてコンタクトを装着してから、冷蔵庫から取り出した無糖のアイスコーヒーを牛乳で割ってカフェオレを作る。

それを持って戻ると、ちょうどスマホにセットしてあるアラームが鳴っていた。

端末を取り上げてアラームを消し、そのまま出勤用の鞄にスマホを放り込む。テレビのニュースを横目に眺めながらスーツに着替えて、時おりカフェオレを啜りつつ時間をかけてメイクをしていく。

三十を過ぎて以降、鏡に向かう度に年々化粧のノリが悪くなっているのを意識する。

――三十代なんて、まーだまだよ。ほんとに怖いのは四十を過ぎてからだから。

ベテランの先輩社員はそう言うけれど、同じセリフを数年前、二十代後半の後輩に自分も告げた覚えがある。三十二、三の頃だった。

二十代後半になると、二十代の前半と比べて衰えを感じる。

三十代になったら、二十代後半なんてまだまだ若い。

四十代からすると三十代は「まーだまだ」で、五十代になったときには四十代でも「まだまだ！」と思うのだろう。いくつになっても、同じことの繰り返しだ。

そういえば、今年の正月に帰省したとき八十八になる祖母が、七十代までをすべてひっくるめて「若いひと」と呼んでいたっけ。

「さ、行くかな」

メイクを終えてからしばしカフェオレを飲みつつのんびりとテレビを眺め、七時半になったところで腰を上げる。朝食は、会社近くで買って自席で食べる予定だ。

私鉄からＪＲへと乗り継いで、丸の内にある会社までドアｔｏドアで一時間弱。恵梨香は朝起きてから会社に着いて、朝食を終えるまで一度もスマホは見ない。

朝の通勤電車では、昼間や帰宅時の車内よりもスマホの画面に釘付けになっている人口比率は低い。だから自分のそんな習慣を特別気にしたことはなかったのだが、少し前に後輩社員から「えー、珍しいですねー」と心底意外そうに言われて咄嗟に言葉に詰まった。

彼女はいつも、寝る直前までアプリでチャットして、ＳＮＳで呟いて、友人たちの写真をチェックして、ついでに嵌っているものがあればゲームして、そうして朝起きたらまた会社に着くまで同じことを繰り返すらしい。

その話を聞いてから気をつけて見ていると、そういえば仕事中も、隙あればスマホ持参でトイレに消えている。仕事に支障がない限りそのことを咎めるつもりはないけれど、マメだな、とは思う。

デジタル世代、アナログ世代という言葉すら既に死語に等しいが、SNSの普及は交友関係の在り方をザックリ二分したような気がする。

マメか、無精か。

恵梨香は確実に後者だ。そして大抵の場合、類は友を呼ぶ。

ほとんどスマホ中毒に見える後輩の彼女からすると恵梨香のほうが不思議らしいが、三十六にもなれば友人たちも皆それぞれの理由と事情で忙しく、そのことを互いによく理解してもいる。SNSもチャットもメールも人並みに使いはするが、毎度毎度投稿内容に反応せずとも構いやしないし、すぐに返信しないことに一々目くじらを立てたりもしない。時間ができたときに返事をする。それは暗黙の了解で、仮に用事があって連絡したのになかなか返事が来ないときなんかは「忘れてない？」と再度送ってみればいい。大抵は「あっ！　そうだったごめん！」と返って来る。この辺りのいい加減さは決して年齢のせいばかりではないだろう。

要は、恵梨香の友人たちは皆、恵梨香同様に無精なわけだ。

秒単位でのアクションを無言のうちに強要するような交友関係は好まず、互いに優先すべきものを優先する。恵梨香の場合は、仕事だ。

まず仕事。プライベートは、その合間を縫って。だから自然、スマホに手が伸びる回数も限られる。

そんなわけで、この日も近くのコーヒーショップで買ったバゲットサンドと早くも本日二杯目のコーヒーの朝食を終えて、ようやくスマホの画面を開いたのだが。

「あれ、また？」

恵梨香は首を傾げた。

開かれたメールの作成画面に意味不明の文字列が並んでいる。

──しやゃたあアタフかけけどかみや「ゆく
ここ最近、同じようなことが幾度かあった。

自分ではメール画面を開いた覚えもないし、文字を入力した覚えもない。そもそも誰かにメールする予定もなかった。なのに、何故かメール作成画面に意味不明の文字列が表示されているのだ。

故障だろうか。でも、こんな故障の仕方ってある？

「おはようございまーす」

出社してきたスマホ中毒の後輩社員が通り過ぎ様に、「あれ」と言った。

「珍しいですねー、成海さんが朝からスマホ見つめて考え込んでるなんて」

「私だって悩むことくらいあるよ」

苦笑しながら応じて、そうだ、と思う。

「ねえ、朝起きたらスマホに変な文字が入力されてることってある？」

「変な文字？　んー、寝ぼけて打った文章が変だったってことはよくありますけどぉ、そういうのじゃなくて？」

　きょとんと瞬いて後輩が答える。

「じゃなくて、自分では打ったつもりのない文字が入力されてるの。故障かな？」

「見ていいですか？」

　画面を向けてやると、後輩が腰を屈めて覗き込んだ。

「なんですか、この文章。文章というか、文字の羅列？」

「特に意味もなさそうなんだけどね、最近たまにあるの。スマホを開くと、こういう意味不明の文字の羅列が表示されてるってことが。だから故障かなと思って」

「えー、そんな変な故障の仕方ってないですよぉ。成海さんが自分で打ってるんじゃないんですか？」

　自分でも、そうかなと思ったことはあった。だけど、やっぱり違うと思う。

　何故ならば。

「だってこのメール画面、携帯メールの画面なんだよね。最近はアプリかフリーメールばっかりで、私、携帯のアドレスでやり取りしてる相手っていないんだもん」

「あー、たしかにー。最近は全然使わないですよね、チャットアプリばっかりで。でもあたしはたまに使いますよぉ。メールとしては使わないけど、備忘録的にメモしておきたいことを下書きに入力しておいたり」

「そう？　私は全然使ってないな。備忘録なら手帳に書くし」

「そっか、成海さんはそうですよね」

でもじゃあ……。呟きながら首を捻った後輩が、ハッと目を見開いた。

「成海さん、呪われてるんじゃないですか？」

「はぁ？」

唐突に突拍子もないことを言い出した後輩に、恵梨香はぽかんと口を開けた。

「よくあるじゃないですか、そーゆー都市伝説。幽霊と電磁波って関係あるんですよね、たしか。だから、きっと成海さんのスマホは呪われちゃってるんですよぉ」

この子は、その手の話が好きな子だったのか。少々意外な感に打たれて後輩の顔をまじまじと見やると、彼女は片手を口元に当ててふふ、と笑った。

「なんてね。だったら、ちょっと面白くないですかぁ？」

「あんまり面白くないな、当事者としては」

肩を竦めて、恵梨香はスマホを仕舞い腰を上げた。

「ま、いいわ。とりあえず今日は私、朝一でマネ会だから。チームの朝会よろしくね」

「はーい。行ってらっしゃい」

三十歳になったのを契機に転職したこの会社で、恵梨香はマネージャーという肩書と、六人のメンバーからなるチームをひとつ預かった。そして、呪いがどうのと意表をつくことを言い出した彼女はチームの二番手なのだ。

彼女に後を任せ、恵梨香は資料を抱えてミーティングに出席すべくフロアを出た。

歩き出すとすぐにスマホのことも、奇妙な文字列のことも、意識の片隅へと追いやられる。恵梨香の頭のなかは既に、これから行われるミーティングの内容で占められていた。

だからこの話はこれきりで終わった――はずだったのだけれど。

後輩の発した「呪い」という単語が意外にも深く脳裏に刻まれていたことを、恵梨香はそれから一週間と経たないうちに気づかされる羽目になる。

このときも、やはり朝だった。いつものように出勤して、いつものように朝食を摂り、そしてスマホを開いて例のあの不可解な文字列をその画面に見つけたとき、反射的に恵梨香の脳裏に「呪い」という単語が蘇った。

そんな馬鹿な、とは思う。思うのに何故か、そこはかとなく背筋が寒くなる。

「まさか、ね。でも、これ……」

前回とは微妙に文字の並び方が違う気もするが、相変わらず文字列は意味をなしていない。いままでと同じだ。

ただしそれは前半部分だけ。

恵梨香の背筋を寒くさせたのは、文字列の最後の五文字だった。

――プレぜんた

これは「プレゼント」のことなのでは？

意味などないはずだった文字列に、初めて意味のある単語を読み取って、恵梨香はようやく事態の異常さを意識した。

「ちょっと、やだ。なによこれ」

「おはようございまーす。あ、成海さんまたスマホが呪われてましたぁ？」

聞き慣れた後輩の明るい声に、思わずホッと肩の力が抜ける。

だからつい、こう言ってしまったのだ。

「そうかも。このスマホ、ほんとに呪われてるのかも」

日本から四季が失われつつあるというが、今年も秋は短かった。

並木の銀杏が色づくよりも先に冷たい木枯らしが肌を刺し、来週には関東南部でも雪が降るかもしれないとテレビでは気象予報士たちが狼狽えている。まだ十一月も半ばだ。いくらなんでも早すぎるだろう。

とはいえこの寒さを厭う者ばかりかといえば、そうでもなく。

寒い時季にこそ好まれる、例えば、そう。おでん屋を営んでいる店主などからしてみたら、冬将軍の急襲は「ありがたいこと」でもあるようだ。

――わたし、本当は冬が少し苦手なんです。それで少しでも温かくなれるものがいいなと思っておでん屋さんにしたんですよね。でも失敗だったかなと思うこともあって……だから、最近寒くなってきてくれて少しだけ安心してるんです。

　数日前に、小和(こより)はそんな風に言っていた。

「あれ、成海さんまた来てるんだ。最近よく会うよね」

　メールのやり取りだけで解決する依頼ばかりで出向く必要のなかった今日は一日天哉(たかや)の家でダラダラと過ごし、動かないものだから腹も減らず、少し遅めの時間になってようやく空腹を覚えたところでやってきた小和の店に見覚えのある先客の姿を認めて陽太(ようた)は声をかけた。

「近くでいい店を見つけちゃったら、通わない理由はないじゃない」

　片手を挙げて挨拶を寄越した彼女は、閉鎖していたＳＮＳを再開してから少しずつ客足の戻り始めた〝和(より)〟に定着しつつある常連客のひとりだ。この店、おでん屋〝和〟が陽太と天哉と、ふたり揃って行きつけの店になってから早くも三ヶ月近くになるが、このところ遅めの時間にやってくると高確率で彼女の姿を店内に見つける。

「そういうあなたたちこそ、徒歩圏というには無理のある距離なのに、しょっちゅう来てるわよね。さては……可愛い女将狙いね？」

「そうだと答えても違うと答えても、角が立つような質問はやめてください。依頼人との面会にこの店を利用させてもらうことが多いだけです。静かで話しやすく、初対面の警戒心を解くにも〝和〟は都合がいい」

淡々と応じる天哉と並んで椅子を引き、カウンターに腰を下ろす。

「やあねぇ、真面目に答えちゃって」

「つか、成海さんのその質問がオヤジくさいんだって。もう酔ってんの？」

「女は年を取るとオヤジになるし、男は反対にオバサンになるのよ」

「なにそれ」

「想像してみなさいよ。なんとなくイメージできるでしょ？　恥じらいをなくして図太くなっていく女に、気概をなくしてチマチマした揚げ足取りと噂話が趣味になっていく男。ちなみに、まだ一杯目よ。さっき来たばかりだから」

言いながらグラスを掲げてみせた彼女の名は成海恵梨香という。先月末辺りから幾度か顔を合わせ、三度目辺りで互いに自己紹介をしあった。丸の内の会社に勤めているという恵梨香は、パリッとスーツを着こなした、いかにも仕事のできそうな雰囲気の女性だ。少し吊り目がちの、意志の強そうな顔立ちの美人――なのだけれど。実を言うと、陽太はこの手のタイプの女性が少々苦手だ。

何故かというと、姉に似ているから。昔から陽太と違って出来の良かった姉には頭が上がらず、従って、姉に似たタイプの女性に対してもちょっとした警戒心が湧く。

とはいえ飲み屋で知り合って他愛のない会話をしている分には特に問題ないのだが。

「ねえ、そうだ。あなたたちって、ちょっと変な仕事してたわよね？」

今日は酒を飲むよりも食べるつもりで来たので最初から腹に溜まるものをと思い、牛筋丼を頼んだ。甘辛く煮込んだ牛筋に、たっぷりのネギと半熟卵を絡めながら白米と共に掻き込むと、これが旨いのだ。しばしガツガツと食事に専念し、なにかもう一品頼もうかなと顔を上げたところに、ふと思い出した調子で恵梨香が口を開いた。

「〝アグリ〟な。変なって言うなよ。ちゃんと真面目にやってんだからさ」

唇を尖らせると、笑いながら恵梨香が「ごめんごめん」と謝る。

反対側で、天哉が「アグリ？」と首を傾げた。

「〝AGRI〟だから読み方は『アグリ』だろ」

「妙な読み方をするな」

いかにも気にくわないといった顔つきで天哉が顔をしかめるのに「なんでもいいんだけど」と恵梨香が割り込み、傍らに置いていた鞄からスマホを取り出した。

「私のスマホ、どうやら呪われてるらしいのよね」

「へ？」

「後輩がね、言うのよ。成海さんのスマホは呪われてるんじゃないですか、って」

「マジで？　呪いのスマホ？」

俄然興味を惹かれて、眺めていたメニューから恵梨香の手元に視線を移す。

「ま、それは冗談よ。呪いなんて馬鹿馬鹿しい。でもね、少し気になってることがあるのは本当」

「ちょっと見せてよ」

陽太は手を伸ばして恵梨香からスマホを受け取った。ロックがかかっているせいで画面は暗いままだが、見たところ普通のスマホだと思う。特別に変わったところはない。

「別に普通だな。どこが呪われてんの？」

「だからそれは冗談だってば」

重ねて念を押すように言ってから恵梨香が説明したところによると、近頃、気づくと妙な文字列が入力されていることが度々あるのだという。

「ふーん、それはいつも朝？」

「そうね、気づくのがいつも朝」

陽太の手からスマホを取り戻し、恵梨香が眉を寄せる。

「故障かと思って機種変更してみたんだけど、昨日も今日も朝になると変な文字が入力されてたの。しかも、普段は使わないメール画面に。実害があるわけじゃないんだけど、なんかちょっと気持ち悪くて」

へえ、と陽太は目を輝かせた。

「面白いな、それ。呪われてるか、それとも霊が憑いてるのかも――イテッ！」

脇腹を小突かれた。天哉だ。

「なにすんだよ」

「奇妙な状況に遭遇して『気持ち悪い』と言っている女性に対して、『面白い』は失礼だろう」

「あ、そっか。悪い」

頭を掻いた陽太に別に構わないと告げて、恵梨香が愉快そうに言う。

「あなたたちって変なコンビよね。──あ、ごめん。いまの『変な』は悪い意味じゃないから」

「成海さん、その謎の解明を、ぼくたちに任せてみませんか？」

どうやら思ったことがストレートに口に出るのは、恵梨香も同様らしい。

おもむろに告げた天哉に、陽太は「へえ」と思う。この手の営業トーク的なものを天哉は苦手としているから、こういう場面で自分たちを売り込むのはいつも陽太の役割だ。なのに珍しく自分から切り出したのは、相手が多少馴染みのある人間だからだろうか。

「そうねえ……でもごめん。自分で言い出しておいて申し訳ないんだけど、私、幽霊だの呪いだのはまったく信じてないから」

「だからこそです。この世に霊や呪いなどは存在しません。ぼくたちはオカルトと呼ばれるもの全般を否定し、科学的に原因を究明してみせます」

「おい天哉、俺は霊はいるって──」

「おまえは黙ってろ」

ぴしゃりと撥ね退けられて、陽太はむくれた。

「どうでしょう、成海さん。多少なりとも気持ちが悪いと感じているのであれば、原因を突き止めておくべきでは？　ご依頼いただけるのでしたら、料金の説明をしますが」

「うーん、そうねぇ……。とりあえず、いくらかかるのか教えてよ」

なにやら陽太の頭越しにサクサクと会話を進めていくふたりに、陽太は肩を竦めてメニューに目をやった。半ば無視された形になったことに腹が立たないわけではないが、これはまあいつものことだ。それに、どうやら心霊否定派らしい恵梨香はきっと天哉のほうが話が合う。

「美味しい明太子があるんですけど、いかがですか？」

「お、いいね。それ、白飯と食いたい」

それとなく様子を窺っていたらしい小和がすかさず声をかけてくれる。陽太は気を取り直して、即座にその提案に乗った。丼を一杯平らげたばかりだが、明太子ご飯くらいならまだ入る。耳聡（みみざと）く聞きつけたらしい恵梨香も、小和に向かって「私も」と声を上げた。

「なんだよ、こっそり俺だけ食っちゃおうと思ったのに。で、成海さんどうすんの？」

「依頼してみることにしたわ」

「お、マジで？」

「だけど、呪いだの霊が憑いてるだの、そういう眉唾物（まゆつばもの）じゃない原因を見つけてもらうから、よろしく」

「ちぇっ、やっぱりか」

どうせそういう流れになるだろうと思っていた。

「ところで、文字列で意味が読み取れたのは『プレゼント』らしき一語だけですか？　それは一度だけ？」

天哉が問うのに、恵梨香がそうだと首肯した。

「昨日のも今日のも、また意味不明だった」

「それ、具体的にはどんな文字だったの？」

「覚えてないわ。完全に意味不明だったから」

「じゃあさ、次に見つけたら送ってよ」

「そうね、わかった。連絡先教えて」

スマホを取り出し、恵梨香と連絡先の交換をする。それから傍らの天哉を突いた。

「おまえも交換しとけよ」

「ん？　あ、ああ……」

早くもなにやら考え込んでいた様子の天哉が、ハッとしたように瞬いてスマホを取り出した。連絡先を交換してから、恵梨香に端末を貸してもらえるよう頼んでいる。

「もしかして、もう原因がわかったとか言わないわよね」

「いえ、まだですが。少し確認しておきたいことがあるので、ロックを解除していただけますか？」

再び陽太の頭越しにやり取りを始めたふたりを尻目に、陽太はひとり考えた。

霊と電気系統は相性が良いというのは有名な話だ。例えば呪いの携帯電話とか、そういう都市伝説だっていくつもある。

今回のは、どっちだろう。呪いか、霊か。

「やっぱ、霊だよな」

なんとなく、そんな気がする。となると問題はどこで拾ってきたのか、だ。

恵梨香を横目で見つつ、陽太は明太子を載せた白米を頰張った。

「この前、成海さんのスマホを触ってなにを確認してたんだ？」

「誤作動の可能性を考えたんだ。操作していないのにスマホが勝手に動く事例は、いくつか確認されている」

「へえ、そんなことあんのか」

「あるんだよ。例えば、まずはウィルスに感染している可能性だ。それから、機種にもよるが、〝手袋モード〟などのタッチパネルの感度を高める設定が有効になっている場合も、画面が勝手に動くことがある。或いは、スマホ内部にエラーが溜まっている場合やバッテリーが消耗している場合もだ。正常に動作しなくなることがある」

「でも新しい機種に替えたばっかりだって言ってたよな」

「ああ。だから可能性は低そうだと思ったが、一応、一通り調べてみたんだ。キャッシュを消し、ウィルスは専用のアプリでクリーンにした。しかし結果は、案の定外れだったようだな」

あの夜、成海恵梨香からの依頼を正式に受けて、今日で三日目になる。

また変な文字が入力されていたらメールで送ってくれと頼んでおいたのが今朝になって届き、折よく今日は遅くならずに帰れそうだとも言っていたので、会社帰りの恵梨香と会う約束を取り付けた。

「ふーん。で、今日は？」

「〝作戦その一〟を成海さんに提案する」

そう言って、なにやら自宅から抱えてきた荷物を天哉が指差した。

「それ、なに？」

「成海さんが来てから説明する」

面倒なのか、勿体ぶっているのか。前者だなと思い、陽太はもう一度「ふーん」と応じてグラスに残ったオレンジジュースを飲み干した。

今日の待ち合わせは小和の店ではなく、恵梨香の会社がある丸の内の、オフィスビルの下に入っているコーヒーショップだ。場所柄か、コーヒーを飲むには中途半端な夕刻でもそれなりに店内は混み合っている。客の大半がサラリーマンやＯＬばかりで、なんとなく陽太と天哉はその場の空気から浮いている気がする。

「なあ天哉。この文字、なんか意味あんのかな？」

手持ち無沙汰に、恵梨香から送られてきたメールに並んだ文字列を眺めてみる。

――ああ山なかなまなバレわをま

まったくもって意味不明だ。

「暗号とか？」

「仮に暗号だったとして、誰が誰に宛てたものだと思うんだ？」

「あーそれはだな……」

しばし考えて、陽太はあっさりと白旗を掲げた。

「わかんね」

あからさまに呆れた顔つきで天哉が溜息を零したと同時に、店の入り口に恵梨香が姿を現した。

「お待たせ。ご飯は食べた？」

つかつかと歩み寄ってくるなり、恵梨香が言う。まだだと答えると、ならば移動しようと誘われた。その提案に異存はなかったので同意して、恵梨香が挙げた候補のなかからタイ料理の店を選んで移動する。恵梨香が先導して向かったのは、ガード下にあるこぢんまりとしたタイ料理店だった。

「腹が減っては戦は出来ぬ。お昼を食べ損なっちゃったから、まずは食事して、それからあなたたちの話を聞く。今日は、なにか提案があるんだって言ってたわよね」

「名付けて〝作戦その一〟だって」

「なによそれ、そのまんまじゃないの」

「おい陽太、余計なことを言うな！」

センスのないネーミングを暴露され、珍しく狼狽した様子の天哉に陽太はニヤリとした。

ちょうど夕食時ではあったけれどもなんとか待たされることなく座席を確保して、生春巻きやソムタムなど、いくつかの料理を注文する。恵梨香と陽太はビールを、天哉はジャスミン茶を頼んだ。

「ぼくからの提案をお話しする前に、いくつか質問してもいいでしょうか」

「どうぞ」

運ばれてきたビールに早速口をつけながら、恵梨香が促す。

「成海さんは独り暮らしですか？」

「そうよ。独身、彼氏ナシ。今更、それを訊く？」

「質問の意図は、成海さん以外で成海さんのスマホに触れる人物がいるのかどうかを知りたいということです」

「ああ、そういうことね」

補足した天哉に頷いて、恵梨香が首を横に振る。

「会社にいる間はともかく、家にいる間にスマホに触れるのは私だけよ。他人を部屋に上げることも滅多にないし、少なくとも変な文字に気づいてからは誰も来てない」

「会社にいる間は、どこに置いてますか？」

「基本的には鞄のなかに入れっぱなし。社内では社内用の電話とスマホがあるから、プライベートのは使わないの」

「では、目を離すこともある？」

「というより、朝と昼休み、それに帰る前くらいしか見ないわね」

ならば誰にでも機会はあるわけだ、と天哉が呟く。

「でも指紋認証のロックをかけてるから、画面は開けないわよ？」

「基本はそうでしょうが、パスワードでも解除できるはずです。番号はわかりにくいものにしてありますか？」

「かなりね。私以外にはわからないはず」

「では、なんらかの方法を考えない限り、成海さん以外の人物がスマホを操作するのは難しそうだということですね」

会話に参加しないつもりはないが、基本的に頭を使うのは陽太の担当ではない。天哉が質問を重ねる横で、陽太は運ばれてきたソムタムに箸を伸ばした。次の瞬間、あまりの辛さに思わず咳込む。

「ちょっと大丈夫？　この店、結構本場に近いから、辛さも本格的なのよ。気をつけて」

もっと早く教えて欲しかった。陽太は、慌ててビールで喉に張り付いた唐辛子を洗い流した。ソムタムというのは青パパイヤのサラダだ。喉を刺激する辛さに用心して口に運べば、酸っぱ辛くて次から次へと後を引く。ちびちびと千切り野菜を口に入れながら、陽太は「じゃあやっぱり」とふたりの会話に割り込んだ。

「成海さんのスマホには霊が憑いてんだよ。きっとどこかで拾ってきちゃった霊が、成海さんに言いたいことがあって暗号を送ってるんだ」

どうやら辛さには強い性質らしく、自身はごっそりと掬い取った青パパイヤを豪快に頬張って、咀嚼しながら恵梨香が眉を寄せる。

「却下。〝ＡＧＲＩ〟は非・オカルト的な解答を導き出すチームなんでしょ？　私は、霊験あらたかな壺も聖なる杯も、幸運のお守りも、現実的に価値のある物とみなせない物品は一切買わない主義なの。なにが言いたいかというと――」

「霊感商法お断り？」

「そ。わかってるじゃないの。ちゃんと理念に沿った方向で仕事して」

遠慮のない口調で、恵梨香がバッサリと陽太の意見を切り捨てる。

「でもさ、俺は霊がいるって信じてるんだけど」

「それはどうぞご自由に。だけど、これまで霊の実在を明確に証明できたひとはいないでしょ。少なくとも、私は聞いたことがないわね」

陽太は、唇を尖らせた。

「なんで皆、そう頭が固いかな」

「多数が否定しているということ、それ自体がひとつの答えなのよ。考えてもみなさいな。これまでどれだけの人間が死んでると思うの？　もし幽霊がいるのなら、そこらへんは幽霊だらけよ。うじゃうじゃ密集してる幽霊の合間に私たちは暮らしてるの？　そんな絵面、想像してみたらわかるじゃない。あり得ないことくらい」

なおも反論を試みようとして、結局言葉に詰まる。こんなときばかりは理路整然と己の主張を語れる天哉が羨ましい。陽太は降参の印に肩を竦め、天哉に視線を送った。

するとそれに重ねて恵梨香も天哉を見やった。

「ねえ、あなたはなんで心霊肯定派の彼と一緒に仕事してるの?」

「幽霊や呪いの存在を含めて、オカルトというのは意外にも根強く人間を魅了するものです。そのため、敢えて心霊肯定派の陽太に霊の仕業である可能性を挙げさせて、それをぼくが否定していきます。そのほうが、より納得感がありますから」

「噛ませ犬ってことね。そう聞くと少し気の毒ねぇ」

なにやら憐みの視線を向けられて、陽太はやけくそ気味に生春巻きを口に押し込んだ。

「それはさておき、そろそろぼくの提案をお話ししてもいいですか?」

「聞きましょうか」

こちらも生春巻きに齧りつきながら恵梨香が頷く。

「機種変更をしたばかりの新しい端末だとのことだったので可能性は低いと思いましたが、ウィルスやスマホ内部のクラッシュデータの蓄積による誤作動など、スマホ本体に原因があって異常が生じている可能性を一旦検証しました。が、今日になってまた文字列の入力があった。内部をクリーンにした状態でも再び支障が現れているということなので、データの蓄積などによる誤作動の可能性は否定できます。しかし、遠隔操作の可能性はまだ消せません」

「クリーンにし切れなかったウィルスが潜伏(せんぷく)している可能性ということね」

「そうです。それを含めて、ぼくがいま考えている可能性は三つです。スマホのタッチパネルが作動する仕組みはご存じですか？」

「えーと、たしか……静電気？」

　あやふやな口調で答えながら、恵梨香が首を傾げる。

「そうです。いくつか種類がありますが、スマホでは基本的に『静電容量方式』と呼ばれる方式が採用されています。指が吸い取った静電気をセンサーで感知する方式ですね。それ以外だと『抵抗膜方式』というものがあり、こちらは二枚の膜の間に電流が通っていて、膜と膜が触れるのをセンサーで感知する方式です。後者の方式では、電気を通さないペンや爪の先などでも反応します」

「なるほど。タッチペンなんかで操作する場合は、そっちなのね」

「成海さんのスマホは、調べたところ前者の『静電容量方式』でした。そして、タッチパネルの感度を高める設定などはされていない。ということはつまり、電気を通す物——基本的には人間の指が触れない限り、操作はできないはずです」

「ウィルスじゃなければ」

「そう。ウィルスじゃなければ。——ということで、可能性のひとつめはそれですが、残りのふたつは、成海さん自身が入力しているという可能性と、第三者が直接操作している可能性です」

それを聞いて、ビールを飲みかけていた恵梨香が咽る。

「ちょ、ちょっと待って。それってまさか……」

「はい。自宅への侵入者がいる可能性を検討すべきです」

陽太の脳裏に、小和の家の壁に張り付いていた男の姿が蘇った。

「あー、うん。あるもんな。知らない間に他人が家に入り込んでるってことも」

「ちょっと嫌だ。やめてよ、気持ち悪いこと言うの」

恵梨香が盛大に顔をしかめる。

けれども天哉は口調を改めることなく、続けた。

「実際に、ぼくたちは数ヶ月前そういう事例に遭遇しました。ですから、どうやってスマホを操作したのかという問題もありますが、まず早急に突き止めるべきは〝いつ〟そして〝誰が〟です。〝方法〟については、それがわかれば自然と解決するはずです」

「大体予想がつくけど、あなたの仮説は？」

躊躇なく、天哉が簡潔に応じる。

「ストーカーです」

「……だよね」

いかにも不快そうに顔をしかめて恵梨香が呻く。

「侵入者だなんて、考えたくないわ。大体、私の家はオートロックのマンションよ。部屋のドアもツーロックのディンプルキーだし」

「それでも侵入方法がゼロとは限りません」

「まあ、ね……」

「そういや、配管から侵入した男がいたとかいう話もどっかで見たな」

何気なく言うと、ものすごい目つきで睨まれた。

「ねえ。もし、その〝誰か〟が私のスマホに『プレゼント』と入力したつもりでいたのだとしたら。その〝プレゼント〟は私がもらうの？　それとも相手にもらわれるの？　どっちにしても、ぞっとするわよね」

「うわ、なんかキモッ！」

「だから、さっきからそう言ってるじゃないの！」

ビールを飲み干して、気を取り直したように恵梨香が天哉を見やる。

「それで、提案というのは？」

「監視カメラの設置です。夜間、成海さんの部屋の様子を撮影してみませんか？」

そう言って、天哉が持ってきた荷物を取り出してみせた。ハンディタイプの小型カメラと三脚だ。

「わかった。その提案に乗る」

素早く決断して、恵梨香が店員を呼び止めた。

「そうと決まったら、ちゃっちゃと食べて帰りましょう。設置はやってくれるのよね？」

「もちろんです」

ひとまず食事を終えてしまうことで合意して、追加で麺やご飯ものを注文し、やってきたそばからガツガツ食べた。

ところで。

「なあ、霊の可能性は？　それは調べないのか？」

「おまえが気になるなら、勝手に調べればいい」

天哉が素っ気なく答える。まあ、そう言われるだろうとは思ったが。

「成海さん、どっか心霊スポットとか行った？　それか、ホラー系のネットとか見た？」

「行くわけないし、見るわけない」

こちらもこちらで天哉に負けず劣らず素っ気ない返事をくれて、恵梨香が息を吐く。

「ねえ、やっぱりあなたたちって妙な取り合わせよね。片方は霊や呪いを信じ、もう一方は完全に否定している。あなたたちはどうしてこんな変な仕事をしようと思ったの？」

どうして、と言われても。

「俺は、こいつに誘われたから」

「世の中には、心霊現象や呪いといった非科学的な事象を信じ込んでしまう人間が一定数いる。ぼくは、そういった不毛な悩みからの脱却をサポートしたいと思ったんです。陽太を誘ったのは、こいつの持つ対人スキルに期待したからですね」

「ま、天哉は昔から人間関係が苦手だからさ。その辺は俺が。——でも最初は、俺たちふたりとも〝霊媒師〟ってことにしてたんだよな。そんで、お祓いしたりお札渡したりしてさ。最後に天哉が生活習慣の改善とかをアドバイスすんの」

「なによそれ。まんま霊感商法じゃないの」

　顔をしかめる恵梨香に、天哉が苦笑で応じる。

「限りなく黒に近いグレーなやり方をしていたのは事実です。だからアプローチを変えることにしました。霊や呪いなどのオカルト的存在全般を否定する。ぼくたちのその見解を予め明らかにしておいた上で、一見不可解に思える現象を科学的に紐解く。心霊現象を信じ込んでしまっている相手でも、その事象が生じている理由を科学的な根拠と共に提示すれば、受け入れ、認めることができるはずですから」

「でも、俺はそれには賛成してない」

　ふーんと恵梨香が相槌を打つ。

「その意見の相違は、ある意味チーム名の〝A〟にぴったりなのね」

「ぴったり？」

「そう。〝anti〟でもあり〝accept〟でもある。――だけど訊きたいのはそういうことじゃなくてね。ねえ、勘違いしてたけど、いままでの話を聞いた限りではオカルトに対するあなたの姿勢は〝非〟ではなくて〝否〟なのよね。まさにアンチ。オカルトと呼ばれるものの全般への強い〝拒絶〟。でもじゃあ、そもそも心霊領域をビジネスに選んだのはどうしてなの？」

その質問に、きっと他意はなかった。陽太も、そういえばそうだよなと思ったくらいだ。天哉がやりたいことは〝人助け〟であり〝社会貢献〟なのだという話は聞いた。だから一緒に組んでみようと思ったのだし。けれども言われてみれば、これほど頑なに怪奇現象を否定する天哉が、何故わざわざ初めは〝霊媒師〟を名乗ってまでも心霊ビジネスをやってみようと思ったのかは、突き詰めて訊ねたことはなかった。

「資格が必要ないし、原価もかからないし。なのに意外と需要のある仕事だからって言ってたよな、天哉」

「その判断は、ビジネス的な部分よね。じゃなくて、精神的な部分の理由が気になったの。なにかを強く否定する人間は、結局のところ、それを肯定している者と同じだけ囚われていると言える。だからあなたにも、怪奇現象を強く否定したくなる理由がなにかあるのかなと思ったのよ」

「それは……」

珍しく、天哉が口ごもった。どう答えるべきか迷ったというよりも、答えあぐねたように見えた。自分でもわかっていなかった理由を探している。そんな風に、天哉の視線はしばし宙を彷徨った。

「ごめん。余計なことを訊いたわね。いいの、忘れて。どんな仕事を選ぶにしても、そのひとなりの理由があるものだから、一々外野が興味本位で突っ込むことじゃなかった」

「いえ……」

曖昧に応じる天哉を横目に見つつ、陽太はふと既視感に襲われた。

いつだったか、いまと似たようなやり取りがあった気がする。あのとき、天哉に詰め寄っていたのは陽太だった。そこに、もうひとりいたような……。

恵梨香じゃない。こんな風にハッキリ物を言う人物ではなく、もっと気弱な、誰か。その誰かを庇わなければならない気がして、それで陽太は天哉に――

「ダメだ」

思い出せない。ふっと一瞬頭を過った残像のようなその既視感は、追いかけようと意識を凝らした途端に霧散した。

「ふたりとも食べ終わった？　じゃ、そろそろ行きましょ」

テーブルに並んだ皿が空になったところで、恵梨香が腰を上げる。

会計を済ませ、店を出て恵梨香のマンションに向かう。ＪＲから私鉄に乗り継いで辿りついた恵梨香の家は、小和の店からごく近くにあった。部屋の広さは、広めのワンルームだ。間仕切りのアコーディオンカーテンを閉めれば１ＤＫにもなるという。

しばしあれこれと検討して、カメラの設置場所はやはり定番のクローゼットのなかになった。細く戸を開けたままにして、そこから室内を映すようにセットしておく。

「操作は録画スイッチを押すだけですから、寝る前に押してください」

「了解」

「録画データは、ぼくのＰＣに送信するようにセットしてあります。もし明日の朝、スマホに異変があったら教えてください。こちらで内容を確認します」

「あ、ごめん。待って、それは私が自分でやる」

「内容のチェックをですか？」

さも意外そうに天哉が言うのを、陽太は押し止めた。

「それはさ、女のひとだから。ほら、プライバシーとかあんだろ」

「ああ……」

そこはまるきり考えていなかったようだ。

天哉は頭がいいわりに、こういうところは本当に鈍い。

「ですが、時間はありますか？」

「ある。というか、作る。だから私が確認するまで、データは見ないで。お願いよ」

「……わかりました」

不承不承なのがみえみえの顔つきで、天哉が肯く。

「じゃあ、とりあえず今夜から。スマホに異変があるまで、録画は続けてください」

「動きがあったら連絡するわ」

「んじゃ、俺たちは帰るか」

「他にもなにか不審なことがあったりしたら、すぐに連絡をください。深夜でも早朝でも、遠慮はいりませんから」

真摯な口調で言う天哉に、恵梨香が口元を綻ばせた。

「ありがとう。頼りにしてるわ」

「その後、成海さんからの連絡はないんですか？」

おでんのちくわぶを差し出しながら小首を傾げた小和に、陽太が口をもごもごさせながら「うん」と答える。今日は腹が減っているらしく、さっきからおでん種をあれこれと追加してはガツガツと頬張っている。

「カメラを渡してから、まだ一週間だからな。いまのところ、なにも起きていないのかもしれないだろう」

口ではそう言いながら、なかなか連絡がこないことに天哉も少々焦れているのが本音だ。

暦はとっくに師走に入り、一段と寒さが増したと同時にどこもかしこもそわそわと落ち着きのない空気が漂っている。そんななか、この店だけは特になにも変わることなく平常運転なのがいい。天哉は、温かいほうじ茶を啜りながら漬物を齧った。

「もうすぐ今年も終わるな」

「ジジイかよ！」

ちくわぶから出汁を滴らせながら、陽太が呆れた顔をする。

「年末年始もいいけど、その前に一大イベントがあるだろ。クリスマスだよ、クリスマス」

「特に予定のなさそうなおまえに言われてもな」

「うっ、それを言われると……」

途端に項垂れた陽太を執り成すように、小和が言う。

「もしよかったら、クリスマスパーティーでもしませんか？」

「クリスマスパーティー？」

「あああの、ごめんなさい！　やっぱりご迷惑ですよね。その……わたしも特に予定はありませんしお店も普通に開けている予定なので、ケーキとチキンくらいならご用意できるかなと、ちょっと思ってしまったり……」

「いいじゃんそれ。ここでやろうよ！」

あたふたと言い募る小和に、顔を輝かせた陽太が即座に賛同を示した。

「じゃあ二十四日な。プレゼント交換しようぜ」

二十五日は家族でパーティーをする予定で、参加しないと姉がうるさいのだと陽太が言って勝手に予定を決める。

「プレゼント交換？」

「五百円以内とか予算決めてさ。子どもの頃にやらなかった？」

「あ、やりました！　いつも大抵いいなと思う物はもらえないんですよね。それに、自分が選んだ物が喜ばれなかったらどうしようと思うと緊張しちゃって」

いかにも小和らしい。

「や、そんなに真剣に考えなくていいからさ。やろうよ。面白いじゃん？　予算はワンコインで、絶対自分は欲しくない物。どうよ？」

「自分は欲しくない物か、面白い」

「いいですね。センスのなさを競えそうです」

笑いながら、小和も賛同した。

「だろ？　そんじゃ、決まりな。二十四日、ちゃんと持ってこいよ」

話がまとまり、ちょうど陽太が一息ついて箸を置いた瞬間だった。

ふたりのスマホが同時に鳴った。

「おい天哉、成海さんからだ！」

「わかってる。同じメールがぼくにも届いてる」

さっきまでしつこく陽太が気にしていた成海恵梨香からのメールには、わかったことがあるのでその報告と、今後の相談をしたい旨が書かれていた。

「よし！　ほらな、やっぱりまた変なことが起きたんだよ。ひょっとして、録画した映像に霊が映ってたりとかな」

「霊などいない！　何度言えばわかるんだ」

いつも通り冷ややかに応じたつもりだったのに、思いがけず語気が荒くなった。ハッとすると同時に陽太が訝し気に眉を寄せる。

「おい天哉、なにムキになってんだよ？」

「……ぼくは冷静だ」

努めて静かに応じながら、天哉は内心で舌打ちをした。

陽太が「幽霊はいる」と言い張るのはいまに始まったことではないのに、何故かこのところ陽太が霊の存在を肯定するのを耳にする度に、無性に苛立（いらだ）ちが募る。

「おまえさ、この前からちょっと変じゃないか？」

「この前？」

「んー、たぶんだけど、成海さんと丸の内で会った辺りから」

「……気のせいだろう」

素っ気なく応じはしたが、実のところ自覚はある。奇妙な苛立ちを覚えるようになったのは、あれからだ。成海恵梨香から、何故この仕事を選んだのか問われたときから。

——なにかを強く否定する人間は、結局のところ、それを肯定している者と同じだけ囚われている。

恵梨香の発したそのセリフがしつこく耳朶（じだ）の奥に残り続け、訳もなく胸の奥をざわめかせる。

「ま、いいけどさ。——ところで、チヅばあちゃんは元気にしてる？」

訝る気配を眉間（みけん）の辺りに残したまま、陽太がさり気なく話題を変える。

「昨日、電話で話しました。年末の駆け込み需要で忙しいそうです」

「霊媒師にもそういうのあるんだ？」

「さあ、どうなんでしょうね」

陽太はいつも、こんな風に空気を読む。構えることなく誰とでも親しくなるし、邪気のない笑顔は相手の心を開かせる。それに比べて自分は……。

何気なく上げた視線が小和の気遣うような眼差しとぶつかって、天哉はほんのりとした自己嫌悪を噛み締めた。

翌日の夕刻、天哉は陽太と共に丸の内のビルの前で仕事を終えて出てくる恵梨香を待っていた。日が暮れてもなおお人工的な光で明るいオフィス街の向こうに、こんもりと暗い木々の輪郭が浮かんでいる。皇居だ。

「なあ天哉」

今回も夕食を一緒にという誘いだったためコーヒー代をケチって会社の前で待ち合わせをすることにしたのだが、少し早く着いてしまっていた。早くも通行人の観察にも飽きた様子の陽太がうろうろと姿を消していたかと思ったら、ひょいと戻ってきて天哉を呼んだ。

「なんだ？」

「これ見ろよ。事故でもあったのかな」

陽太が見下ろしている歩道の隅に、枯れかけた花束が置かれている。傍らには口の開いていない缶コーヒー。ここで亡くなったひとがいたのだろう。

不意に、陽太がくしゃみをした。

「へっくしゅん！　ッくしょい！」

「あらやだ、風邪？」

いつの間にやってきていたのか、驚いて振り返ると恵梨香がいた。

「違う——ッくしょん！」

くしゃみを連発する合間に、アレルギーがどうのと陽太が切れ切れに抗弁する。

「こんな時季にアレルギーって……あ、ねえごめん、ちょっと待ってて」

言いかけて、唐突に言葉を切った恵梨香が踵(きびす)を返した。小走りに、ビルのなかへと駆けて行く。

「あ、止まった」

始まったとき同様に、くしゃみの発作(ほっさ)はぴたりと治まったらしい。陽太が首を捻る。

「なんのアレルギーなんだろうな、これ」

「……いい加減、耳鼻科に行ってこい。アレルゲンは、簡単な血液検査でわかる」

「でも俺、医者って嫌いなんだよな——ッくしょい！　あれ、まただ——イッくしゅん！」

「ちょっと、どいて」

再び戻ってきた恵梨香が陽太を押し退けて、花束の前にしゃがみ込む。さっきは持っていなかった小さなペットボトルを花束の脇に置き、両手を合わせた。

天哉は、思わず陽太と顔を見合わせた。

「成海さんの知り合いが……？」

簡単に両手を合わせただけで腰を上げた恵梨香が、そうではないのだと首を横に振る。

「全然知らないひとなんだけど、ちょっとね」

曖昧に言葉を濁した恵梨香に、遠慮なく陽太が訊ねる。

「事故？　ッくしょい！」

「じゃなくて病気だと思う。——立ち話もなんだから、とりあえずどこかに移動しよ」

しばし検討を重ねた末に、寒いから温まるものがいいということになり、近くにあるうどん屋に行くことにした。

歩きながら、恵梨香が話を戻す。

「連絡するのが遅くなって悪かったわね。時期が時期だから、さすがにちょっと忙しくて。——それで、さっきの話なんだけど。たしか十月の終わりくらいだったかな。会社から帰るときに、突然目の前で倒れちゃったひとがいたのよ」

会社を出て、歩き始めたところだった。

鞄のなかでスマホが振動していることに気がついた。

いつでも取り出せるようにしてある社用のものではなくプライベートのほうが鳴っていたせいで取り出すのに少し手間取り、恵梨香は歩道の脇に寄って足を止めた。

電話をかけてきたのは実家の母親で、内容は他愛のない確認事項だった。だからすぐに応答を終え電話を切った。そうして再び歩き出そうとした恵梨香を、後ろからやってきたひとりの男が追い抜いて行った。——と思った、次の瞬間だ。二、三歩進んだ男が急に倒れた。恵梨香の目の前で。

「まるで糸が切れたみたいに、ってああいうことを言うのね。なんの前触れもなく、バッタリ。あんな風にひとが倒れるのを見たのは初めてだから、びっくりしちゃったわよ」

一瞬驚いたが、恵梨香は咄嗟に男に駆け寄った。

他にも数人の通行人が気づいて駆け寄ってきて、皆で「大丈夫ですか?」「どうしました?」とかわるがわる声をかけたが、倒れた男はいくら呼びかけても反応せず、細かく身体を痙攣させていた。

「で、まさかそのまま……?」

そういうわけではない、と恵梨香が首を横に振る。救急車が比較的早く到着したこともあって、運ばれて行ったときはまだ息があったらしい。

「とにかく慌ててたから詳細は覚えてないんだけど、どんなに呼びかけても反応しなかったのが、担架に乗せられる直前に一瞬だけハッキリ目が合ったのが忘れられないのよね。ああ、そういえば……口元が動いてたから、なにか言おうとしてたのかも。残念ながら、なにを言おうとしたのかは聞こえなかったんだけど」

「それで?」

「それだけ」

続きを促す陽太に、あっさりと応じて恵梨香が肩を竦めた。

「救急車には、その場にいた年配の男性が一緒に乗って行ってくれたから」

倒れた男を乗せた救急車を見送って、足を止めてくれていた通行人たちとは会釈(えしゃく)をしあってそこで別れた。結局、その男がどうやら亡くなったのだなと知ったのは、数日後に、あの場所に置かれた花束を見つけたときだったそうだ。

「なんか、それさ――」

話し終えて、口を噤(つぐ)んだ恵梨香に陽太が妙に真剣な面持ちで言いかけておきながら、

「へっくしょぃッ！」と特大のくしゃみを放った。

「ねえそれ、ほんとにアレルギー？　風邪じゃないの？」

とにかくなにか温かい物を腹に入れたほうがいいと恵梨香が急(せ)かし、三人はうどん屋の暖簾をくぐった。

「あれからスマホに異変は起きていなかったんですか？」

めいめいに注文を済ませたところで、早速切り出す。と、待っていたかのように恵梨香が話し出した。

「それなんだけどね。あの後も、三回あったの。それで、その三回ともカメラの映像を確認したんだけど……」

口ごもり、恵梨香がスマホを取り出した。

「説明するより、実際に見てもらったほうが早いわね」

保存データから動画を呼び出して、恵梨香が再生する。音はないが、映像はよく撮れている。クローゼットのなかから映した恵梨香の部屋の映像だ。

見ていると、ゆっくりベッドの上に起き上がったパジャマ姿の恵梨香がスマホを手にした。ぎこちない手つきで、なにやら操作している様子だ。

「もしかして、これ――」

「そうなの。あの文字は、どうやら私が自分で入力してたみたい」

陽太が口を丸く開けた間抜け面をして、こちらを見る。

「そうですか。可能性その二が正解でしたね」

「ということでね、一番怖かった侵入者の可能性が消えたものだから、連絡するのが遅くなっちゃったのよ。悪かったわね」

「それは構いません。危険がないのであれば、焦る必要はありませんから。しかし……」

「そうなの。『しかし』なのよ」

ひとつ息を吐き、恵梨香が言う。

「私には自分でスマホを触った記憶が一切ないの。このときも、それ以外のときも。そういうことって、ある？」

あるかないかで言えば、ある。だが、知られている症例とは少し違う。

どう答えるべきか悩んだ一瞬の間に、陽太が叫んだ。

「だから！　霊だって。霊が憑いてるんだよ！」

くしゃみの発作は、どうやら本格的に治まったらしい。

「お……？」

「成海さんに言いたいことがあって、そんで暗号を送ってるわけさ」

「暗号、ねえ……」

暴走し始めた陽太を制止しようとして、恵梨香の顔つきを見て思い止まった。

「なにか心当たりでも？」

「そういうわけじゃないんだけど……霊の仕業かもっていう意見も、ちょっと否定しきれないような気がしてきちゃって。これ、見てくれる？」

そう言ってこちらに見せたのは、メールの保存画面だった。

――たあと山せなよ」こ
――プレゼン
「文字の長さは、そのときによって長かったり短かったり。でもね、気になったのはこの『プレゼン』なの。前にもあったの、話したわよね？　もしかすると『プレゼント』って入力しているつもりなんじゃないかと思ったの。なんで私は『プレゼント』なんて入力してるのかと思ったら、やっぱり気になっちゃって」

「ヤバい」

唐突に陽太が呟いた。

「ヤバいよ、これ」

画面から目を上げて、陽太がかわるがわるに恵梨香と天哉を見る。

「俺さ、さっき思ったんだ。会社の近くで倒れた男がいたって言ってたろ？　で、成海さんが救急車呼んだんだよな」

「そうよ。だから？」

「うん、だから、その男の霊が憑いてるんだよ。最初はスマホに憑いてるんだと思ってたけど、違うんだ。だって機種変更してもダメだったろ？　なら、成海さんに憑いてるんだよ、その男は」

大真面目な顔つきで陽太が断言する。

「おい陽太、いい加減に――」

制止しようとした天哉を押し止めて、恵梨香が口を開く。

「自分で覚えていないうちに文字を入力していたなんてね。あり得ないと思っていたことが起こってることがわかって、それであながち〝幽霊〟ってのも馬鹿にできないんじゃないかという気がしてきたのよ。もちろん心霊否定派なのは変わらないんだけど、でも……念のために一応、あなたの意見も聞いてみたい。その男のひとの霊とやらが私に憑いているとして、でもじゃあ、なんで私なの？」

その場には他にも大勢いたし、救急車に同乗したのは別のひとだったのに。

そう訊ねた恵梨香に、陽太が珍しく口ごもった。

「えーと、それはその……身代わりになったから、じゃないかな」

「身代わり？」

「ほら、よくあるだろ。ある時間のある場所で、ある人間が死ぬことが決まってるって話。

それが、偶然タイミングがズレたっていうかさ」

「それはつまり、図らずも私は足を止めたから助かって、あのひとが代わりにその場所を踏んでしまったせいで亡くなったってこと？」

「うーん、わかんないけど、なんかそんな感じ？」

　恵梨香が踏むはずだった〝デッド・ポイント〟を男が代わりに踏んで、そして死んだ。執拗に入力される「プレゼント」の一言はその男からのメッセージで、自分が代わって死んだことによって恵梨香に生きる権利を与えたのだ、ということを意味している。陽太は、少し迷う口調でそう告げた。

「もしそうだったら、私はすごく申し訳ないことをしたんじゃないの」

「や、そうじゃないって！」

　さすがに衝撃を受けた様子の恵梨香に、陽太が慌てて否定する。

「それも含めて偶然なんだから、成海さんが気にすることはないんだよ。ただ、死んだ男のほうはそうは思ってないのかも……」

　苛立ちを噛み殺し、天哉はひとつ息を吐いた。

「陽太、いい加減にしろ。成海さんも、しっかりしてください。霊云々もあり得なければ、たまたま行き合っただけの人物が結果的に死亡していたことも、成海さんにはまったく関係ない。常識的に考えましょう」

「ああ、うん……そ、そうよね」

いくらか気恥ずかしそうに、恵梨香が頬を掻く。

「ついうっかり信じそうになっちゃったわ。――それはともかく、今後の相談というのはね、寝ているはずの私自身がどうやってスマホを触っているのかを直接確認してもらえないかと思ったのよ」

「つまり、成海さんが自分自身でスマホに文字を入力しているときに意識があるのかどうかをハッキリさせる、という意味ですね？」

そうだ、と恵梨香が肯く。

「身内が近くにいればそっちに頼むんだけど、生憎私の実家は関西なのよね。だから引き続きあなたたちに頼もうと思って。悩んだんだけど、覚悟を決めることにしたの」

「覚悟？」

「だからほら、その……プライバシーとかの問題よ」

ああ、と天哉は合点した。カメラの映像に関しても、恵梨香はそう言ってこちらに確認を任せなかった。今後、女性の依頼人を相手にするときはこういうところにも気をつけるべきなのかもしれない。

「当然ですが、妙なことはしないとお約束します。ご自宅で見聞きしたことももちろん、口外しません。その点は信用していただければと思うのですが……そうだ、誓約書のようなものを作成しましょうか」

「そうしてもらえると、より安心できるかな」

盲点だった。調査会社などでも、通常契約に際しては書類を交わす。〝ＡＧＲＩ〟でも相応の物を用意しておくべきだろう。

「ぼくの考えていた〝作戦その二〟も、まさに直接成海さんの行動を確認させてもらうことでした。では、まずは泊まり込みで成海さんの行動を見張らせてもらいます。それから、ぼくとしては成海さんがそうする理由と、その文字の意味も突き止める必要があると考えているのですが」

「結構です」

「お願い。当面、明日からの三日間でどう？」

話がまとまったところで、なにやら言いたげに口をむずむずさせていた陽太がずいと身を乗り出した。

「なあ天哉。やっぱり気になるんだ。俺は死んだ男のひとのことを調べたい」

「好きにしろ」

「おまえも手伝えよ」

「断る。ぼくは誓約書を作らなければならないからな。それに、夜に備えて昼のうちに睡眠を取っておく必要もある」

冷ややかに断って、けれども小さな引っかかりが脳裏にあることを天哉は意識した。

さっき路面に供えられた花束の脇で、陽太がくしゃみをし始めたのは恵梨香がやってきた瞬間だった。そして彼女が立ち去るとくしゃみは治まり、また彼女がやってくると同時に発作が再発した。いまはケロッとしているが、陽太のくしゃみが本格的に治まったのはあの場所を離れてうどん屋に入ってからだ。

それにいままでも、陽太が突然くしゃみの発作に見舞われたときには疑わしい状況にあった。疑わしい——すなわち、霊の類が近くに存在したかもしれない状況にあったとき、という意味だが。陽太のアレルギーというのは、まさか……。

いや。あり得ない。天哉は頭(かぶり)を振った。

オカルトはすべて人間の創り出した幻想にすぎない。当たり前ではないか。科学万能のこの現代に、その不確かさしか証明し得ない心霊の存在を肯定しようと思うほうが難しいのだ。なにを馬鹿なことを考えているのだか。

「——ということで、あの馬鹿とは別行動をすることになったので、成海さんの見張り役はぼくだけで行うことになりました。誓約書も作ってきましたので内容を確認してサインをいただけますか」

「はいはい、わかったわ。とにかくどうぞ、上がって」

「お邪魔します」

恵梨香の招きに応じて靴を脱ぐ。ここに来るのは二度目だが、前回訪れたときよりも少し雑然としている。

「忙しかったから少し散らかってるけど、ごめん。あんまり見ないで」

「見ません」

即答すると、恵梨香が声を上げて笑った。

「あなたたちって本当に面白いコンビよね。幽霊を信じる信じないの話だけじゃなくて、性格も能力も正反対なのに仲が良いみたいだし。正反対だから、かえって合うのかしらね」

「はあ……」

自分たちは、果たして「合っている」と言えるのかどうか。天哉は、曖昧に応じた。

「そういえば今日、会社の近くで相棒を見たわよ。例の、男のひとが倒れた辺りでうろうろしてた」

「すみません、あの馬鹿のことは気にしないでください」

恵梨香は既に寝支度を整えていた。外で待ち合わせをせずに直接自宅に来てくれと言われたのは、そのためだったのだろう。普段はコンタクトをつけているらしく、眼鏡をかけている。

「視力はどのくらいですか？」

「〇・一を切るわね」

ほう、と思う。そのくらいだと、おそらく眼鏡がなければ手元も覚束(おぼつか)ないのではないだろうか。特に、暗いなかでは。

「で、申し訳ないんだけど、あなたにはダイニングのほうを使ってもらおうと思うの」

ダイニングスペースは部屋の手前側だ。間仕切りのアコーディオンカーテンは半分ほど閉められている。室内は全体的に背丈の低い家具でまとめられていて、ダイニングのほうにはラグが敷かれた上に無垢(むく)材のローテーブルが据えられていた。座り心地のよさそうなクッションもある。

「眠りに来たわけではないので、構いません」

「悪いわね。下はホットカーペットだから、寒くはないはずよ」

テーブルを脇に退け、予備だという毛布と追加のクッションを渡してくれながら恵梨香が言う。それから、脇に退けたテーブルを使って誓約書にサインをしてもらった。

「昨日回答しそびれたのですが、成海さんの行動は一種の睡眠障害なのではないかと思います」

「睡眠障害？」

「一般的には〝夢遊病〟という名が知られていますが、パラソムニア――睡眠時随伴(ずいはん)症は、医学的には〝睡眠障害〟という括りになります。夢遊病のほかに睡眠時遊行症や睡眠時驚愕(きょうがく)症があり、主に十歳未満の子どもに多くみられます」

睡眠時遊行症というのは、脳は眠っているのに身体が動いてしまう症状のこと。睡眠時驚愕症というのは夜中に眠りながら泣き叫ぶ症状のことだ、と天哉は説明した。

「そして、子どもだけでなく大人にもこれと似た症状が起こることがあるんです。〝レム睡眠時行動障害〞と呼ぶのですが」

　こちらは主に中年期から老年期に起こることが多く、子どもの夢遊病と大きく異なるのは、異常行動が現れるのがノンレム睡眠時であるか、レム睡眠時であるかだ。

　ノンレム睡眠は夢を見ていない状態で、レム睡眠は夢を見ている状態のことを言う。

〝レム睡眠時行動障害〞はその名の通り、レム睡眠時に起こる。

「つまり、夢を見ながらその通りに行動するわけです。一般的に恐怖や怒りの感情を伴うことが多く、また、目覚めた後も夢の内容を覚えていることが多いです」

「でも、私はまったく覚えていないわよ？」

「あくまでもそういった例が多いというだけで、当然、例外もあるでしょう」

「じゃあ、それなのかしら。中年期から老年期っていうのが少し引っかかるけど」

　まだ若いつもりなのに、と恵梨香が不満気にぼやく。

「いずれにしても、成海さんが動き出したのに気づいたら、ぼくが起こします。そのときに夢を見ていたかどうかを教えてください」

「わかった」

「それから、ぼくのことは置物だと思って普通にしてください。でないと、いつも通りの行動ができないかもしれませんから」

「置物はさすがに無理だから、ペットでも預かったと思うことにするわ」

　そう言って笑いながら、恵梨香が奥の部屋へと引っ込んだ。明日の朝は普段よりも少し早く出社する予定だそうだ。

電気が消えたのを確認して、天哉はあてがわれたクッションを背に、毛布にくるまった。しばしごそごそしている気配がして、それから隣室が静まる。

暗闇に目を慣らしながら、天哉はぼんやりと考えた。

子どもの頃から目標にしていた医師への道を断たれて以来、目指すべきは〝起業〟だと思い定めてきた。せめて経営者として成功する。そのくらいのことができなくては、父や他の家族に顔向けができないからだ。もちろん失敗も許されない。

そう思い続けて約四年。院を修了したこの春、実は、起業の一歩手前までは漕ぎ着けていた。心理検査の研究開発を行う会社を立ち上げようとしていて、優秀な研究者も確保していた。それが頓挫したのは、資金を持ち逃げされたせいだ。

大学時代の先輩にあたるその人物は、天哉が起業準備金として貯めていた金を渡した途端にどこかへと姿を消した。昔からコツコツ貯めていた貯金と、家庭教師のバイトで稼いだ金を合計して五百万円。決して少ない額ではなかったけれど、悩んだ挙句、家族の耳に入ることを恐れて被害届も出していない。風の噂によると、その人物は海外に渡ったそうだ。金はいずれ返すつもりだと言っていたらしいが、どうせ信用はできない。

いずれにしても、それもこれも自分の甘さが招いた結果だと思い、当座の起業は諦めることにしたのだが。陽太と再会したのは、その直後のことだ。

今年の五月、思いがけぬ偶然だった。気づいたのは陽太が先で、声をかけられて懐かしく思うと同時に、互いの近況報告をするうちにふと口を衝いた。

——おまえは幽霊を信じるか？

どうしてそう口走ったのか、自分でも理由はわからない。ただ、そのセリフを口にした瞬間に〝ＡＧＲＩ〟の前身である〝なんでも屋〟のプランが不思議とくっきり頭に浮かんだのだった。

あれから既に半年以上。陽太はいま、どう思っているのだろうか。

アンチ・オカルトを前提に据えるようになって、霊媒師などという偽物の肩書を名乗っていた頃よりもビジネスモデルとしてはクリーンになった。しかし世間的に見れば、いまの〝ＡＧＲＩ〟も決して真っ当な商売とは言い難い。

その上、心霊現象を肯定する必要があった〝なんでも屋〟とは違って、いまとなっては陽太が〝ＡＧＲＩ〟にいる必然性はほとんど皆無と言っていい。

一緒にやってみないかと誘った天哉に気軽な調子で「いいなそれ」と答えたあの当時から、陽太にしても、些少なりとも気持ちの変化があるのではないだろうか。彼は彼で、やりたいことのひとつもあるかもしれないのだ。

「あいつは元々〝アンチ・オカルト〟のスタンスには不満だったみたいだしな」

そもそも心霊領域の仕事を選択したのは、自分だ。

認めたくはない。その理由もわからない。だが恵梨香に指摘されたように、天哉はオカルトというものに囚われているのかもしれない。

だとすれば。

「いつまでもあいつを付き合わせるわけにもいかない、よな」

元々、いまはあくまでも将来の〝起業〟を目標にした資金稼ぎをする時期だと考えていた。ならば、そろそろ改めて考える必要があるのかもしれない。今後の身の振り方を。

自分はなにがしたいのか。

「ぼくに、なにができるのか」

音を立てないよう気をつけながら隣室の様子を窺うことを幾度か繰り返しているうちに、

突如ハッキリとした気配を感じた。

天哉は背中を起こし、カーテンの隙間から隣室を覗こうと首を伸ばしかけた。

と、その姿勢で身体が固まる。意思に反して、身体が動かなかった。

以前にも覚えがある感覚だ。なにかに押し固められているように、指の先すら動かせない。唯一動かせるのは、開いたままの眼球のみ。

「う……」

身体を締め付ける呪縛(じゅばく)を解こうともがくうちに、ぽっと小さな明かりが灯った。隣室の、恵梨香が眠るベッドがある辺りだ。

天哉は固唾(かたず)を呑み、隣の部屋の暗がりに目を凝らした。

誰かの手が、スマホの画面に触れている。ぎこちない手つきだ。

恵梨香の手——では、ないように見える。もっと大きくて、節くれだった……男の手?

そんな馬鹿な。隣の部屋にいるのは恵梨香だけだ。

そう思った次の瞬間、スマホの明かりにぼんやりと白い顔が浮かんだ。

男だった。

見たことのない、男の顔。なのに、首から下はさっきまで恵梨香が着ていた部屋着に身を包んでいる。

なんだ、あれは？

あまりに気味の悪いその様に目を見開いて、気づいた。

違う。男の顔は、恵梨香の前にある。まるで二重写しのように、恵梨香の顔の前に男の顔が浮かんでいるのだ。

背筋を怖気(おぞけ)が這い上がり、喉の奥が「クッ」と鳴る。

ゆらり、と男の顔がこちらを向いた。

底の見えない穴のように、ぽっかりと深く穿(うが)たれた暗いふたつの眼窩(がんか)が真っすぐに天哉を見た。

「なんだかお疲れですね」

「やー、張り込みって思ったより大変なんだな」

ふう、と息を吐き、陽太は小和が渡してくれた熱い茶を啜った。

閉店時刻にはまだ少し間があるけれど、店内に客の姿はない。初めてこの店を訪れた当初のような静かな気配が、なんだか懐かしい。

「張り込み、ですか？」

小和が驚いたように目を瞬く。

「うん、吹きっ晒しの路上で丸一日」

陽太は今日一日、恵梨香の会社近くで過ごしていた。調べたいのは、恵梨香の目の前で倒れたという男のことだ。が、恵梨香も、その男の素性をまったく知らないという。

相手がどこの誰かもわからなかったら調べようがない。それで目をつけたのが、あの花束だった。

男がそこで倒れたことを知り、花を供えた人物がいる。ということは、その人物は当然ながら男がどこの誰かを知っているわけで。ちょうど花束も枯れかけてきていたから、その花を供えた人物がもう一度あそこにやってくるのではないかと思ったのだ。

「それで張り込みですか」

「うん。で、残念ながら今日は収穫ナシ」

「もしかして明日も……？」

「もちろん、引き続き張り込む予定」

「風邪引かないでくださいね」

心配そうに眉を寄せる小和に、陽太は笑って答えた。

「大丈夫。俺、バカだから」

自分で自分の頭の悪さを売りにするのもどうかと思うが、本当のことだ。陽太は天哉と違って頭はよくないが、その分、体力には自信がある。こんなときは体力自慢のほうが活躍できるというものだ。

「そういや、あいつもそろそろ成海さんと合流してる頃かな」

「天哉さんは成海さんのところに？」

「うん。今夜から見張りだって。とりあえず三日間」

その間に、陽太は陽太で例の男のことを調べねばならない。

とにかく温かいものを腹に入れたくて作ってもらった鮭茶漬けを啜っていると、どこからか着信音が聞こえた。

「あ、すみません。わたしです」

背後の棚からスマホを取り上げて、小和が「祖母からでした」と言う。メールが来たらしい。

「チヅばあちゃん、元気だって？」

「電話してみましょうか？」

「いいね、してみようよ」

さほど長いことこちらにいたわけではないのだけれど、あの不思議な老婆のことは、なんとなく気に入っている。なにせ本物の霊媒師だ。それだけで興味深いし、ある意味、尊敬にも値する。

小和が画面を操作して、ほどなくその手元から聞き覚えのあるしわがれた声が聞こえてくる。スマホを受け取ると、画面いっぱいに老婆の顔が映し出されていた。

『おまえさんか。相変わらずの阿呆面だな』

「マジか、ばあちゃんアプリ使えんのかよ。俺ともＩＤ交換しようよ」

『構わんが。ババアと思って莫迦にするなよ』

憎まれ口も健在で、変わらず元気そうだ。

「けど、近い。ばあちゃん、カメラに寄りすぎ」

『うん？　玉の肌に見惚れるか？』

答えに詰まり、「ハハ」と陽太は乾いた笑いで誤魔化した。

「なあばあちゃん、霊はいるよな？　天哉が相変わらずでさ。あいつ、俺の言うことなんか全然聞かないんだ。でもさ、幽霊はいるだろ？」

『いると思えばいる。いないと思えば、いない』

「なんだよそれ」

期待していたのとは少し違う答えに、陽太は眉を寄せた。霊媒師なのだから、てっきり「当たり前だ」とでも言うかと思ったのに。

『本物の霊媒師のお墨付きが欲しい、か？』

「や、そういうわけじゃないけど……。なあ、ばあちゃん。それじゃあさ、ある時間のある場所で、ある人間が死ぬことが予め決まってるっていうことはあるよな？」

陽太は、恵梨香から受けている依頼と、これまでの経緯を話して聞かせた。

『で？』

「死んだ男ってのが、成海さんの身代わりになったんじゃないかと思うんだ」

その男は、おそらく恵梨香を恨んでいる。自分が恵梨香の身代わりになって死んでしまったことを。

ふん、とチヅが鼻息で応じる。

『そうかね』

「そうかね、って……。ばあちゃんは、そう思わないか？」

『さあな。どこでどういう死に方をしようが、大方それも運命よ』

素っ気ない返答だ。

「死んだ男から、成海さんは命を〝プレゼント〟されたんだ。なのに成海さんがそのことに全然気づいてないから、恨んでる。せめて礼くらい言えよって思ってるのかも」

『ふーん、そいつは恩着せがましい奴だな』

さして興味のない口調で応じて、チヅが続ける。

『なんでもいいが、思い込みは目を曇らせるぞ』

「え……？」

どういうことだ？

『ところで、くしゃみは出たか？』

「くしゃみ？　あー、うん。そういえば男が倒れたところでアレルギーが出たな。やっぱ埃のせいかも。あの辺、車通りも多いしな」

天哉の言うとおり、一度病院に行くべきなのかも。そう呟くと、画面の向こうのチヅがこれみよがしに溜息を吐いた。

『……ひとつ、ヒントをやろう。霊というやつは、なんらかの条件が合致したときに現れることが多い。わかりやすい譬えで言えば、自分が殺された場所に自分を殺した相手がやってきた瞬間に、それまで視えなかったはずのモノが顕在化したりとかな。最期の場所というのは、とかく思念が残りやすい。或いは、普段は理性で意識的に遮断しているものが、ふっと気を抜いた瞬間に波長が合うこともある』

「じゃ、やっぱり……！」

『言ったろう。思い込みは目を曇らせる、とな。ま、せいぜい悩め。年寄りはそろそろ寝る時間だ。じゃあな』

首を捻っているうちに、あっさりとチヅは通話を切った。

「切れた……。なんだよ、いまの」

思い込みは目を曇らせる？

「なんか俺、間違ったことしてんのかな……？」

スマホを返しながら小和を見やると、「どうでしょう」と彼女も首を傾げた。

「答えを求めるな、自分で考えろ。が祖母の口癖なんです」

いかにもチヅの言いそうなセリフだ。

「ま、いいや。明日も張り込みだから、俺もそろそろ帰るかな」

残っていた茶碗の中身を平らげ、陽太は腰を上げた。

「がんばってくださいね。成海さんのためにも」

「おう、任せとけ！」

それから自宅に帰り、「毎日遊び歩いてる」だの「そろそろ再就職をちゃんと考えろ」だのとうるさい母と姉の小言を躱して風呂に入り、もう一度、天哉は今頃も寝ずに見張りをしているのだろうなと思いながら布団に潜り込んだ。

そして翌日。陽太は宣言通り、前日と同じく朝から丸の内の路上に張り込んだ。

十時を過ぎ、周囲のビルに吸い込まれて行く勤め人たちの姿が一段落して今度は観光客や遊びに来たと思しき人々の姿が目に付くようになっても、供えられた花束はまだ枯れかけたままだ。

「来ないなぁ」

やはり、アテが外れただろうか。今日はまだ二時間と経っていないけれど、なにせ昨日から待ち構えているものだから、早くも少しばかり気弱になる。

「腹減ったな」

寝坊しそうになって慌ただしく家を出てきたせいで今日は朝食抜きだった。

「コンビニでなんか買ってくるかな」

近くのビルにコンビニが入っている。そこまで行って、戻ってくる間くらいなら目を離しても大丈夫だろうか。

うん、きっと大丈夫だろう。

楽天的に考えてひとり頷くと、陽太は近くのビルに走った。

「げっ、マジか！」

温かいお茶とおにぎりを買い求め、戻ってきてすぐ異変に気がついた。昨日から見張っていた路上の献花が、瑞々(みずみず)しい生花に変わっている。なんというタイミングの悪さだ。

「いや、まだ近くにいるかも」

周囲を見渡して、陽太は数メートル先を歩く制服姿の女性に目を留めた。

足元はサンダル履きで、手にはなにも持っていない。枯れた花束はすぐそこのビルにあるごみ箱に捨てたとすれば……。

「あの、すんません！」

陽太はその女性を追いかけて、思い切って声をかけた。

「さっき花を供えなかった？　そこの、男のひとが死んだところに」

「それがなにか……？」

訝し気に眉を寄せた女性が警戒した面持ちで小首を傾げる。

年齢は、陽太よりも少し上だろう。たぶん、二十代の終わりくらい。肩にかかる長さの髪は明るく染められているが、メイクは控えめだ。

「やっぱり！　昨日から待ってたんだ。よかった来てくれて！」

「あなたは……？」

昨日から待っていたと告げたからだろうか。面食らった表情で、女性がわずかに身を引いた。

「俺、野間陽太。俺の知り合いが、ここで男のひとが倒れたときに救急車呼んだんだよ」

「そうだったの……。どうもありがとう」

ごく自然に、彼女は礼の言葉を口にした。

「で、ちょっと聞きたいことがあるんだけど、えーと、その……うーんと」

なんと切り出すべきか。そこまで考えていなかったので、悩む。

「ちょっと長い話になるんだけど、いい？」

「会社に戻らないといけないから、歩きながらでもよければ」

「もちろん！　サンキュ！」

歩き出しながら考えて、結局、ストレートに伝えることにする。

「でね、俺のその知り合いなんだけど、霊に取り憑かれてるんだ」

「霊？　宮崎（みやざき）さんの？」

さすがに驚いた様子の女性に、陽太は恵梨香がスマホに意味不明な文字を入力していることを説明した。身代わりになったことを恨んでいるのではないかという自説も含めて。

「宮崎さんが、その助けてくれた成海さんってひとを恨んでるってこと？　ちょっと、すぐには信じられないんだけど……」

「あー、だよね。いきなり幽霊なんて言われても——」

「じゃなくて、宮崎さんだから。宮崎さんの性格からして、仮に自分が身代わりになって死んじゃったんだとしても、それで相手を恨んだりしないと思うの」

「へ？　じゃあ、霊からのメッセージだってのは信じてくれんの？」

今度は、陽太のほうが驚いた。

「信じるわけじゃないけど、そういうこともあるかもしれないとは思うかな。ただ……それ本当に宮崎さんからなのかな」

小首を傾げながら、彼女は胸ポケットの上に裏返されていた名札を返して見せてくれた。新見（にいみ）さんという名前らしい。

「亡くなったのは、宮崎真司（しんじ）さん。私の上司だったの」

宮崎は、倒れた場所からも近い大手町（おおてまち）の商社に勤める四十二歳だったという。妻と、それから五歳になる娘がひとりいるそうだ。

「四十二か。若いよな」

「脳出血ですって。最近は三十代や四十代でも突然死というのが珍しくないらしいけど、でも私たちも皆驚いたわ」

「そっか。新見さんは、宮崎さんとは仲良かったの？」

「上司と部下だから、仲が良いっていうのは少し違うかもしれないけど、私は好きだったな。優しいひとだったのよね、宮崎さん。いわゆる仕事のできるタイプのひとではなかったけど、社内では好かれてた」

　故人を思い出すように目を細めて、新見が痛ましそうに微笑んだ。

「亡くなったって聞いて驚いたし、葬儀では皆で号泣した。いまでも、まだ悲しい」

「そっか……」

「でもね、さっきの話だけど。やっぱり、恨んでるわけじゃないと思うな。例えば部下の失敗も、自分の責任だって言って取引先にも自分で頭を下げに行くひとだから。それも、責任感からそう言ってるわけじゃなくて、心から言うの。先に気づいてやれなくてごめん、って。宮崎さんって、そういうひと」

　そう言って、新見はいくつかのエピソードを話してくれた。飲み会では誰もが嫌がる意地悪な上司の隣の席に率先して座ってくれた話、階段から落ちかけた女性を庇って自分が骨折した話、体調を崩した部下の仕事を肩代わりして三日間徹夜した話、新見の身内が亡くなったことを告げたときに一緒になって泣いてくれた話。

　聞けば聞くほど、なるほどたしかに宮崎という男が「恨み」という言葉の似合わない人物だったらしいことがわかってきた。

「じゃあ、恨んでるわけじゃないのかな」

「私はそう思う。恨むというよりも、もしそれが宮崎さんなんだとしたら、なにか言いたいことがあるのかも」

「心残りか。んー、それはあり得るな。なんか心当たりはある？」

「そりゃあ、急に亡くなっちゃったからいろいろとあるだろうとは思うけど……」

しばし考えて、新見が言う。

「一番は、やっぱりご家族のことじゃないかな。宮崎さん、すごく綺麗な奥さんと、まだ小さい娘さんがいるから。心美ちゃんっていう可愛い女の子。宮崎さん、机の上に心美ちゃんの写真を飾っていたから皆も顔を覚えちゃって。心残りといったら、やっぱりそれじゃないかな。もうすぐ心美ちゃんのお誕生日だし」

「誕生日？」

「クリスマスイブの日がお誕生日なのよね」

ふと、なにか閃いた気がした。

「クリスマスイブ……。プレゼント？」

「もちろん用意してたみたいよ。ずいぶん前から張り切って探していたから」

そういえば渡せなかったのかな、と独り言のように新見が呟く。

「ねえ、さっきひとつ気になったことがあったの。宮崎さんが取り憑いてスマホに文字を入力してるって言ってたよね」

「うん、そうだけど？」

「それも違う気がするの。アナログな人だったから、宮崎さん。いまだにガラケー使ってたくらいだし、スマホは操作できないと思う」

「ガラケー……？」

陽太は、考え込んだ。

「どうしたの？」

急に黙り込んだ陽太に、新見が首を傾げる。

「ちょっと待って！　俺、閃いたかも」

その場に足を止めて、陽太はスマホを取り出した。それから、恵梨香から送られてきた文字のメールを開く。そこに並んだ文字列とキーの配列とを見比べながらしばし考えて、やがて陽太はにんまりと頬を緩めた。

「俺、天才。――新見さん、ありがとう。わかった気がする。宮崎さんは恨んでるんじゃないね。言いたいことがあったんだ」

そして、陽太はその場から恵梨香にメールを送った。

週末を待って、その日、陽太は地下鉄の入り口で恵梨香を待っていた。傍らにいる天哉の機嫌が少しばかり悪そうな気がするのは、とりあえず気にしないでおく。

約束の時間ぴったりに、恵梨香が改札を通ってくるのが見える。大股に歩み寄ってくるその姿を見つめながら、陽太はごくりと唾を呑んだ。

実は、自分の推測を恵梨香に伝えはしたが、その結果はまだ聞いていないのだ。

「まさか、あなたのほうから連絡が来るとは思わなかったけど。驚いたわ」

陽太たちを見つけて近寄ってきた恵梨香が、片手に摘んだメモ用紙をひらりと振る。

「正解よ」

「マジか！」

思わず破顔すると、恵梨香が呆れたように眉を寄せた。

「あなたが自分で突き止めたんじゃないの」

「そうだけどさ。でも俺が聞き出したわけじゃないし」

「当たり前よね。普通、故人とはいえみだりに個人情報を社外に漏らしたりはしないわ」

「でも、教えてくれたんだ？」

「そ。事情を説明してね」

陽太を促して歩き出しながら、恵梨香がちらりと苦笑する。

「それでも苦労したわよ。大変だったんだから。奥さんにも訊いてもらったんだけど知らないって言うし。仕事もあるのに、向こうの会社まで出向いたりして。で、最終的には、たぶんあなたが会った女性だと思うけど、新見さんっていう彼女が協力して見つけ出してくれたの。社内で引き継いだ資料に紛れ込んでしまっていたそうよ」

お陰でここ数日は睡眠時間が大幅に削られた、と恵梨香がぼやく。その割には元気そうなのは、不可解だった文字列の謎が解けたせいかもしれない。

「そっか。やっぱそうだったんだ」

陽太は満足してうんうんと頷いた。やっぱり俺ってば天才だ。

「成海さん、スマホのキーボードの設定をフリック入力にしてないだろ?」

「なんかあれ苦手で。だから昔ながらのポツポツ入力する設定にしてる。それが?」

「宮崎さんもガラケーだったから、同じなんだ。で、元々誤入力とかもあったのが、そのせいで余計にめちゃくちゃになってたんだよ。例えばさ、『ああ山なかなまなバレわをま』は『青山(あおやま)』と『心美』と『プレゼント』って入力したかったんだと思うんだ。触ったキーの位置がズレてたり、変換が妙だったりしたから完全に意味不明になってるけど」

言われてみれば、と唸(うな)りつつ恵梨香が苦笑する。

「さすがにそこまでめちゃくちゃだと、全然わからないわね。——ということで〝プレゼント〟よ。唯一読み取れた単語。私がもらうのでも、あげるのでもなかった。受け取って、本来もらうべき相手に渡す。そうすべき〝プレゼント〟ね」

言いながら、恵梨香が先に立って目的地の店に足を踏み入れた。店内のレジに向かい、さっき見せてくれたメモ紙——予約証を店員に渡す。

陽太は、ぐるりと店内を見回した。

ここは青山にあるテディベアの店だ。この店の名は、たぶん世界的に知られている。シュタイフ。ドイツ生まれの最高級ぬいぐるみブランドで、プレゼントとはつまり、ぬいぐるみのくまのことだった。

「お嬢さんの誕生日がもうすぐなのね。それで予約をしていた。名前入りのくまのぬいぐるみ。そりゃあ渡せなかったら心残りどころじゃないでしょうよ」

「だよな！」

深く同意して頷いてから、陽太はおや、と首を傾げた。

「あれ、じゃあ成海さんは宮崎さんの霊からのメッセージだったたって信じるの？」

包装してもらったぬいぐるみを受け取って店を出ながら、恵梨香が途端に渋い顔をする。

「そう言われると、ちょっとねぇ……」

「だって当たってただろ。なら、やっぱり宮崎さんの霊からのメッセージだったたってことじゃないか」

往生際の悪い恵梨香に唇を尖らせると、「違う」と割り込んできた声がある。天哉だ。

「霊の仕業ではなく、これは成海さんの無意識が行動させていた結果です」

「私の無意識？」

「先日も話した通りに、基本的には睡眠障害です。それと、無意識に残っていた記憶が連動していた」

「どういうこと？」

「救急車で運ばれる前に、倒れた男性がなにか言っていたようだ。だけどその内容は聞こえなかった。そう言っていましたよね」

「たぶん、ね。あのときは慌てていたから、よく覚えてないの」

するると、まさにそれが原因だ、と天哉が言う。

「覚えていない、と意識的には認識している。ですが実際は、男性の呟きは耳に届いていたし、成海さんの脳はしっかりそれを記憶していた。或いは、口の動きを視覚的に認識していたのかもしれない。脳というのは現在の医学において最も解明が遅れている分野ですが、それでも人間が出生以降に見聞きしたすべての物事を記憶していることは既に知られています」

「覚えていないことも？」

「そうです。思い出せないことと、記憶されていないことはイコールではない。たとえ思い出せなくても、実際には脳に記憶されているんですよ」

「そういうことね」

納得した、と恵梨香が言う。

「この前の朝、後で説明したいことがあると言っていたのは、そのこと？」

「そうです」

「そう。じゃあ、朝になって起きてみたら見張りをしていたはずのあなたが熟睡していた件は不問に付すわ」

天哉の泊まり込みでの見張りは結局一夜だけで終わったそうなのだが、その夜、どうやら天哉は寝ずの番に失敗したらしい。朝になって、眠りこけている天哉に気づいた恵梨香が怒り、それに対して天哉は、次の夜こそは眠らないと神妙に約束した上で、自分なりに解釈を見つけたから説明したいと申し出ていたようだ。それが、陽太が宮崎の件を恵梨香に報告したこともあって今日まで持ち越しになっていたのだという。

「私は、無意識に見たか聞いたかしていた宮崎さんの呟きの意味を、これもまた無意識にしっかり認識していて、そして自分で自分に行動を強いていたわけだ。思い出せ、って」

霊からのメッセージだと言われるよりも、そのほうが納得できる。そう言われて、陽太はムッと頬を膨らませた。

「なんでだよ」

「私が心霊否定派だからよ」

笑いながら応じて、それから恵梨香は受け取ったばかりのくまのぬいぐるみを大切そうに抱え直した。

「あれがきっと、最期の言葉だったのね。娘に誕生日のプレゼントを。青山のシュタイフ。奥さんにも秘密にしていた予約の内容を、誰かに伝えておきたかった。それを私は、あの場でたしかに受け取っていた」

パッと顔を上げて、恵梨香が微笑む。初めて見せる、柔らかい笑顔だった。

「そういうわけで、じゃあ私はこれから宮崎さんのご自宅に行って、これを渡してくるわ。お父さんからの最後の〝プレゼント〟をね」

ありがとうという礼の言葉と、ついでに依頼料は後日振り込むと告げて、恵梨香が踵を返す。それから首だけで振り返ると、ふたりの顔を順に見ながら言った。

「あなたたち、思ったよりいいコンビじゃない。別々のアプローチをしていたのに、結局はふたり合わせてひとつの科学的に合理性のある解答に辿り着いた。今回は、ちょっとだけ〝幽霊くん〟のほうが早かったけどね」

言いたいことだけ言ってさっさと立ち去って行く恵梨香を「なんだよ〝幽霊くん〟って」と憮然と見送って、陽太は天哉に目をやった。

「どうだ天哉。俺、すごくね？」

すると天哉は、期待に反して「ふん」と鼻息で応じた。

「今回は偶然陽太の勘が当たっただけだ」

「勘じゃねーし。俺は宮崎さんからのメッセージを読み解いたんだよ。やっぱり霊はいるんだって。おまえも頑固いよな、いい加減認めろよ」

「何度言ったらわかるんだ、この世に霊などいない。存在しないものを、いくら決めたからといって信じ続けるおまえのほうこそ頑固にも程がある。目を覚ますべきは、おまえのほうだろう」

そう言って、天哉が口調を改めた。

「なあ陽太、おまえはなにかやりたいことはないのか？」

今日この後の予定を訊かれているわけではなさそうなことは、その口調でわかった。が、しかし。急にそんなことを言われても答えに困る。

「別にないな。あんま考えてなかったし。なんだよ突然」

「突然じゃない。少し前から考えていたんだ。〝AGRI〟の今後についてだが」

「え……？　まさか、解散とか言わないよな？」

「それもあり得る」

あまりのことに、陽太はぽかんと口を開けた。

「なんでだよ？」

「成海さんが、おまえのことを『噛ませ犬』だと言った。覚えているか？」

「あー、なんか言ってたな。それが？」

「そういう扱いはおまえに対して……その、少し申し訳ないんじゃないかとも思ったんだ」

言いにくそうにしながら、天哉が目を逸らす。

「それこそ今更だろ。俺は別に気にしてねーし」

「だが……すまない。いずれにしても、少し考えたいと思ってる」

それだけ告げて、天哉がくるりと背を向けた。

「ウソだろ。なんで急に……」

地下鉄の入り口に向かって遠ざかって行く天哉の背中を呆然と見送っていると、どこからか視線を感じた気がした。

「ん？」

振り向くと、ショーウィンドウに並んだくまたちがじっとこちらを見つめている。

なんとなく、バツの悪い思いで陽太は頭を掻いた。

「くま……？」

天哉を追おうと踏み出しかけた足が、つと止まる。

女子や子どもは、この手の愛らしい物が好きだ。陽太も昔、そう思って誰かにくまの人形をプレゼントしたことがあった気がする。ぬいぐるみというほど大きくはない。ちょうど鞄にぶら下げられる程度の、小さなくまだ。ただの茶色なのに商品名は〝ミルクティー色〟になっていて、変なのと思った。

そんな些細なことまで覚えているのに、それをいったい誰に贈ったのだったか……。

思い出せない。

「なんで、だ……？」

なんだろう。とても大事なことだった気がするのに、どうして思い出せないのだろう。

嫌な感じがする。

「や、そんなことより。――おい、待てよ天哉！」

頭を振って、陽太は慌てて天哉を追いかけた。

第四話　呪

「〝AGRI（アグリ）〟存続の危機は未だ去らず、ですか？」

ふと思い出したように訊ねた小和（こより）に、

「まあね」

「存続は確定している」

と答える陽太（ようた）と天哉（たかや）の声が重なる。

「天哉ひとりで、な」

「おまえの存在価値を示してくれれば、現体制での継続も考えると言ってるだろう」

むくれる陽太に、天哉の返事はあくまでも冷たい。

先月、今後のことについて少し考えたいと言い出した天哉を追いかけ無理やり問い質（ただ）した結果わかったのは、どうやら天哉がコンビ解消を本気で考えているらしいことだった。

陽太はあまり役に立ってはいない。ならば、自分ひとりでやればいいのではないか。そう思ったのだという。

それも本音の半分。だけど素直じゃない天哉のことだから、陽太に対して申し訳なく思っているらしいのも、おそらく本音の残り半分だ。

むしろ、そちらの気持ちのほうが強いのかもしれない。

「そもそもこのビジネスの原型を考えたのは、ぼくだ。SNSを開設したのも管理しているのも、ぼく。入ってくる相談メールの対応もぼく。依頼人が満足する解答を見つけているのも――」

「わかったわかった、そうだよおまえだよ」

改めて並べ立てられてみると、たしかにそうなのだ。自分でも自分の存在意義を疑わざるを得ない。

「俺、なんもやってないな」

「気がついたか」

「あーでも、おまえより人間関係は得意だぞ」

「対依頼人という意味でなら、ぼくのコミュニケーション能力でも充分事足りることがわかったから問題ない」

「……だな」

行儀悪くカウンターに片肘をついて、陽太はちびりとビールを舐めた。

「でも俺、辞めたくないんだけどなぁ。なんつーか、俺らのやってることって人助けだろ。

そういうの、いいよな。それに、いまのところ特別ほかにやりたいこともないしさ」

食い下がってはみたものの、陽太としても思うところがないではない。〝ＡＧＲＩ〟の基本姿勢が霊に対して〝アンチ〟ならば、陽太の思いとは相容れない。この世に霊はいる。そう信じると決めたのがいつだったか、何故だったかは憶えていないけれど、でもその信念は安易に曲げてはならないような気がしている。だから――

潮時、か。

「わたしは残念な気がします」

遠慮がちに言いながら、ちらりと背後を見やった小和の視線の先には間抜けな顔をした小さなダルマの置物が棚の隅にちょこんと座っている。先月、クリスマスのプレゼント交換で陽太が選んだ雑貨だ。くじ引きの結果小和が引き当て、以来そこに置かれている。

ちなみに、小和が選んだ真冬にはまったく必要性を感じない蚊取り線香は天哉の手に渡り、天哉が選んだ百均のスリッパ四足組は陽太がもらった。「欲しくない物」という縛りで選んだはずのプレゼントも、受け取った相手からはそれなりに喜ばれたのが面白い。陽太が持ち帰ったスリッパも、早速家で母が使っている。

「せっかく仲良しのおふたりが離れてしまうなんて」

それに対して、すかさず天哉は「それも語弊がある」と応じた。

「ぼくたちはたまたま再会して、たまたま互いに時間が空いていたために組んだに過ぎない。別に仲が良いわけじゃない。現に、高校時代の同級生たちからは不思議がられた。そう言っていたよな」

「ん、そうだったな。昔は俺ら、むしろ仲悪かったらしい」

肩を竦めた陽太に、小和が小首を傾げる。

「『らしい』ですか？」

「思い出せないんだよね。俺も天哉も、あの頃のことはあんまり。小和ちゃんは覚えてる？　中・高時代のこと」

「わたしはもちろん。中・高時代のことはよく……あ、れ……？」

「もしかして小和ちゃんも覚えてない派？」

「覚えて、ない……？」

鸚鵡(おうむ)返しに呟いた小和がおでん種の様子を見ていた手を止めて、ぼんやりと虚空に視線を彷徨(さまよ)わせた。

「小和ちゃん？」

「あ……ごめんなさい、少しぼんやりしてしまいました」

ふっと瞬いて、小和が再び手元へと目を戻す。しばし、沈黙が流れた。

今日も外は寒いが、店内はほっこりと暖かい。小和の手元にある大きな鍋のなかでは、黄金(こがね)色をした出汁におでん種がゆらゆらと泳いでいる。静かだった。

小和によると、松の内が明けてしばらくの間はこの店も多忙を極めていたらしい。年末年始の家族サービスと、更には年末から続く忘年会や新年会に疲れた〝お父さん〟たちがこぞって来店して、三十分、一時間と短い時間で僅かばかりの息抜きをしていくことが多かったせいだとか。しかしそれも、一月も終わりに近づくとパタリと途絶えたようだ。

正月明け、かつ給料日前。懐が少々心もとなくなるタイミングなのだと思う。世のなかの人間の動線は、意外なほどわかりやすい。

「こんばんは！」

音を立てて戸が開くと同時に、賑やかな声が飛び込んできた。振り向くと、入ってきたのは成海恵梨香だ。

「ごめん待たせた？」

「いえ。ぼくたちも、さっき来たところです」

如才なく応じた天哉の背後をすり抜けて、奥の席へと恵梨香が進んで行く。

「小和ちゃん、梅酒とハイボールちょうだい。それと、漬物。お任せで」

すっかり常連と化し、着席するよりも早く流れるように注文を告げた彼女は今日、連れをひとり伴っている。女性だ。

年齢は恵梨香と同じだと聞いているが、その連れの彼女はいかにもキャリアウーマン然とした恵梨香とは少しタイプが違った。着ているスーツの色合いは地味で、型も地味。潔いショートカットの髪型は似合ってはいるが、お洒落というよりは実用的な印象を受ける。化粧もたぶんほとんどしていない。女性にしては長身の恵梨香と比べると頭ひとつ分くらい背の低い、小柄な女性だった。

「紹介するわね、彼女が谷口裕子さん。大学時代の友人で、今回のあなたたちの依頼人よ」

よろしくね、と谷口裕子と紹介された女性がにこやかに会釈を寄越す。

「へえ、意外。恵梨香の紹介だっていうからどんなオヤジかと思ってたら、まだ若い子なんだ。しかも、ふたりともイケメン。これは別の意味で、芽衣が喜ぶわ」

あけすけに言って、

「あ、芽衣ってのは私の娘なんだけどね」

と続ける。

見た目のタイプはだいぶ違うように思えたが、口を開けば恵梨香の友人なのがよくわかる。裕子も、いたってざっくばらんな性格をしているようだ。

谷口裕子。実は、陽太たちは今日、彼女を紹介したいからと恵梨香から呼び出されていた。相談内容はまだ聞いていない。直接本人から話すということだったので、メールでは待ち合わせの時間と場所を決めただけだったのだ。

「話をする前に、食事していい？　今日ずっと外回りでお昼食べ損ねたのよ」

そう言ってあれこれと注文し始める裕子に、恵梨香が呆れ顔をみせた。

「早く紹介してくれって急かしたわりに、余裕じゃないの。深刻な問題じゃないわけね」

「深刻よ。当人にとってはね。でも、腹が減っては戦はできぬってね。いまは私の空腹のほうが問題なの」

なんだか、どこかで聞いたようなセリフだ。やはりふたりは似たタイプなのだろう。

それはともかく、女性がふたり増えただけで店内の雰囲気はガラリと変わった。さっきまでの静けさはどこへやら、だ。

陽太は、むくりと身を起こした。

「小和ちゃん、俺も白飯食いたい」

「そうおっしゃると思って。ちょうどご飯が炊けたところです」

「さすが！」

「……まだ食うのか」

ぼそりと呟いて、天哉が茶を啜りながら漬物を齧る。

「おまえ、ほんとジジくさいな」

それからしばらくは相談内容と関係のない話を合間に挟みながら食事をして、一息ついたところで裕子が切り出した。

「きみたちは心霊現象らしきものを否定する仕事をしているのよね？」

「一見不可解に思える事象に、科学的な解答を見つけることをしています」

「じゃあ、その手の話にも当然詳しいわよね。〝チャーリーゲーム〟って知ってる？」

「〝コックリさん〟の類似ゲームですね」

〝コックリさん〟は〝狐狗狸さん〟と書き、実際に体験したことがなくても、おそらく多くの日本人が知っているに違いない。呼び出すのは主に狐の霊だ。

一方、〝チャーリーゲーム〟はそれと似ているが、呼び出すのはメキシコの悪魔なのだと天哉は告げた。用意する物は紙と二本の鉛筆のみで、「Charlie Charlie, are you there?」と訊ねると、それに応えて鉛筆が回り出すのだという。

「この手のモノは、定期的に流行しますからね。地方によっては〝ごんげんさん〟と呼ばれているものや、〝エンジェルさん〟、それに〝キューピッドさん〟もありますね。いずれも同様の遊びです」

「そういうのってさ、大体誰かが流行らせるんだよな。俺たちのときも、誰だったか忘れたけど流行らせた奴がいたんだろうな。たしか――」

「〝テーブル・ターニング〟だな。細かいルールは違っても、基本は同じなんですよ。複数人がその場にいない〝なにか〟に呼びかけ、その返答を得る。ぼくたちのときにも一時、流行しました」

へえ、と裕子が感心したように唸る。

「さすがよく知ってるわね。――でね、うちの娘たちは、その〝チャーリーゲーム〟で悪霊を呼び出してしまったんだって言うのよね」

「悪魔ではなく悪霊ですか」

「そう聞いたと思ったんだけど、違ったかもしれないわ。私、そういう話は詳しくないからよくわからないのよ。たしか、そのゲームで好きなひとの名前を訊ねると、毎回芽衣の名前が示されるんだって言ってたけど」

「それは変ですね。〝チャーリーゲーム〟では『Ｙｅｓ』か『Ｎｏ』の答えしかわからないはずですが」

天哉が言うのに、「そうなの？」と裕子が首を傾げる。

「なんでも、娘はその呼び出した悪魔？　悪霊？　そういうのに、呪われたんだったか、取り憑かれたんだったか。実際になにかあったわけではないみたいなんだけど、友達に脅かされたらしいのよね。良くないことが起こるって」

「呪われているか、取り憑かれているか、ですか」

「そう。それで困ってるのは、芽衣が最近不登校になっちゃってることなのよ。その悪魔だか悪霊だかのせいで、学校に行きたくないって言うの。もうすぐ卒業なのに、最後の最後にこれじゃあ娘も気の毒だし親としても困っちゃうし。で、恵梨香に愚痴ったら、きみたちのことを教えられたってわけ」

裕子の話しぶりは非常に曖昧だが、とにかく困っていそうなことだけはよくわかった。

「芽衣ちゃんは何歳なの？」

「十五歳。今度中学を卒業するの。いま三年。難しい年頃なのよね、いろいろと」

訊ねた陽太に、嘆息交じりに裕子が応じて肩を竦めた。

なにやら考えている素振りだった天哉が、片手を挙げて注意を惹く。

「いいですか？　いまの段階で説明できるのは、〝チャーリーゲーム〟も〝コックリさん〟も人為的な力が働いているということです。せっかくなので少し実験してみましょう。

そのコースターを、谷口さん、陽太とふたりで押さえてみてください。指先で、そう」

陽太は、言われるままにコースターを取り上げ、裕子との中間地点に置いた。そして、天哉に指示された通りにヘリの部分に指先を乗せる。

「置いたぞ。そんで？」

「そのコースターは、絶対に動かしてはいけない。谷口さんもです。いいですね、絶対に動かさないでください」

「わかったよ。動かさないようにすればいいんだな」

訝し気にしている裕子とふたりでコースターの上に指先を置いて、陽太は顔を上げた。

「いつまで動かさないように――わっ！」

指の下で、コースターがじりっと動いた。

「動かさないようにしろと言ったはずだが？」

「動かしてない！　俺は動かしてないぞ」

「私もよ！」

口々に叫ぶふたりを見やって、天哉が頷く。

「実際には更に複合的な要素が絡み合ってはいるのですが、それが〝コックリさん〟の正体のひとつです。人間には『そうしてはならない』と強く思えば思うほど、かえってそのことばかり意識してしまう特性があるんですよ。そして、無意識に身体が動いてしまう。これを『反動効果』と呼びます」

この現象を最初に発見したのは、ハーバード大学の心理学者ダニエル・ウェグナーという人物だったと天哉は説明した。

「へぇ、そうなのね。面白い」

「こうしたリラックスした雰囲気のときが一番効果が出やすいのと、いまはお酒も入っていますからね。より無意識の働きが強く出たんでしょう。それから、〝チャーリーゲーム〟もこれと似ていますが、こちらはもっとトリック的な手法が使われています。鉛筆を動かしているのは、参加者の呼吸なんです」

「息を吹きかけてるってこと？」

「これもやってみると、すぐにわかりますよ。こうしたトリックは意図的に用いられる場合が多いですが、慎重に呼吸をコントロールしていない限り鉛筆は簡単に動きますから」

もう一度「へぇ」と唸って、裕子がコースターを取り上げてしげしげと眺めた。

「やっぱりきみたちは頼りになりそうね。で、お願いなんだけど、娘に会ってやってもらえない？　私じゃあの子の話もよくわからないし、できたら直接聞いてみて欲しいのよね。悪魔も悪霊もいないって言ってやって、ちゃんと学校に行けるようにしてもらいたいの。毎日通うのは無理でも、親としてはせめて卒業式くらい出席して欲しいから。頼める？」

「もちろん！」と答える寸前で口を噤み、陽太は首を傾げた。天哉の様子が気にかかる。

「どうしたんだよ、天哉」

どことなく浮かない顔をしている。

「いや……なんでもない。わかりました、とりあえず一度娘さんと話してみましょう。最低限、卒業式にだけは出席できるように。ただ、最終判断は娘さんに任せることになると思います。それでいいですね？」

天哉の言葉に少しばかり怪訝そうな表情を浮かべて、けれどもそれを追及することなく裕子は同意を示した。

「ええ、お願い。——じゃ、私はそろそろ帰らないと。恵梨香は？」

「私も帰る。明日も早いから」

明日も仕事があるという裕子の都合で、明後日の週末を待って今度は娘の芽衣と会わせてもらうことを約束する。それから料金プランの説明をして、合意が取れたところで、ふたりの女たちは来たときと同じく賑やかにバタバタと帰って行った。

「あ、忘れ物」

恵梨香の座っていた席の辺りに、手袋が落ちていた。

「成海さんだな。急いで帰ったから落としてったんだ。小和ちゃん、預かっておいてよ」

陽太は立ち上がって手袋を拾い上げると、小和に手渡した。それから椅子に座り直し、ふぅ、と息を吐く。

「これがアグリ最後の仕事、か」

「……そうだな、おまえにとっては」

やはり天哉は妙に浮かない顔をしている。

「なんだよ、もしかしておまえもやっぱり俺とこの先も――」

「あの！」

言いかけた陽太の声を遮ったのは、小和だった。

「あの……すみません。おふたりは、どこの高校に通っていたんですか？」

「俺たち？　ふたりとも都立三高だけど」

「中学校はどちらでした？」

「それもふたりとも一緒で、杉中。杉並区立杉並中学校。知ってる？」

杉中も三高も、いい学校だった。

特に杉中は、自由な校風で知られている。アイドル研究会や釣り部、箏曲や日舞といった公立中学校の部活動としては少々珍しい部類の部活も盛んで、思い返してみれば勉強はともかく、不満のない学校生活を送っていたはずだという漠然とした満足感がある。ただひとつ、ある時期を境に記憶が曖昧になるという点を除いては。

「杉中……」

片手で額を覆い、小和が顔を強張らせた。

「おふたりの名前は、野間陽太さんと須森天哉さん、でしたよね……？」

「そうだけど、急にどうしたの？」

「あ、いえ……」

首を振り、取り繕うように浮かべた笑みがぎこちない。

「ごめんなさい、今日はちょっと体調が悪くて」

「あ、うん。じゃあ俺たちも帰るか。な、天哉」

こちらはこちらで考え込んでいる素振りの天哉を促して、陽太は腰を上げた。お大事にと小和に言い残して、店を出る。

無言のまま歩き出した天哉を追おうとして、陽太はふっと足を止めた。暖簾のかかった店先を振り返る。

なにか少し、後ろ髪を引かれるような気がした。

頭が痛い。

客たちの帰った店内の片付けをザッと済ませ、ようやくのことで暖簾を店内に引き込み、小和は崩れるように椅子に腰を落とした。

何故だろう。さっき突然、気がついた。

野間陽太と、須森天哉。

改めて彼らの名を口にしてみて、記憶に引っかかりを感じたのだ。昨年彼らと出会うよりもっと以前から、彼らのことを知っていた気がする。

「痛……」

こめかみの奥が疼（うず）くように痛む。

なにか忘れている気がした。とても大切なことを。

「なにを……」

忘れているというのだろう。

いままで当たり前に平穏に生きてきた。数ヶ月前に少しばかりのトラブルはあったけれど、あれもそれきりだ。陽太と天哉のおかげで片が付いて、いまはもう心配はない。

ここに店を出す前は、アルバイトをしながら調理師の専門学校に通っていた。田ノ倉家で「三鷹の家」と呼びならわしているいまの家に住む者がいなくなり、それを機に、家だけでなく店も併せてもらい受けることになった。それは小和にとってちょっとした転機で、田ノ倉の両親に深く感謝すると同時に降って湧いたような幸運を心から喜んだものだ。

その前は、四国にいた。〝御縁〟の屋号を掲げる拝み屋の祖母の元で数年を過ごした。高校時代。小和のその頃の記憶は、海から吹く湿った風と木々と、傾斜の多い小さな町の景観と共にある。

でも、その前は……?

自分は何故、祖母の元に行くことになったのだろう?

憶えていない。思い出そうとする度に、頭の奥が鋭く痛む。

「赤い……缶?」

不意に、瞼の裏を赤い色をしたブリキの缶が過った。

どこかの土産でもらった菓子の缶。小物入れにしていたその缶は、大きさがちょうどいいと思ったのだ。仕舞っておくのに手頃なサイズだと思った。

「行かなくちゃ……」

小和は、無意識に呟いていた。そして、ハッとする。

「そうだ……。取りに、行かなくちゃ」

居ても立ってもいられない気持ちになった。行かなくては。あの缶を取りに。思い出せない大切なこと。きっとあの缶のなかに、その答えがある。

小和は割烹着を脱ぎ捨てると、電気を消すのもそこそこに店を後にした。

「しっかし、なんで夜の学校なんだ？」

「さあな。依頼人に会ったら直接訊いてみればいい」

一段と気温が下がった今日は、夜間になると余計に冷え込みが厳しくなると思いきや、むしろいくらか寒さが緩んだ。ほんのりと暖かく、気のせいか、空気が少しばかりもったりして感じられる。

既に日は暮れて、街灯の光の届かぬ場所では互いの顔すら暗闇に沈む。時刻は十九時十五分前だ。谷口芽衣との約束は十九時だから、ゆっくり向かっても間に合う。中学校のある最寄り駅で天哉と待ち合わせた陽太は、肩を並べて歩き出しながら首を捻った。

「けど、びっくりだよな。まさか芽衣ちゃんの学校ってのが杉中だとはさ」

「自宅の住所を聞いたときに想定はしていた。私立校だったり敢えて越境していなければ、あの辺りは杉中の学区域だ」

「ま、そっか」

陽太の家のある高井戸、天哉の実家がある久我山、そして谷口裕子と芽衣の家の住所として教えられたのは富士見ヶ丘。いずれも吉祥寺から渋谷を結ぶ私鉄沿線にあり、あの辺りは杉並中学校の学区域にあたるのだ。

「久しぶりだな。俺、中学に入るの卒業以来だよ」

「ぼくもだ」

一旦卒業してしまうと、たとえ母校でも用事がなければ訪れる機会はない。

「あの頃の担任とか、もういないんだろうな」

「公立の教員は公務員だ。異動がある。当たり前だろう」

ただ「懐かしいな」という話をしたかっただけなのに、天哉の返答は相変わらず情緒の欠片もない。

それはともかく。

「おまえさ、この前変な言い方してたよな。『最低限、卒業式にだけは出席できるように』とか『最終判断は娘さんに任せることになる』とか。まさか、もうわかってんのか？まだ本人から話も聞いてないのに」

「大方の推測はついている。当人から話を聞いてみないことには、なんとも言えないがな」

「ふーん」

どうせ訊いてもそれ以上は答えないことがわかっているので、陽太は相槌を打つだけで詳細の追及を避けた。それにしても、この前のあの話だけで何故推測が成り立つのか。天哉の頭の中身は本当によくわからない。

約束の十九時ちょうどに懐かしの母校の前に辿り着いてみれば、谷口の母娘が揃って校門の前でふたりを待ち受けていた。

「あれ、谷口さんも来たんだ」

「当たり前でしょう。夜の学校なんて危険な場所に、若い男ふたりと大事な娘をひとりで放り込むわけにはいかないもの」

そのせいか、初めて会う娘の芽衣は少しばかり膨れっ面をしている。

「ども。初めまして、俺は野間陽太。で、こっちが須森天哉ね。芽衣ちゃんだよね？」

「初めまして、こんばんは」

母親の同伴が気に入らない様子ながらも、芽衣はハキハキとした声で挨拶を寄越した。

小柄な母親に似ず、こちらは背が高い。制服ではなくもこもことしたコートに身を包んでいるが、すっぴんに眼鏡と飾らない装いだ。すらりとしたスタイルは大人っぽいけれども顔立ちにはまだ幼さが残る。

しっかりした印象を受けるものの、陽太と天哉への関心は薄そうだ。挨拶をしたきり目を逸らした様子に、どことなく拒絶の気配を感じた。

「なんでこの時間に、しかも学校なのよ」

文句を言う母親に「うるさいな」と芽衣が顔をしかめる。

「悪霊を呼び出した場所が学校なんだから、ここに来ないと意味がないでしょ。もういいから、お母さんは帰ってよ」

「そういうわけにはいかないわよ。まったく、せめて明るければいいのに、夜になると学校っていうのはなんだか不気味じゃないのよ。ねえ？」

裕子から同意を求められて、「たしかに」と陽太は肯いた。

校庭の奥に一本だけ外灯が立っているが、それ以外は学校全体が暗く沈んでいる。ずらりと並んだ真っ暗な窓も、その奥が窺えないだけに不気味だ。

「けど、俺たちここの卒業生なんだよね。だから校舎の間取りとかは知ってるし、ま、大丈夫だよ」

「そうなの？」

途端に食いついてきたのは芽衣だ。

「俺も天哉も杉中の学区域だったからさ。芽衣ちゃんと比べたらだいぶ先輩だけど」

「へえ、そうだったんだ」

なんとなく、芽衣のこちらを見る目つきが変わった気がする。さっきまでのよそよそしい雰囲気が一気になくなった。

「さ、ほら寒いから早く行きましょうよ。警備会社に連絡して入れてもらわないといけないでしょ。お母さんが交渉してあげるから」

「あ、そうか」

うっかりしていたという風に声を上げた芽衣に、裕子が呆れた顔をする。

「だから、なんでわざわざ夜の学校なのよって訊いたじゃないの。普段と違って入るのも面倒なんだから。警備会社のひとにも迷惑かけるし」

「そういうことなら、いまからでも別の場所に移動しても構わないが？」

訊ねた天哉に、芽衣が首を振る。

「教室から取ってきたい物があるんだけど、悪霊がいるところにひとりで行くのは嫌だから一緒に来てもらいたいと思って。それと……できれば、お母さんのいないところで話したかったんだよね」

「なんだ、そういうこと」

それならば教室には同行せずに下で待つからと裕子が言って、芽衣が合意する。それから警備会社宛てに電話をして、教員用の出入り口の鍵を遠隔操作で開けてもらう手はずを裕子がテキパキと整えた。

「余計な場所には立ち入らないこと。普通の教室は警報が入っていないから大丈夫ですって。じゃ、さっさと行ってらっしゃい」

裕子に見送られて通用口から校内に入る。芽衣の先導で校舎の裏手にある教員用玄関から校舎内に足を踏み入れた。

「おー、懐かしいな。中学か」

離れてみるとわかる。学校とは、独特の雰囲気を持つ場所だ。

所々に設置された非常灯と月明かりで足元はそこそこ見える。先に立って階段を上がって行く芽衣に、天哉が声をかけた。

「〝チャーリーゲーム〟の話は嘘だな？」

「……なんでわかったの？」

振り向かずに、芽衣が答える。

「間違っていたらすまない。きみは、いじめにあっているんじゃないか？」

芽衣の足が止まった。

「この前きみのお母さんにも話したが、〝チャーリーゲーム〟で答えが得られるのは『Ｙｅｓ』と『Ｎｏ』の簡単な二択だけだ。固有の名前を示すことはできないし、そもそも『好きなひと』の名前を訊ねた問いにきみの名前が返されたとして、そのことが悪霊に憑かれたり、呪われたりしたことの証明になるという理屈は意味不明だ」

再び階段を上り始めた芽衣を追いながら、天哉が続ける。

「きみは学校に行きたくない本当の理由をお母さんには話せず、代わりに荒唐無稽(こうとうむけい)な『悪霊』などというものを持ち出して嘘を吐いた。違うか？　人間は嘘を吐くとき、その嘘を自分に信じ込ませるために、所々真実を紛れ込ませる。ぼくはきみのトラブルに関して、『好きなひと』というのがキーワードではないかと思った」

芽衣からの答えはないまま、三階に着いた。

「芽衣ちゃん、一組なのか。俺たちも一組だったんだよな」

懐かしさについそう言ってから、陽太はおやと首を傾げた。

「天哉も一組だったっけ？」

「……ああ」

芽衣の相手は天哉に任せることにして、陽太は窓際の席に向かった。後ろから三つ目。卒業する前の陽太の席は、そこだった。いまの持ち主には悪いが勝手に椅子を引き、腰を下ろしてみる。

「なんかちっちゃいな」

机も椅子も、教室も。当時と比べて背丈がぐんと伸びたわけでもないのに、妙に小さく感じられる。毎日のように通ってきている間はこの空間が世界のすべてに等しかったはずなのに、そんな過去はもう遠い。

「忘れ物はノートか」

「うん、数学の。参考書もあるし、教科書なんかは置きっぱなしでもよかったんだけど、このノートには公式がまとめてあるから必要だったんだよね。ずっと取りに来たかったんだけど、なかなかチャンスがなくて。ちょうどいいから今日は学校で話をしたいってお母さんに頼んだの」

「きみは理系か」

「まだ決めてないけど、たぶんね。理系科目のほうが得意だし、ハッキリ答えが出る数学は結構好きだから」

取り出したノートを膝の上に置いて、芽衣が机に腰を下ろす。そうして、話し出した。

「いじめってほどじゃないんだけど、居心地が悪くなったの。それが面倒で、どうせもうすぐ卒業だし、だったらもう行かなくてもいいかなと思って。高校からは私立に行くし。試験はまだだけど、受かる自信はあるから」

「すげーな。俺、ずっと頭悪かったから試験に受かる自信があるとか、一回言ってみたかったよ」

「なにそれ、面白いんだけど」

本心からの感想だったのだけれど、芽衣にはツボだったらしい。思い切り笑われてしまった。陽太は、天哉に顎をしゃくって場を譲ることにした。やはり黙っておこう。

「今日この時間を指定したのも、クラスメイトたちに会わないためだったんだな？」

「どこで誰が見てるかわからないし。でも夜ならハッキリ見えないからね。――さっきのキーワードも、当たり。よくある話なんだけど、友達が好きだった男子があたしのことを好きなんだって。それがわかってから、なんか微妙に空気変わっちゃって」

「その友達というのがボスだったわけか」

うん、と芽衣が頷く。

「ボスっていうか、まあいつも中心にいるような子。あたしはその子が好きだっていう男子には全然興味ないんだけど、こういうのって、上手く行っても行かなくてもどうせいろいろ言われるでしょ」

「だから学校自体から遠ざかることにしたわけだな」

「そ。いじめってほどのものじゃないよ。なにかをされたわけじゃないから。ただ、時々無視されたりするくらいで。だけどそういうのも地味にストレスなんだよね。もうすぐ受験なのに、余計なこと考えたくないっていうか」

陽太は机に頬杖をつきながら芽衣の横顔を見上げ、ふーんと思った。彼女はたぶん、結構オトナだ。母親からしたら「不登校」イコール「心配」なのだろうが、この子だったら放っておいても大丈夫そうな気がする。

「話はわかった。きみの状況判断に異議を申し立てるつもりはない。ただ、きみのお母さんとは『最低限、卒業式だけでも出席できるように』話をしてみると約束した。ということで、検討してもらえないだろうか」

ああそうか。卒業式だけでも、と天哉が初めから強調していたことの意味が、ようやくわかった。

「あ、うん。もちろん卒業式には出るつもりでいる。というか、受験が終わったら学校も来ようかなと思ってるんだけどね。一ヶ月も経てばみんなの雰囲気も変わってるだろうし。

──あーでもバレンタインとホワイトデーは休むけど。なんかあったら面倒だから」

「構わないだろう。好きにすればいい」

「ん、じゃあ話は終わりね？」

「ああ。終了だ。きみのお母さんには、きみから話したほうがいい」

途端に芽衣が盛大に顔をしかめた。

「えー、言わなくちゃダメ？」

「気持ちはわかるが、話したほうがいいと思う」

「でも……」

「妙な嘘は、かえって親の心配を煽る」

そうだけど、と芽衣が溜息を零す。

「お母さんも忙しいし。それに、うちのお母さんってスイッチ入るとバシバシ文句言うタイプなんだよね。いじめっぽいとか、そんな話をしたら学校に乗り込んじゃったりして面倒なことになりそうだから……」

「それも含めて、きちんと話すべきだ。きみが誰かから追い込まれてそうなっているわけではなく、自分の考えで動いていることを納得できるように説明すれば、理解してくれないひとではないだろう」

「まあ、ね……」

「ぼくたちが口添えしても構わないが……まあ必要ないだろうな。受験が終わるまでは勉強に専念したいことと、それ以降は学校にも通うつもりでいることを伝えればいい。いじめ云々という言葉を使うと神経質になるだろうから、友達と喧嘩して気まずい、くらいの伝え方でも構わないんじゃないか？」

「そう？　そんなんでいいかな？」

「そのくらいなら、嘘も方便だ。少なくとも、いきなり『悪霊』云々と言い出されるよりは、よほどまともに聞こえる」

　あははと笑って、芽衣が「わかった」と頷く。

「じゃあ、そう説明する。なんか、ごめんね」

「いや、こちらもそれが仕事だ。構わない」

　ポンと机から飛び降りて、芽衣が首を傾げる。

「仕事って幽霊関係なんだよね？　どんな変なひとかと思ってたけど、ふたりとも普通だよね」

　それから、思い出したように芽衣が「そういえば」と続ける。

「この学校に霊がいるって噂、昔からあった？　女の子の霊」

　陽太は、思わず食いついた。初耳だ。

「俺らのときにはそんな噂なかったな」

　そうなの？　と芽衣が振り向く。

「七不思議はあったでしょ？」

「理科室とか音楽室とかのだろ？　それはあった」

「その七不思議の次の、八番目の幽霊だよ。知らない？」

「聞いたことないな」

「八番目の幽霊はね、自殺しちゃった女の子の霊なんだよ。屋上で踊ってる姿を見たって噂になって、それで霊感ブームになったせいで〝チャーリーゲーム〟が一瞬流行ったの」

「自殺した女の子……？」

立ち上がりかけて、陽太はぴくりと動きを止めた。

「そう。えーとね、十年前くらいに自殺しちゃった女の子がいるんだって。なんかその子霊感少女だったらしくって、だから霊になってもここに留まってて、屋上で踊ってるのは悪魔を召喚する儀式なんだって。バカみたいな作り話だよね」

芽衣は笑ったけれど、陽太は上手く笑えなかった。頬が強張る。

「だけど、屋上で踊ってる霊の姿を視たのはホントらしいよ。たしか、夏休みの終わり頃じゃなかったかな。その幽霊を視たって言ってた子はあたしの友達なんだけど、その話をしたときの口ぶりは本気だったし」

「十年前に自殺した女の子……」

「そう。そういえば、その自殺したっていう子も一組だったらしいよ。三年一組。――あれ、もしかして十年くらい前ってことは、ふたりと同い年くらいだったんじゃないの？」

陽太は、ゆっくりと腰を上げた。天哉を見る。

「……その亡くなった子の名前は知ってる？」

「なんだったっけな。あんまり真剣に聞いてなかったから」

芽衣が考える素振りをみせる。陽太はその場に棒立ちになって、天哉の顔を見つめ続けた。その視線には気づいていないのか、天哉は眉間に皺を刻んで芽衣の答えを待っている。眼鏡に邪魔をされて、天哉の瞳にどんな感情が浮かんでいるのかは見えない。

「あ、そうだ。たしか〝カズちゃん〟だったと思う」

不意に、記憶の蓋が一気に開いた。

そうだ。そうだった。〝カズちゃん〟だ。

少し風変わりなその彼女と、陽太は特別に仲が良かったわけではない。ただ、誕生日に小さな茶色のくまを贈ったのは、彼女にだ。

どうしてそんなことをしたのか、前後の脈絡は忘れてしまった。たぶん、いつものように適当な話をしていて、なにかの拍子に彼女の誕生日を知ったのだろうと思う。それで、成り行きだったか気紛れだったかはわからないが、贈り物をすることになった。

その彼女が唐突に自らの命を絶ったのは、あれは中学三年の冬だった。

「俺、なんで忘れてたんだ……」

天哉と話さなければならない。大切なことを。

とても、とても大切なことだ。

「芽衣ちゃんさ、その女の子の霊はここにはいないと思うよ」

その子は、大人になってるから」

「え？　どういうこと？」

「その子は、もう中学生じゃないからさ。彼女はもうここにはいない。大人になってるから」

大人になった彼女がどこにいるのか——陽太は知っている。

たしかめなければならない。

それは、ふたりの罪だ。陽太と天哉、ふたりで負うべき過去の罪の、現在の形。

依頼人である母親には自分から話をすると約束した芽衣を校舎から連れ出して母親の元に送り届け、谷口母娘と別れてから、「これからちょっと付き合え」と言ったきり口を噤んだまま歩き続ける陽太の隣に天哉も無言で肩を並べた。

ほとんど客のいない駅のホームのベンチに並んで腰を下ろし、そこでようやく陽太が口を開いた。色素の薄い陽太の髪が蛍光灯の光を受けて輝き、それとは対照的に沈んだ眼差しを浮き上がらせている。

「なあ天哉、おまえはなんで医者にならなかったんだ？」

普段ならばまともに答えなかったかもしれない問いに応じる気になったのは、冬の夜らしからぬ生暖かい空気のせいだったろうか。天哉は、素直に答えた。

「ならなかったんじゃない。なれなかったんだ」

「医学部には入ったんだろ？」

「二年の途中で断念したんだ。ぼくは……どうしても解剖ができなかった」

解剖実習に提供される献体は、誰もが生前に同意をしている。解剖は医師になるためには欠かせない勉強で、だからその肉体を切り刻んだとしても献体の主や遺族に嫌な思いをさせることはない。そうわかっていても、メスを握る手がどうしようもなく震えた。

「怖かったのか？」

「人間の遺体が怖かったわけではない。ぼくは……死が怖かったんだ」

意味を摑みかねたように、陽太が首を傾げる。

「死ぬことが怖いってことか？」

「いや、そうじゃない。ぼくが怖かったのは自分自身の死ではなく〝死〟という事象そのものだ」

いまでも憶えている。初めて目にした剝き出しの遺体は生々しく〝死〟そのもので、それが途方もなく恐ろしく思えた。

「最終的にどの科を選ぶかによっても違ってはくるが、医師というのは、多かれ少なかれ〝死〟と向き合う職業でもある。ぼくのように、ただただその事象を恐怖するばかりの人間は絶対に医師にはなれない」

代々が医師の家系で、だから天哉も自身の進路を迷ったことはなかった。

それまで考えたこともなかった〝適性〟という問題にぶち当たったのは天哉にとっても

予想外のことで、それは同時に天哉の家族にとっても予想外の出来事だったに違いない。医学部を辞めると告げたときに生じた家族との溝は、いまでも埋められないいままだ。

「俺さ、いつだったか河本に言われたんだよ。ほら、高校のときの同級生のさ」

「ああ……生憎どんな人物だったか記憶にないが」

「そう言ってたな。――その河本がさ、言ったんだ。『陽太にはでかいトラウマでもあるんじゃないか』って。そのときは、わかんなかった。トラウマなんて言われても心当たりないしさ」

　黙って頷きを返しながら、天哉は漠然とした予感を抱いた。胸の奥がざわめく。先程、母校である中学校を訪れてからずっとだ。記憶の襞に引っかかっているなにかがあって、それが思い出せ、いや思い出すなとせめぎ合っている。

「けど俺、さっき思い出したんだ。もしかしたら河本の言ってた『トラウマ』ってのが、このことだったんじゃないかって」

　そう言ってから、陽太がガシガシと髪を掻き乱した。

「あー、や。違うな。俺にはトラウマとか言う資格ないし」

「資格……？」

　そうだ、と陽太が言う。

「そんな資格ないんだよ。俺も、それに天哉も。――前にさ、話したじゃないか。中学の終わりから高校にかけての記憶が曖昧だって。おまえもそうだって言ってたよな」

天哉は、首を回らせて陽太の横顔を見つめた。

「俺たち、中学校のときは仲が良かった。なのに高校では全然口も利かなかった」

声に出さず、天哉は小さく顎を引いた。

「中三の冬だ」

天哉は、無意識にごくりと唾を呑み込んだ。聞きたくない。だが、聞かねばならない。

「ひとりの女子を俺たちが殺した」

その瞬間に、外界のすべての音が消えた。頭のなかに耳鳴りに似た音が鳴り響く。

「ああ……」

「な、思い出したろ？　なんで忘れてたんだろうな」

その子は、少し変わった子だった。何故かと言えば、彼女は「霊感がある」と常々自称していたからだ。

子どもの頃から右目の端に、この世ならざる者を視てきたと彼女は言っていた。そうして、なにもない空間を、よくじっと睨む仕草をしていた。

「それがなんか興味深くてさ、たまに彼女のことを見つめてた。あの子の右目の端に映っている世界はどんな風なのかと思ってさ。気になったんだよな」

「そう……あの目つきは、独特だった」

けれども中学も三年になれば、もはや子どもではない。同級生たちは、いつしか次第に彼女を疎むようになっていた。

事件が起こったのは、二学期の終わりだ。期末試験も終わり、そろそろ皆がクリスマスのプランを本格的に考え始めていた頃。

言い出したのは、その子の友人のひとりだったと思う。

——久しぶりに〝テーブル・ターニング〟をしようよ。

そんなに霊感を自慢するなら、もう一度見せてみなよ。あたしたちに。

どこか挑発的な物言いだったのは、彼女を自分から遠ざけようとする意図があったのだろう。

「いまならわかるんだけどさ、そのときの俺はバカだったたから。——や、いまでもバカなんだけどさ。あの頃はもっとバカだったんだ」

自嘲気味に呟く陽太の声に、当時の情景が蘇る。

——いいな、それ。俺、見たことなかったし。やってみてよ！

霊が来るとこ見てみたい。即座にそう応じたのは、陽太だった。

それが彼女の逃げ道を封じてしまうことになるとも知らず、あくまでも無邪気に陽太は彼女の友人の提案に乗っていた。

——マジ？　野間も霊とか信じてんの？

——なんだよ、悪いかよ。いいじゃんか、いたら面白いだろ。

——バッカじゃない？

——るせーな。どうせ俺はバカだよ。

〝テーブル・ターニング〟をしようと提案した女の子と、そんなやり取りをしている陽太を眺めて、天哉は苦笑していた。

「霊などいるはずがない、とぼくは言ったんだ」

「だったよな。だからくだらないことはやめろって、おまえは止めてた。なのに、俺が『やろう』って言ったんだ。面白そうだからって」

乗り気になった陽太に、彼女は少し困った顔をして、それでも「いいよ」と言った。

「わかった、やってみよう」と。

なにかを諦めたような微笑み方をして、彼女はあのとき机に向かう前に一瞬だけ天哉の目を見た。

「彼女はきっと、初めからわかっていたんだ。ぼくが彼女の嘘を見抜くことを。それなのに、ぼくは……」

ちょうど、父の書斎で見つけた本を読んだばかりだった。アインシュタインすらも感銘を受けたというイギリスの研究者、マイケル・ファラデーという人物が手掛けた実験の本だ。それがまさに〝テーブル・ターニング〟のトリックを暴いていた。

だから、それをそのまま伝えたのだ。

「一度は机が動いたんだよな。だけど、おまえの話を聞いてからもう一度やったときは全然動かなかった」

「悪気はなかった。ただ、トリックを知っていて黙っているのはフェアじゃないと……」

「おまえに悪気がなかったってのは、その通りなんだろうけどな。あの後、彼女は女子たちからハブられてた。俺、一回だけ見たんだ。彼女が昼にひとりで便所で飯食ってるとこ」

元から少々疎まれていた彼女が、それを契機に「自称霊感少女」と表立って嘲笑されるようになったのは自然の流れだ。そのことには気づいていた。裏サイトにも、あれこれ揶揄する文言が書かれていたのを見たこともある。

「ぼくも……知っていた」

「でも、彼女がそこまで思い悩んでいるとは思わなかったんだよな」

そう。知っていた。だけど、気にしていなかった。そんなに大したことでもないだろうと思って。

「人間が最も辛いと感じるのは〝孤独〟だそうだ。いまは〝好意〟の対極にあるのは〝嫌悪〟ではなく〝無関心〟であることを知っている者も多い。だが、あの頃は――」

「知らなかった。あの子が自殺して、初めて気づいたんだ。そんなに辛かったんだって」

担任から知らされたその事実に、天哉は驚愕した。そして初めて悔いたのだ。

気づいていながら、手を差し伸べなかったことを。

彼女が孤独に追い込まれるその原因を作ったのが、他の誰でもない自分であったことを。

「なのに、そんなことすら忘れてたなんてさ。俺たち、どんだけ人でなしだよな」

「おそらく『解離性健忘』だ。彼女のことはぼくたちにとって強いトラウマになった」

だから忘れた。それこそ、無意識の働きによって。

解離性健忘とは、トラウマやストレスによって引き起こされる記憶障害のことだ。症状の出方はひとそれぞれで、一般的には外傷的体験やストレスになる出来事の直後ではなく、数時間、数日、或いは数年後に記憶障害が生じる。

記憶に生じる空白期間の長さもひとそれぞれで、数分間のこともあれば、一生分の記憶を失くしてしまうこともある。天哉の空白期間は、およそ二年程度ということだろう。中三の終わりから、高二の辺りまでの記憶がなくなっていた。

「理屈をつけるとしたら、そうなんだろうけどさ」

応じた陽太の声に珍しい棘を感じた。

「でも関係ないよな。俺たちは、忘れちゃいけないことを忘れてた」

「……ああ、おまえの言う通りだ。ぼくたちは――いや、ぼくは最低だ。彼女を自殺に追い込んだのは、ぼくだ。なのに、ぼくはその記憶を消し去った」

なんという冒瀆だろう。〝死〟が怖いだなんて、自分の言葉ひとつでひとりの人間を死に追いやっておきながら言うセリフじゃない。

「おまえだけじゃなくて、俺も悪かったんだよ。思い出したんだ。俺がどうして霊はいると信じることに決めたのか」

彼女のことがあったからだ、と陽太は言う。

「俺は別に、霊がいるなんて信じてなかったんだよな。いたら面白いなと思ってただけで。

でも、俺が迂闊に『見せてよ』なんて言ったせいで、結果的にあの子は嘘つき呼ばわりされることになってさ。なあ、覚えてるか？　俺、おまえに怒ったんだよな」

憶えている。いや、思い出した。彼女の嘘を暴き、その帰り道だった。彼女の友人は彼女を置いて帰宅してしまい、陽太とその子の三人で学校を出た。

「そこでさ、おまえに言ったんだ。霊もいないし霊感なんてのも嘘かもしれないけど、そんなに得意気にするなよって」

これみよがしに知識を披露して、他人を貶めることがそれほど楽しいのか。あのとき陽太からは、そんな風に言われた憶えがある。

それに対して自分は……自分はおそらく、まともに反論できなかったに違いない。言われずともわかっていたからだ。まるで鬼の首を取ったように、得々とトリックを暴いた。必要以上に彼女を責め立てる言葉を使いもした。だけどそれが正しくなかったことは、一緒に教室を出てから一度も顔を上げない彼女の様子を見ていれば嫌でも理解できた。

あのときの天哉に彼女を貶めるつもりがあったわけではない。それでも結果的に、天哉の言動は彼女を貶めてしまった。

「だけどさ、思ったんだ。俺も間違ってた。あのとき俺が言うべきだったのは、そういうことじゃなかったんだ。俺だけでも『霊はいるよな』って信じればよかった。あのとき、あの子に必要だったのは変に庇われることじゃなくて、きっと自分の意見を肯定してくれる誰かの存在だったんだよ」

だから「霊はいる」と信じることに決めた。陽太はそう言った。

「天哉は俺の逆だろ？　自分は悪くなかったと思いたくて、だから霊なんか存在しないって言い張るようになった。違うか？」

その通りだった。天哉は、陽太とは違った。自分を守るほうに自分の意識を改竄したのだ。情けないことに。

「俺たち、どっちもどっちなんだよ。だって彼女がハブられてることは知ってたのに、結局なにもしなかったんだからさ。見て見ぬふりをしてたのと同じだ。だから……行かなきゃいけないところがある。一緒に来るよな？」

どこへ、とは問わなかった。天哉は無言で頷き、やってきた電車に乗り込むために腰を上げた。

たった一駅の距離なのだから電車に乗らず歩いても良かったなと内心で思うのは、歩き慣れた川沿いの道を進む足が重たいせいだ。思い出してしまった、そして気がついてしまった事実を認めたくない気持ちがまだどこかにある。

「ああ、やっぱり……」

陽太は低く呻いた。

少し手前からでも、向かう先の風景にある僅かな差異に気づく。道の端の暗がりに、いつもならそこだけ明るく浮かび上がっているはずの白い暖簾がない。表戸の前に立ってみれば、磨(す)りガラス越しに見える店内も暗く、人気(ひとけ)がないことがありありとわかった。

漠然とだが、予想はしていた。自分たちが思い出してしまった以上、彼女はきっといままでと同じ姿ではいてくれないだろうと。それでも僅かな望みを持ってここまでやってきたのだけれど、それも潰(つい)えた。

彼女には、もう会えないのだろうか……。

途方もない後悔に押し潰されそうになりながら腕を伸ばして引き戸に手をかけ、そこで陽太は思わず天哉を振り向いた。鍵がかかっていない。

「開くぞ」

天哉の言葉を待たずに戸を開き、手探りで電気を点ける。

「いつも通り、だな」

入り口の脇に暖簾が立てかけてあり、椅子のひとつには無造作に脱ぎ捨てられた割烹着が掛かっている。それ以外に見慣れた店内の様子に変わったところはなく、ただ戸外と同じだけ冷えた空気が主のいない店内を寒々しく感じさせた。

普段は立ち入らないカウンターの内側に足を踏み入れてみると、食器棚の片隅に置かれた手袋が目に入った。二日前に陽太が拾った成海恵梨香の手袋だ。その横に、小さなダルマの置物が座っている。

「あれはまだ先月のことなのにな……」

小和は、たしかにこの店にいたのだ。天哉と三人でクリスマスパーティーをした。

「陽太、出よう」

「……ん、そうだな」

パタンと覗き込んでいたトイレのドアを閉め、天哉が戸口へと踵を返す。恵梨香の手袋に手を伸ばしかけ、思い直してなにも持たずにカウンターを出てから電気を消し、天哉の後を追って店を後にした。

こちらを待たず先に立った天哉の向かう先は、訊かずともわかる。小和の家だ。陽太は敢えて肩を並べず、天哉の半歩後について歩いた。路地を折れ、私道の奥に進んで行く。この家には二度、泊まり込んだ。それが出会いで、親しくなるきっかけでもあった。

室内に灯りの気配はなく、暗く沈んだ家はこちらも家主の不在を告げている。近寄ると同時に灯ったセンサーライトの光のなかに、小和がいつも乗っていたママチャリが置かれたままになっているのが見えた。

インターフォンに伸ばしかけた手を止めて逡巡（しゅんじゅん）する天哉の傍らをすり抜けて門扉をくぐると、郵便受けの内側を探って合鍵を取り出す。

「おい、陽太。勝手になにを――」

制止しようとする天哉を振り切り、陽太は玄関の鍵を開けた。

「さっき思い出したのは、学校に出る自殺した女の子の幽霊の名前を聞いたからなんだ。カズちゃん。天哉も気づいただろ？」

「……ああ」

「田ノ倉って、特別珍しい名前でもないけど、そんなに多くもないよな」

言いながら、陽太は靴を脱いで家のなかへと上がり込んだ。静まり返った家のなかに人間のいる気配はない。

手当たり次第に見つけたスイッチを押して電気を点けながら、陽太はダイニングに入った。テーブルの上にぽつんとスマホが置かれ、流しの脇にある水切り籠のなかには伏せられた茶碗と箸が一組。少し前までたしかにあった生活の痕跡だけを残している様が、主の不在を際立たせているようで切なくなる。陽太は足を止めずにダイニングを抜け、隣の仏間に入った。そして、長押の上に並んだ先祖の遺影を見上げた。

「自殺した女の子の霊は、いまはもう学校にはいない。だってカズちゃんは、大人になってたんだからさ」

大人になって、自分たちの前にいた。ずっと気づかずにいたけれど、思い出してみれば彼女こそが、そのひとだ。

「八番目の幽霊、カズちゃんは、和音ちゃんだ。田ノ倉和音ちゃん。小和ちゃんの本当の名前は、和音ちゃんだったんだ」

振り向くと、迷う素振りで陽太の後に続いて来ていた天哉が足を止めて、呆気に取られた様子で絶句している。

「だろ？　な、天哉。なんで俺たち、ふたりとも気がつかなかったんだろうな」

「…………」

しばしの沈黙を挟み、やがて天哉がいつも通りの口調で「馬鹿が」と吐き捨てた。

「小和さんが田ノ倉和音の幽霊だと？　おまえは本気で言ってるのか？」

「……へ？」

今度は陽太がぽかんと口を開けた。

「小和さんは人間だ。霊ではなく、実体だ」

見ろ、と天哉がテーブルの上に載っていたスマホを取り上げる。

「幽霊がスマホを使うか？　幽霊が飯を食うか？」

視線の先を辿ってみれば、水切り籠に伏せられた茶碗が目に入る。

「この数ヶ月間、小和さんの店でぼくたちが何度食事をしたと思っている。ぼくたちが食べた料理は、幽霊の手作りだったわけか？　馬鹿な、そんな訳があるはずない」

「や、でも……」

「冷静に考えろ。それとも陽太の知っている幽霊というのは実体を持ち、食事をして料理を作るのか？　ぼくたちが会った父親は？　祖母は？　陽太の会った母親は、小和さんが死者だと言っていたのか？」

「あ……」

そうか。言われてみれば、たしかにそうだ。

天哉の顔を見つめながら頬を掻き、それから陽太は首を傾げた。

「でもじゃあ、屋上で踊ってた幽霊ってのは――」

「夏の終わりだと言っていたな。思い出せ、あの学校では九月になにがある？」

「えーとー、あ。文化祭？」

「では、あそこには都内でも珍しい部活があったのも覚えてるな？」

しばし考えて、思い当たる。

「わかった、日舞だ！」

「夏休みが明けたら文化祭。となると当然、日夜練習したくなるのが人情だろう」

踊っていたのは幽霊ではなく、日舞の練習をしていた女子生徒。

「……そっか」

なるほどそれなら一風変わった動き方をしていたことが、「悪魔を召喚していた」と言われてもおかしくはない。

「あー、そっか。そうだよな。やっぱ俺バカだわ」

苦笑いしながら頭を掻いて、「でも」とおもむろに陽太は笑みを消した。

「小和ちゃんは、じゃあどうしたんだ？」

休みの予定でもなかったはずなのに、店も閉まっていた。しかも、表戸の鍵も開けっ放しのままで。更に、自宅にもいない。

少し待てと言い置いて、天哉が足早にダイニングを出て行く。

「トイレにも、風呂場にもいないな」

しばらくして首を振りながら戻ってくる。

「もしかして具合が悪くなっているのかと万が一の可能性を考えたんだが」

「店のトイレを覗いてたのも、それか」

小和のSNSを確認してみようと、陽太はスマホを取り出した。そして、メールが来ていたことに気づく。

「あ、成海さんからメールだ」

開いてみると、「〝和〟が閉まっているが、なにか聞いているか？」という質問のメールだった。

「この前落としていった手袋を、昨日取りに行く予定だったらしい。なのに店がやってなくて、しかも今日も閉まってるから、こっちになにか連絡来てないかって」

二日前の夜に、昨日寄ることを小和に連絡したのだそうだ。そのときは待っていると言われただけで、特に休業の予定など話していなかったらしい。それなのに昨日も今日も店は営業しておらず、恵梨香になんの連絡もないという。

陽太は、とりあえず恵梨香への返信は保留にして小和のSNSを開いた。

「こっちの書き込みもナシか」

閉鎖していたSNSを再開してから、小和はマメに営業しているか否かを呟いていた。その書き込みも、一昨日の夜を最後に途絶えている。

「店は暖簾も取り込まれていたし、割烹着も置いてあった。しかも、彼女のスマホはここにある。それに成海さんの話を加えて考えると、一昨日の夜に店を出て帰宅したところまでは間違いなさそうだな」

「その後、出かけてそのまま戻ってきてないってことか？　ようやくお客さんも増えてきたって喜んでたのに、無断で二日も続けて店を休むって変だよな？　――あ、待てよ」

「本当に家のなかにはいない、のか？」

ほとんど同時に、ふたり揃って天井を見上げた。

「二階があるって言ってたよな。見てみるか」

頷き合って、階段を上る。

二階には二部屋あった。どちらの部屋も板張りの引き戸になっていて、いずれも扉は閉まっている。「小和ちゃん、いる？」と声を掛けながら手前のドアを開けてみると、いつか小和が二階は物置代わりにしていると言っていた通りに雑多な物が詰め込まれていた。

雑然とした部屋のなかに、人影はない。

続いて奥の部屋へと進み、今度も一応「開けるよ」と断ってから戸を引く。

こちらの部屋も同様に物置の様相を呈していたが、どことなく以前は子ども部屋だったらしき形跡が随所に残っていた。壁にかけられたままのカレンダーに、部屋の奥に置かれている勉強机。詰め込まれた荷物に半ば隠されているが、カレンダーの脇には変色して反り返ったメモ紙らしきものが画鋲で留められているのに並んで、額装された写真が飾られているようだ。

「いないな」

しかしこの部屋のなかにも、小和の姿はない。電気を消して部屋を出ようとしたところで、ふわりと室内の空気が動いた気がした。

「ックしゅん！」

くしゃみが出る。物置だけあって埃っぽいせいだろう。陽太は指先で鼻をこすりながら部屋を出て、戸を閉めた。

「ん？　なんだよ天哉、どうかしたか？」

顔を上げると、天哉が不思議な顔つきでこちらを見ていた。

「……いや、なんでもない」

曖昧に視線を逸らし、天哉が先に階段を降りて行く。陽太は首を傾げながらも、その後を追った。

「やっぱ出かけたのかな」

「スマホを持って行かなかったなら、SNSの更新が滞っている理由もわかる。最後の呟きは、一昨日の開店前だと言っていたよな？」

「ん、そうだった」

ダイニングに戻り、天哉がテーブルに置かれた小和のスマホを取り上げる。

「電池の残量はまだ八割近いな。ということは、一昨日の閉店後に帰宅してから充電し、翌日出かけるときに充電器から外してそのまま置いて行った可能性が高い」

「そうだな」

「家のドアは鍵がかかっていた。すなわち、彼女は自分で出かけたということだ。小和さんの所持品を詳しく知らないからわからないが、布団は畳まれていたし、室内に荒らされている様子もない。ごく普通に出かけたように思える」

「そう、だよな……」

けれども釈然としないのは、やはり、いま天哉が手にしている小和のスマホだ。もちろん置き忘れて出かけてしまうこともあるだろう。しかし、天哉の説が正しければ今日で二日になる。そんなに長いこと、スマホを家に置きっ放しにするだろうか。

「しかも一昨日の夜に『明日行く』って連絡した成海さんには『待ってる』って答えたらしいんだよ。ってことは、そのときまでは昨日も今日も、店を閉めることは予定してなかったってことだろ?」

なにかおかしい。小和は本当に、自らの意思で戻ってきていないのだろうか。

「なあ陽太」

手のなかにある小和のスマホを見下ろしながら、天哉が言う。

「一昨日の帰り際、小和さんは様子が変だった。ぼくたちの名前をわざわざ確認して、どこの学校だったのかを訊かれた。それはつまり――」

「俺たちのことに気がついた?」

おそらく、と天哉が頷く。

「小和さんは、ぼくたちのクラスメイトだった田ノ倉の霊ではない。だが苗字の一致や容貌から考えて、彼女の血縁者であることは間違いないだろうと思う。それが、ぼくたちの存在に気づいたとしたら……。おまえだったら、どうする？」

「俺だったら——話し合う、かなぁ」

あまりよくわからない。自分だったら、身内を自殺に追い込んだ人間と親しくしていたことに気がついて、どうするだろう。

「そうか？　ぼくだったら、復讐を考える」

「な……復讐って、おい天哉！」

陽太は思わず目を剝いた。

「当然だろう。ぼくは、あの頃のぼく自身を許せないと心から思う。遺族ならば、もっとその思いは強いはずだ」

「そうだけど、でも！」

違う、と思う。小和はたぶん、そういうタイプじゃない。

「店が閉まっているのを見たときから、考えていたんだ。彼女の不在も、ある意味予想通りと言える。復讐のためには相応の準備が必要だ。だから小和さんは一旦ぼくたちの前から姿を消した。そういうことなんじゃないか？」

「小和ちゃんは復讐なんか考えるような子じゃない。俺は違うと思う」

否定する陽太に、天哉が静かに首を横に振った。

「おまえらしい希望的観測だな。だが、他人の内奥など所詮当人以外にはわからないものだ。スマホを置いて行ったのも、ぼくたちの連絡先が入っているせいかもしれない。店や家を離れたのがぼくらを避けるためだとしたら……そのぼくらがここにいるのは、彼女が最も望まないことだ。鉢合わせてしまう前に出よう、陽太。無断で家に上がり込んでしまった事実は消えないが、長居すべきじゃない」

「おい待てよ、天哉！」

このままこの場を離れてはならない。そう感じることに理由はないが、いつもの直感が陽太の足を引き留めている。さっきから、どうにも嫌な胸騒ぎがしてならない。

「じゃあ、小和ちゃんのことはこのまま放っておくのか？」

「彼女のスマホがここにある以上、こちらからは連絡することもできないんだ。どうしようもないだろう。どちらにしろ……ぼくたちができることは、彼女からの連絡を待つことだけしかない」

「だけど、変だろ。おまえの言う通りに俺たちを避けてるんだとしても、成海さんにまで連絡しないのはなんでだよ？　そんなの小和ちゃんらしくない。絶対に変だ。なんかおかしいんだって！」

食い下がる陽太に、天哉は静かに首を横に振った。

「気になるなら、念のためご家族に連絡だけしておけばいい。それで後は向こうに任せるんだ。ああ……そうだ。ご家族には、まず田ノ倉のことをきちんと詫びなければならないな。謝罪して許されることではないだろうが、忘れていたことも含めて謝らなくては」

行こうと促しながら、天哉が手にしていた小和のスマホをテーブルに戻す。その動作を見守っていて、思い出した。

「そうだ！　ばあちゃん。俺、チヅばあちゃんの連絡先知ってるんだ！」

無言で振り向いた天哉の眼が「だから？」と問う。

「電話してみる。だから、ちょっとだけ待てよ。な？　もうちょっとだけ」

「おい陽太、もう深夜だ。こんな時間に――」

急いでもう一度自分のスマホを取り出して、天哉の制止も聞かずにチヅに電話をかける。

家族に任せるべきだという天哉の言い分はもっともだと思う。けれどそれならば、少しでも早く伝えるべきだ。その相手は父よりも母よりも、チヅが相応しい。たぶん。

『なんだ小僧。いま何時だと思ってる。年寄りは夜が早いんだ』

じりじりと応答を待ち、ほどなく、眠っていたのか不機嫌そうな面持ちの老婆の顔がモニターに映し出された。

「あ、ばあちゃん？　悪い。あのさ、小和ちゃんが昨日からいないんだ。どこに行ってるか知ってる？」

『……なにがあった？』

「えーと……」

すべて説明すべきなのはわかっているが、どこから始めたらよいのかわからない。

と、老婆が先んじて口を開いた。

『小和は、おまえたちに気づいたのか？』

「え？　う、うん。そう。そうなんだよ」

『それでいなくなったんだな？』

「店の鍵は開けっ放しで、家にもいない。だけどスマホは置き忘れてある。昨日から家に戻ってきてないっぽいんだよ」

　すると、老婆がカッと目を見開いた。

『〝呪〟が解けたか！』

「マジナイ……？」

『暗示のようなものだ。いずれ思い出すことはわかっていたが、昨日から戻っていないというのは、ちとマズい』

　老婆の眉間に、さっきまでとは違った種類の皺が刻まれた。

『小僧、急いで小和を捜せ！　万が一ということもあり得る』

「ちょ、ちょ、ちょ、待ってよばあちゃん。万が一って――」

『〝呪〟が解けたこと自体は構わん。そろそろ思い出すべき時期だったんだ。だが、その状況で小和を独りにしておくのはよろしくない。小和も、和音の死にはちっとばかり複雑な思いを抱いておるんでな。特に、あれはなにかと後ろ向きな性格だ。妙なことを考えないとも言い切れん』

「妙なこと……？」

『とにかく、急いで小和を捜せ。小僧、頼んだぞ』

言うなり、ぷつりと通話が切れる。

「あ、ばあちゃん！」

手のなかで沈黙したスマホを見下ろして、陽太は途方に暮れた。

自分の感じた胸騒ぎが外れていなそうなことは、いまのチヅの反応でたしかめられた。

だけど、いきなり「捜せ」と言われても……。

「陽太、小和さんを捜そう」

「んなこと言ったって、どこを捜せばいいのかもわかんないのに――」

見ると、天哉は額に手を当てて俯いていた。

「そんなことはどうでもいい！　なんとかして、小和さんを捜し出すんだ！」

らしくない乱暴な物言いに驚く。

「天哉……？」

「状況が変わった」

「え……？」

「おばあさんの懸念が正しいのかどうかはわからない。さっき言ったように、小和さんはぼくたちと顔を合わせないために家を離れているだけかもしれない。だとしたら、ぼくたちが彼女を捜し出すことは彼女の本意ではないだろう。だが、万が一にも、最悪の可能性があるのだとしたら。ぼくは……ぼくはもう二度と、行動しなかったことを後悔したくはない」

陽太は、思わず天哉を凝視した。

「おかしいと……思うか？」

顔を上げた天哉の眼差しは、いままで目にしたことがないくらい頼りなげに揺れている。

「思わない」

陽太は即答した。

思うもんか。

そうだ。天哉の言う通りじゃないか。

「悪い、ちょっと慌てた。うん、そうだな天哉。小和ちゃんを捜そう。手掛かりがないなら、見つければいいんだ。俺は小和ちゃんの実家に行ってみる。母ちゃんたちがなにか知ってるかもしれないし」

「わかった。ぼくは、この家で少し調べたいことがある」

なにかわかったら連絡し合うことを決めて、陽太は天哉を残し、小和の家を飛び出した。

○○

陽太が飛び出して行ってから、天哉はひとり階段の下に佇んだ。暗がりに沈む上階を見上げ、ごくりと唾を呑む。

先程、陽太と二階に上がった。手前の部屋はただの物置だったけれど、奥の部屋は以前に子どもが使っていたと思しき痕跡の残る部屋だった。その部屋を出るとき、聴こえた気がしたのだ。自分を呼ぶ声が。

そして。

「陽太のくしゃみ」

これまでも、折々に陽太は妙な場所でくしゃみを連発していた。あれがもし、天哉の推測通りなのだとしたら。

ひとつ息を吐き、天哉は覚悟を決めて階段に足をかけた。

一段一段踏みしめるごとに、口のなかが渇いていく。やがて二階に辿り着き、天哉は奥の部屋の前に立った。躊躇いを振り切って引き戸に手をかけ、一気に扉を開く。そして、室内に足を踏み入れようとした瞬間、前触れもなく突然身体の自由が封じられた。ピシッ、ミシッと空気の爆ぜる音がどこからともなく響く。

いままでにも幾度も経験した。この状態を一般的になんと呼ぶかは知っている。

金縛りだ。

天哉は唯一自由の利く眼球だけを動かして、そろりと視線を上げた。

暗い部屋の中央に制服姿の少女が座っていた。

「……！」

彼女の名を叫ぼうとした声は声にならず、喉の奥で吸い込まれた呼気がヒュッと音を立てた。両手で頭を抱えるようにして座っていた少女が、ゆらりと顔を上げる。

田ノ倉和音。

忘れるはずがなかった。忘れるはずなどなかったのに、何故ついさっきまで彼女の存在すら思い出さずにいたのだろう。

綺麗な少女だ。物静かな佇まいのなかに強い自我が見え隠れしていた。なにもない空間に視線を彷徨わせているときでさえ、彼女のその横顔は美しかった。

――……り。……れて……と……の。

少女が、なにか話している。

天哉に向けてだ。なにかを懸命に伝えようとしている。

――だ……か……。……い？

なんだ？　なんと言っている？

天哉は必死で眼差しに力を込めた。駄目だ田ノ倉、聴こえない。

――……を……て。

せめて口の動きから、彼女の言葉を読み取れないだろうか。

少女が、一度口を噤んだ。それから天哉を真っすぐに見つめた。

異様な面差しだった。記憶にある生前の田ノ倉和音と、その顔立ちは変わらない。それなのに、なにかが決定的に違っている。あるべきはずのものがなく、あるはずのない、なにかがある。それがなにかは判然としないが、仄かに感じる違和感が、彼女が生者とは明らかに異なる存在であることを慥(たし)かにしていた。

ぞくりと首筋に鳥肌が立つ。

天哉は歯を食い縛り、怖気(おぞけ)に耐えて少女の顔をじっと見返した。

少女の口が大きく開く。

――あ・げ・お・だ・ん・ち。

それから緩慢(かんまん)な仕草で右手を持ち上げて、指を四本立てる。その指を一度握り込み、今度はパーの形に手を開く。

四と五……？　四〇五か！

「あげお」はすぐに脳裏で「上尾(あげお)」と変換できた。埼玉の中東部にある市の名前だ。そこに団地があるのかは知らない。けれども、上尾団地の四〇五。和音の伝えたがっている言葉は理解できた。そして同時に、それが小和の現在の居場所であることも即座に呑み込めた。

――……は……たよ。

伝えたいことを伝え終えたと理解したからか、少女の口の動きがまた元に戻った。途端にその声は朧(おぼろ)げに掠れ、理解できなくなる。わからないと目で訴えようとする天哉に、「構わない」とでもいうように少女がゆるく頭を振った。

――………て、ありがとう。

最後の「ありがとう」だけが明瞭(めいりょう)に耳に届いた。

「田ノ倉！」

叫んだ自分の声で呪縛が解ける。

ハッと我に返り、つんのめりそうになった体勢を立て直して顔を上げてみれば、そこにあったはずの少女の姿は既にない。

気づけば、全身にびっしょりと汗をかいていた。それなのに、身体の芯は凍えるように冷たくなっている。天哉はともすると震えそうになる指先で鞄を探り、スマホを取り出した。画面を開いてみれば、そこに表示されている時刻は、陽太が出て行ったはずの時刻から三十分以上が経過している。

「上尾団地」

ブラウザを開き、検索する。結果はすぐにわかった。

天哉は再び顔を上げて、誰もいない物置部屋を眺めやった。

いかにも子どもの好みそうな絵柄のカレンダーや、部屋の隅に追いやられている勉強机。あれをかつて誰が使っていたのか。この部屋が、以前は誰のものだったのか。

「田ノ倉……」

この場所に彼女が現れたことが、その答えなのだろうと思う。

初めて会ったとき、小和のことを誰かに似ていると陽太は言っていた。いまだったらわかる。それは、和音だ。

中学生だった頃の和音よりももちろん大人びてはいるが、顔立ちはそっくりなのだ。二重瞼の大きな目に、微笑んだときに口元にできるえくぼ。穏やかに優し気に目元を緩める、その笑い方。

陽太は気づいていなかったようだが、天哉も当時、時おり和音の様子を気にして眺めていた。眩しそうに目を細めたり、なにもない虚空を睨んでいたこともあれば、突然硬直して視線を激しく揺らしていたこともあった。

「視線が揺れる……？」

ふと、閃きが走る。

「そうか……！　彼女は、まさか」

天哉はすぐに頭を振った。いや、いまは和音のことよりも小和が先だ。

埼玉。すぐに向かわねばならない。

霊などいない。オカルトはすべて人間の想像の産物。小和と出会って以来、度々遭遇してきた不可思議な事態にはすべて目を瞑り、ずっと頑なにそう唱え続けてきた。

もうやめよう。視たはずのモノをすべて否定するのは、単なる自分の弱さでしかない。

天哉は慌ただしく踵を返し、階段を駆け下りた。手にしていたスマホで陽太の番号を呼び出し、電話をかけながら靴を履いて家を出ると、路地を走り出す。

ほんの少し前までベランダの錆びた手摺の向こうには明るい空が広がっていたのに、いまは遠くの地平が仄朱く染まって見えるだけで、天空は深い藍に染まっている。

夜の帳が下りるまで、あと僅か。昼と夜のあわいの黄昏時(たそがれどき)だ。

この時間を〝逢魔時(おうまがとき)〟、或いは〝大禍時(おおまがとき)〟とも呼ぶ。

まだごく小さな子どもの頃。この時間になると小和は決まって、左目の端に茶色の異質な影を視た。その顔立ちはハッキリと視えないのに、自分と同じ顔をしていることだけは何故か明確に理解できていた。

「あれは死神——わたしを呼びに来た和音だったのかな」

それとも、ここで遠い未来に死ぬことになった自分自身の影だったのか。

ぼんやりと視線を動かして、ベランダの手前の畳にいくつかの焦げ跡を見つけた。母が零した煙草の灰で焦げた跡だ。

「そう、ちょうどあんな色だった」

畳の上に膝を抱え、小和は胸に抱いたノートの表面を指先で撫でた。この一冊のノートが入っていた赤い菓子の缶は、腰の横に置いてある。

さいたま市の北側に位置する上尾という街にある、取り壊し間近の団地の一室。ここには、これを探しに来た。

思っていたよりも深い赤色をしていたチョコレートの空き缶。このなかに隠していた一冊のノートは、和音の日記だ。彼女の死後、葬儀の合間のごたごたの時期に田ノ倉の家からこっそりと持ち出してきて、隠した。当時母とふたりで住んでいたこの部屋の、押し入れの天袋の上に。

小和の母はたぶん悪いひとではなかったのだろうけれど、母親という役割には少しだけ向いていなかったのだろうと思う。小和を見る目はいつもどこか居心地が悪そうで、そのぎこちなさは愛情の有無とは別のものだった。

そんな母にとって幸運だったのは、田ノ倉の母、千恵子（ちえこ）と親交があったことだ。いま田ノ倉の姓を名乗っている小和は、田ノ倉家とは血が繋がっていない。和音もそうだ。田ノ倉家に養子に入ったのは、和音は一歳になる前。小和は、十六歳になったときだった。小和が田ノ倉家に入ったのは、和音の死後だ。

大人たちの間でどんなやり取りが交わされたのかを詳しく訊ねてみたことはないが、およそのところは想像がつく。

――どうしていいかわからないのよ。子どもは勝手にどんどん大きくなるけど、それを見ていると怖くなるの。あたしは母親という生き方がわからない。

母は、よくそんな風に千恵子に話していた。

小和は昔、和音が羨ましかった。傍目（はため）にも田ノ倉の家は和音も含めて本物の家族のようで、自分との接し方に始終悩んでいる母との生活よりもよほど幸福そうに見えた。和音に対するのと同様に小和のことも気にかけてくれていた田ノ倉夫妻とは頻繁（ひんぱん）に顔を合わせていたけれど、でも例えば四国にいるチヅの元へ遊びに行った後、小和だけが帰る家が違った。そのことが、どうにも恨めしく思えて仕方がなかった。

もう会いたくない、と和音に告げたのは自分だ。

それが和音との最後の会話になった。

――わたしと和音は姉妹なんかじゃない。苗字だって違うし、他人なんだから。

子どもじみた言い様だったと思う。自分こそが和音の欲していたものを手にしていたにも拘わらず、そのことを知らずにいたせいで口にできたことだ。和音ばかりずるいと彼女を詰り、一方的に絶縁を突き付けた。誰よりも近しい姉妹だからこそ、置かれた場所の違いを見せつけられるのが嫌だったから。

そしてその結果、誰よりも近しい人間だったはずの妹をひとりで逝かせてしまった。彼女の苦悩をようやく知ったのは、こっそり持ち出してきた和音の日記を読んだときだ。

「わたしは最低の人間。なのに、それも全部忘れちゃってた。ひどいよね」

和音の日記を読んだ。だから野間陽太と須森天哉の名前を知っていた。それなのに、小和は一昨日まで彼らのことに気がつかなかった。どころか、和音のことすら滅多に思い出さずにいた。

和音という妹がいたことはもちろん憶えているけれど、彼女がいつ、どうして、どうやって亡くなったのかを思い起こすことはまったくなかった。

改めて考えてみれば、それがとても不自然なことだとよくわかる。だけど、そんなことすら意識に上らないくらい、小和のなかで〝和音という妹〟の存在感は薄かった。

それはたぶん、和音がそう望んだから。

『いろんなことがもう耐えられない。だけど誰も私のせいで苦しんで欲しくはない。だから、私のことは忘れて。ごめん、皆ごめんね』

日記の最後のページには、そう記されていた。

陽太と天哉も、揃って過去の記憶が曖昧だと言っていた。そして自分も。

それはおそらく、和音が望んだからだ。和音の最期の願いが上手に叶えられた結果なのだろうと思う。

「でも、やっぱり許せなくなったんだよね」

だから和音は小和をここへ呼んだ。自分を思い出させるために。

彼女の意思は、おそらくたったひとつだけ。

――返せ。

自分のものだったはずのすべてを、自分に返せ。彼女はそう望んでいるのだと思う。

「寒い……」

小和は鞄に手を伸ばし、そこから取り出した飴を一粒口に含んだ。運よく鞄に入っていた飴も、これが最後の一粒だ。

ここから出ることは、とうに諦めている。

完全なる廃墟の様相を呈していたこの団地は取り壊し間近で、工事用の仮囲いに覆われていた。挙句、強風に煽られて勢いよく閉じた玄関のドアのノブが壊れ、小和はこの部屋から出る術を失くした。

スマホを置き忘れてきてしまったせいで連絡手段はなく、ドアはどうやっても開かない。この部屋のある四階という高さは、飛び降りるには高すぎる。せめて工事の関係者がやってきはしないかと初めの頃はベランダで様子を窺ってみたりもしたけれど、和音の日記を読み、彼女のことをすっかり思い出してからは、それもやめた。

こうしてこの部屋に閉じ込められてしまったことも、きっと和音の意思が働いた結果なのだろうと思う。ならば、甘んじて受け入れるべきだ。

団地内の給水塔がまだ動いているのか、トイレだけは困らずに済んだのは幸いだったが、とにかく寒さは応える。昨晩はこのまま目を覚まさないかもしれないと思ったのに、小和はまだ生きている。

でも、今晩はどうだろう。明日の朝は、もうやってこないかもしれない。

それでいい。和音が望むなら、それで構わない。

小和の心のうちには、そう思うだけの疚しさがある。

和音が日記を書いていることは知っていた。だから彼女の死後、こっそりそのノートを持ち出した。それは、このなかにはきっと自分を責める言葉が綴られているに違いないと思ったせいだ。田ノ倉の家族の目から、それを隠さなければと思った。

だけど違った。小和を責める言葉はひとつも書かれていなくて、代わりにそこには和音の切実な願いだけが書かれていた。何度も、何度も。

『私も埼玉に住みたい。本当のお母さんと、小和ちゃんと一緒に』

日記を読んで初めて妹のその気持ちを知って、なのに、それでも尚(なお)、小和は彼女をずるいと思ってしまった。そんな自分の欲深さを、小和は疚しく思う。

和音の物になるはずだった家や店を自分が手に入れられるとわかったときに、妹がいなくてよかったと我が身の幸運を喜んでしまった下劣(げれつ)さも、同じだけ。

「ごめんね、和音」

和音はきっと、陽太や天哉と過ごす小和が羨ましくて、恨めしかったに違いない。昔の自分が妹を羨んだのと同じように。

三鷹の家も、あの店も、本来は和音のものになるはずだったのだから。小和ではなく。

そこで陽太や天哉と再会するのは、和音のはずだったのだから。小和ではなく。

恨めしく思って当然だ。

小和はコートの襟元を固く合わせ、両の手足をぎゅっと小さく丸めた。きっともうすぐ、和音が迎えに来る。

ふっと、左目の端に覚えのある焦茶色の影が映った気がした。

「あれはやっぱり、死神？　それとも……和音？」

逢魔時も、もう直に終わる。

天哉からの電話を受けたとき、陽太もまた駅に向かって走っていた。

着信に気づき、走りながらポケットから取り出したスマホを耳にあてる。

「天哉か、わかったぞ！」

『上尾団地だ。小和さんはそこにいる』

「やっぱり！　俺も小和ちゃんの母ちゃんから埼玉かもしれないって聞いたんだ。いま向かってる」

父親は出張で不在にしていて、既に寝入っていたらしい母親は陽太に叩き起こされて最初は驚いていた。それでも、あっちに飛びこっちに飛びする陽太の話を辛抱強く聞いてくれ、チヅに電話で言われたことを告げると途端に顔を強張らせた。

一緒に行くと言い張っていたものの彼女の足にあわせていては終電に間に合わない恐れがある。先に行ってくれと乞われ、その際に頼まれたのだ。小和を必ず連れて帰ってくれと。もう一度娘を失う羽目になるのは耐えられないと言っていた彼女は、けれども小和も和音も、自らの実子ではないのだと教えてくれた。

それでわかった。どうして以前、小和が父親を紹介するとき素直に「父」と口にせずに口ごもったのか。初めて店で会ったときに、親子にしては妙に他人行儀な会話をしていたその訳も。

小和と和音の母とは、遠い親戚なのだそうだ。小和たちの実母は未婚のままで母になり、母親になりきれなくて娘たちを手放したのだと言っていた。

その実母と、小和が長年暮らしていたのが埼玉の団地だ。小和がいなくなったと話してすぐに、彼女が行くならその団地ではないかと母親は口にした。

根拠はない。ただの母親の勘だと言った。だけどその勘は、きっと間違っていない。

『ぼくもいま小和さんの家を出た。まだギリギリ終電には間に合うはずだ。現地で会おう』

「おう！」

通話を終え、陽太は地面を蹴る足に力を込めた。

どうやって天哉がその場所を突き止めたかは知らないが、ふたりの意見が一致したのだから、小和はきっとそこにいるに違いない。そうであって欲しい。

もうじき駅に着こうというところで、線路の向こうから近づいてきている電車のライトが目に入った。

「やべ、電車来た」

あれに乗りたい。陽太はスピードを速めて改札を抜け、ほとんど転がり落ちるようにして階段を駆け下りると、閉じかけたドアから電車に滑り込んだ。深夜とあってガラガラの車内で座席にへたり込み、呼吸を整えながら天哉へのメールを打つ。

メールを送り終えてすぐ、天哉からは「わかった」とだけ短い返信が来た。

「なんだよ、説明なしかよ」

なにをどうやって同じ結論に達したのかについてを教えてくれる気はないらしい。

新宿(しんじゅく)で乗り換えて、停車するごとに空いてくる車内で空席を見つけて腰を下ろそうとしたところで、天哉から連絡が来た。どうやら同じ電車に乗っているらしい。互いに現在地を確認しあいながら、車両の中ほどで落ち合う。

「調べたんだが、上尾団地というのは既になくなっているかもしれない」

前置きもなしに、天哉が切り出す。

「なくなってる？」

「あの辺りは大規模な再開発が行われているらしく、上尾団地もその一角に含まれるんだ。おそらく工事の着工はまだだと思うが……」

「じゃあ小和ちゃんの居場所はそこじゃないってことか？」

すると、天哉が「いや」と首を振る。

「彼女は間違いなくそこにいる。建物が以前のままとは限らないが、場所はそこだ。間違いない」

妙に確信ありげな口調だ。

「……おまえを信じるよ。けど、部屋番号がわかんないんだ。二号棟ってことまでは母ちゃんも覚えてたんだけど、どの部屋だったかは忘れたって」

「四〇五だ」

今度も即答した天哉に、さすがに疑問を抱く。

「なんでわかったんだよ」

「………」

ぼそりと呟いた天哉の声は、よく聞き取れなかった。

口を噤んで顔を背けた天哉を見て、それ以上の追及は無駄だとわかる。

やがて最寄りの駅に電車が止まり、そこからはバスがなかったのでタクシーを使った。

「ほんとだ、工事中だ。これ、入れねーだろ」

団地があると思しき一帯は背の高いフェンスで覆われていた。

「陽太こっちだ、ここから入れる」

目聡く隙間を見つけた天哉が呼ぶのに、慌てて駆け寄る。その間にも、天哉の姿はフェンスの内側へと吸い込まれていった。

「あ、おい待てよ。——うわ、真っ暗だ」

声を上げると同時に、パッと白い光が灯った。天哉がスマホの懐中電灯アプリを立ち上げたのだ。

「さっき見た地図によると、二号棟はこっちだ」

「お、おう」

足元を照らす光に従って進んで行く。

「この建物、かなり古そうだな」

「ああ。どうやら取り壊し間際だったようだな」

地図と照らし合わせながら二号棟を見つける。

「ここだな」

転がっていた自転車に躓きかけて、「気をつけろ」と言われながら陽太は先に立つ天哉の後をついて階段を四階まで上った。役目を終えて久しい建物らしく、そこらじゅうが黴臭い。完全なる廃墟だ。小和は、本当にこんなところにいるのだろうか……。

この部屋だと天哉が告げて足を止め、ノブに手をかける。

「ノブが空転する。もしや、このせいで閉じ込められたのか」

呟いて、すぐに天哉がドアを叩いた。

「小和さん、小和さんいるのか？」

「小和ちゃん、いるなら返事して！」

埃っぽいドアに頰をすり寄せ、天哉と並んで内側の気配に耳をそばだてる。

交互に呼び掛けながらドアを叩いていると、しばらくしてドンと内側からドアを叩いて応える音が聞こえた。

「陽太さん、天哉さんですか？」

陽太は、素早く天哉と目を見交わした。

「よかった！　小和ちゃん、無事なんだな⁉」

「どうして、ここに……？」

「助けに来たんだ。きみを助けてくれと頼まれた」

答える天哉に、「ありがとうございます」と小和の細い声が囁く。

「でも、放っておいてください」

陽太は耳を疑った。

「え？　ちょっと待って、いまなんて言った？」

「ごめんなさい、こんなところまで来ていただいて。だけど、いいんです。覚悟はもうできているんです」

「ちょっと待てよ、小和ちゃん。どうした？」

「わたしはとても卑怯でした。だからあの子の代わりに手に入れたものを全部、手放さないといけないんです。こんなに遅くなってしまったけどせめて、和音がそう望むなら」

ドア越しに聞こえてくる小和の声はいつもと少し違っていて、どことなく捨て鉢な気配を滲ませている。

「わたしね、とても健康なんです。一晩くらい閉じ込められても全然なんともなかった。でもね、ここはとても寒いんです。だからきっと、もう一晩。我慢するのはもう一晩だけでいいと思う」

だからごめんなさい。放っておいてください。小和はそう繰り返した。

「わたしは和音のところへ行かなくちゃいけない。これも妹が望んだことだから」

「な……」

なにをバカな。

咄嗟に言葉を失くした陽太の傍らで、「違う！」と天哉が叫んだ。ドアに両手をつき、内側にいるであろう小和に取り縋るように天哉が語りかける。

「それは違う。ぼくは田ノ倉に頼まれたんだ。小和さんを助けてくれと、きみの居場所を教えてくれたのも彼女だ。その彼女が、どうしてきみの死を望むはずがある?」

「だって、さっき視たんです。あの子は、わたしを待っている。焦茶色の死神。わたしと同じ顔をしたあの影は、きっと和音です。あの子は、わたしを待っている。わたしを迎えに来たんです。だからわたしは、あの子が暮らしたがっていたこの部屋で——」

小和を遮って、陽太は思わず叫んだ。

「霊なんていない!」

「陽太、さん……?」

「この世には、幽霊なんていない! そういうのは全部人間の想像の産物なんだよ。だから和音ちゃんが迎えに来てるなんてウソだ」

そして陽太は天哉の肩を摑んだ。

「天哉もだ。こんなときに冗談言うな。いつもみたいにちゃんと否定しろよ! オカルトはすべて幻想だ。幽霊なんていない。死んだら終わりだ。それだけなんだよ」

「しかし……!」

反論しかける天哉を遮り、陽太は声を荒らげた。

「死んだ相手に会えるかもしれないと思うのは、逃げだ! ただの甘えなんだよ!」

扉についた手をそのままに、天哉が驚いた顔で身体を起こす。

「陽太、おまえ……」

「俺だって、霊がいるなら会いたいさ。和音ちゃんに会って、ちゃんと謝りたい。だけど、和音ちゃんだけじゃない。いままで一度も、どんな霊も視えたことがない。当たり前だよな。霊なんていないんだから」

霊はいる。そう信じることに決めた。それは和音への贖罪（しょくざい）の気持ちからだったけれど、本当のところは自分が救われたかったからだ。

霊がいるなら、いつか和音にも会えるかもしれない。今更なのはわかっている。でも、もしもう一度和音に会えたら、そのときは今度こそきちんと彼女に謝れるかもしれない。そう思うことで自分自身の重荷を少しでも下ろしたかった。そんな気持ちがどこかにあったことも、否定できない。

「だから小和ちゃん、目を覚ませよ！　こんなところで諦めることが罪滅ぼしだって？　それは和音ちゃんが望んでるんじゃない。小和ちゃんが勝手に自分を責めてるだけだ。自分の後悔を、もういない相手に背負（せお）わせちゃダメだ。それは間違いなんだよ！」

一息に叫んで、陽太は肩で息を吐いた。それから声を落として訊ねる。

「なあ、俺たちのこと知ってるんだよな？」

「陽太さん……」

「和音ちゃんのことは、俺たちのせいだ。ずっと忘れちゃってて、ごめん。謝りもせずにいて、ごめん。俺たちのことは、いくら恨んでも憎んでも構わない。ちゃんと全部受け止めるよ。でも、そのためには生きてなくちゃダメだ」

「………」

「たとえ小和ちゃんがここで死んでも、和音ちゃんには会えない。もちろん俺たちも、二度と小和ちゃんに会えない。わかるだろ？」

沈黙したドアの向こう側に向かって、陽太は懇願（こんがん）した。

「俺、そんなのは嫌だ。俺は絶対に小和ちゃんを助ける。放っておいてくれと言われたからって、このまま見過ごしたりはしない。いつものネガティブだったら、いい。だけど、これはダメだ。覚悟はできてるなんて、投げやりなことは言わないでくれよ。勝手にいなくなろうとしないでくれ。……頼むから」

「………」

小和からの返事はない。

代わりに、天哉がひとつ息を吐いた。

「陽太の言う通りだ。ぼくたちは必ず小和さんを助け出す。だからきみの意志も、どうかぼくたちと同じく前向きであって欲しい。——ドアノブが壊れたせいで室内に閉じ込められた。小和さん、そうだな？」

「……はい」

さっきまでとは違い、いつも通りの平静な口調に戻った天哉が訊ねるのに、今度は小さく、でもたしかに肯く声が向こうで応えた。

「わかった。ここを開ける方法を考える。少し待ってくれ」

もう一度、「はい」と聞こえる。

「ごめ……ごめんなさい。わたし……わたしやっぱり、帰りたいです」

ごく幽かに耳に届いた小和のその声は、震えていた。

陽太は、天哉と顔を見合わせた。目を見交わして、ひとつ頷き合う。

「よし！　小和ちゃん、待ってろよ。すぐに助けるからな」

「はいっ」

応じる声を聞いて、天哉がドアの前にしゃがみ込む。

「陽太、ドライバーなんて持ってないよな？」

「ねーよ、そんなもん」

「ノブを直すのは無理か……」

ドアにライトを当て、天哉が呟く。

「下にあった自転車の部品が使えないか？」

「おまえは素手で金属をへし折れるのか？」

「……無理だな。——そうだ、じゃあベランダから助けだすのはどうだ？　飛び降りた小和ちゃんを下で受け止める」

「それこそ無理だ。運動エネルギーは物体の質量に比例し、その速度の二乗に比例する。物理で習っただろう。つまり、単純に計算しても受け止めるときの瞬間的な重量は七百キロを超える。どれほど上手く受け止めたとしても、双方ともに怪我は避けられない」

即座に却下される。

「じゃあどうすんだよ！」

「名刺を一枚、それからカードを出せ。傷つくおそれがあるから、ポイントカードみたいなもののほうがいい」

「そんなので開けられるのか？」

「ドアの間に隙間がある。金具の形状にもよるが、上手くすればラッチを押し込んで開けられるかもしれない」

言われた通りに名刺とカードを差し出し、代わりにスマホを受け取って天哉の手元を照らす。細長く折り曲げた名刺を更にL字形に折った天哉は、それをドアと壁の隙間に押し込んだ。挟んだ名刺を手前に引っ張りながら、その下に更にカードを差し込む。

「陽太、ドアを引け」

「お？　おう」

急いでノブを握り、ドアを引く。

と、かすかに軋みながらもドアはすんなりと開いた。

「うお、マジか！」

思わず叫んで顔を上げると、開いたドアの内側で小和が呆然と佇んでいた。

「開いた……」

「うん、開いたな」

泣き笑いのように、小和の顔が歪む。陽太は、小和に向かって片手を差し出した。

「迎えに来たよ。帰ろう。母ちゃんも、ばあちゃんも心配してる」

「はい……ごめんなさい」

差し出した手を、小和が握る。その冷たさに驚いて、陽太はぎゅっと小和の手を握りしめた。

「良かったよ、帰りたいって言ってくれて」

恥ずかしそうに眉尻を下げて、「ごめんなさい」ともう一度囁いた小和が首を竦めた。

それから、つとふたりの背後に視線を泳がせた小和が「あ」と呟く。

「雪……」

「今日は夕方から少し寒さが緩んでいたからな。そんな日は、雪が降るんだ」

答えた天哉の視線を辿り、陽太も空を振り仰いだ。

暗く沈んだ団地を覆うように、細かな雪が舞っていた。

エピローグ

数日前に夜の間だけチラついた雪の痕跡は、もうどこにもない。白地の暖簾を前にして、陽太はひとつ大きく息を吸った。

おでん屋〝和〟。

夏の終わりから通い始め、すっかり常連になっていたはずの店構えが、今日は少しばかり新鮮に感じられる。

ここでまた、この暖簾が出迎えてくれる日常を取り戻せたことが嬉しい。

——けれど。

「いいか、天哉。開けるぞ」

天哉が頷くのを確認してから、陽太は意を決して引き戸に手をかけた。気楽に訪れていたこれまでとは違い、今日はとても緊張する。

カラリと開いた扉の向こう側で、割烹着に身を包んだ年若い女将が微笑んだ。

「いらっしゃいませ。お待ちしていました」

団地に閉じ込められてから数日の間は店を休んでいたけれど、今日から再開すると連絡をもらってやってきたのだ。無断で店や自宅に立ち入ったことは既に謝罪してあるが、あのときには落ち着いて話せなかった和音のことを、今日はきちんと話さなければならない。

「や、小和ちゃん元気？」

顔を合わせたら一番になにを言おうかとあれこれ考えていたはずなのに、結局口から出たのは我ながら間抜けな一言だ。ちらりと背後を見やると、天哉もなにか言いたげに口元を動かしかけて、結局そのまま黙って目を伏せた。

「お陰様で、もうすっかり元通りです。この前は本当にどうもありがとうございました」

穏やかに微笑みながら、小和が丁寧に頭を下げる。

「無事でいてくれて、ほんとによかったよ。あの、それでさ……」

口ごもると、小和がカウンター越しに座席を示した。

「どうぞ、座ってください。たぶん少し……長いお話になります、よね？」

「ん、そうだね」

天哉を促しながら、陽太は素直に椅子を引いた。いつものように小和がお絞りを手渡してくれて、小鉢と箸をふたりの前に置く。小鉢の中身は、菜の花のお浸しだ。

「春を先取りしてみました」

「苦いけど、旨いよね」

そう応じはしたが、箸を取り上げる気にはなれない。そんな気配を察したのか、小和が唐突に話し出した。

「わたしと和音は双子なんです。二卵性ですけど。──きっと、田ノ倉の母がお話ししましたよね？　別々に暮らしながらも、わたしたちは小さな頃からよく会っていました」

話しながら、小和が猪口を三つ用意する。

「それなのに、わたしは和音の死後、あの子のことを思い出すことがほとんどありませんでした。おふたりと同じなんです。わたしもずっと、本当の意味では和音のことを忘れてしまっていた」

陽太は、カウンターに額を擦りつけるようにして頭を下げた。

「ごめん！　和音ちゃんのことは、俺たちのせいだ」

「いや、陽太は悪くない。ぼくのせいだ。ぼくが不用意なことをしたせいで……」

陽太に倣うように、天哉も頭を垂れる。

すると小和は、「いいえ」と応じた。

「違うんです。あの子はたしかに学校でちょっとしたいじめのようなものに遭っていた。それは事実ですが、和音はおふたりのことを恨んでなどいませんでした。あの子が自ら死を選んだ理由は、それが原因ではなかったんです」

「もしかすると……体調の件か？」

控えめな口調で天哉が訊ねる。それを聞いて、小和が目を見開いた。

「ご存じだったんですか？」

「気づいたのは、この前だ。当時はわからなかった。だが彼女の仕草から推察すると、多発性硬化症の疑いがあったのかもしれない。眼振――目が揺れる症状が出ていたのを、一度だけ見たことがあったのを思い出した」

「そうですか。名前のつく病気だったんですね」

たしかなことはわからないがと前置きして、天哉が告げる。

「多発性硬化症は、指定難病なんだ」

罹患率は十万人に数人程度と低いが、若い女性が罹患することが多い。中枢神経系の病気だそうだ。

「服薬管理で治療はできるが、完治はしない。再発と寛解を繰り返しながら、慢性的に進行していくことも多い。場合によっては再発を繰り返しながらも障害が残らないこともあるが、最初の発病から寝たきりになるなどの深刻な経過を辿ることもある。彼女が自身の病名を知っていたかどうかはわからないが、当時十五歳の少女だったことを思えば、将来を悲観しても……おかしくはない」

症状の出方やその重篤性にも個人差が大きいが、和音の様子からするとかなり症状は重く、進行していたのではないかと天哉は言う。

「この病気の場合、どの神経が障害されるかによって症状の出方がかなり異なるんだ。視神経が侵されると視野に異常が生じる。どんな風に異常が生じるかも個人差があるから、見えないはずのものが見える、ということもあるかもしれない」

陽太は、思わず目を見開いた。

「じゃ、彼女は幽霊を視てたわけじゃ――」

「なかった可能性もありますけど、視ていた可能性もありますよね」

天哉が答えるよりも早く、小和が言う。どこか、悪戯めかした言い方だった。

「子どもの頃に視ていた幽霊の話を、和音から聞いたことがありましたか？」

「右目の端に視えるっていう、あれ？」

「焦茶色をした、自分と同じ顔をした影です」

聞いたことがある。とても気味の悪い影だったと和音は言っていた。

「顔立ちがハッキリ視えるわけではないのに、その影が自分と同じ顔をしていることだけは不思議とわかりました」

「え、まさか……？」

はい、と小和が肯く。

「わたしも視ていました」

「双子のシンクロ体験は報告例も多いからな」

呟いた天哉に、自分たちもそうだったのかも、と小和が返す。

「和音は右目でしたけど、わたしは左目の端でした。たぶん、三歳か四歳くらいまでだったと思います。いつしか自然に視えなくなっていましたけど」

「それは幽霊？」

「わかりません。いまは、もしかしたらあれは和音だったのかもしれないとも思います。和音が視ていたのは、わたしだったのかも」

互いに互いを羨んでいた、そのことを無意識に察知していて、互いの気持ちを影という形で視ていたのかもしれない。そう言って、小和は目を伏せた。

「わたしは、そんな妙なモノを視ていたことを忘れようとしました。だけど反対に、和音はいつまでもそのことを覚えていようとした。それがあの子を〝自称霊感少女〟にしてしまったんですけど……和音が残した日記を読んだんです。あの子は、恐れていました。自分の身体のことですから、自分が一番気づいていたはずですよね」

「病気になったことを？」

「いいえ、違います。和音が怯えたのは、自分が視ているはずのものが〝霊〟などではなく病気のせいだったと知ることです」

それを認めるのが怖くて、それで最悪の逃げ道を選んでしまったのだと小和は言う。

「和音は、四国の祖母を慕っていました。ご存じの通り、わたしたちは田ノ倉家とは血の繋がりがありません。だから尚のこと、縋ったんだと思います。子どもの頃に視えていたはずの〝幽霊〟の存在に」

そうすれば、田ノ倉家の本物の一員になれる気がして。

「そうか、もしかすると彼女は自身の病名を知っていたのかもしれないな」

ぽつりと天哉が呟く。

「どういうことだよ？」

「発症に際しては環境的な要因が大きいのだが、多発性硬化症は遺伝する。もしかすると生物学上の父親のほうの血筋に、この病気を発症した人物がいたことを田ノ倉は知ったのかもしれない」

「だとすると、余計に疎外感を覚えたのかもしれないですね……」

顔を上げた小和が、自分はずっと妹が羨ましかったのだと言った。

「だけど本当は、あの子もずっとわたしを羨んでいたんですよね。実の母の元に残されたのがわたしだったから。実の母からは『捨てられ』て、田ノ倉の家とは、家族のはずなのに血縁がない。だから少しでも田ノ倉家の血筋と似ているところを見つけて、そうやって自分も〝本物〟の家族なのだと思い込みたかったんです」

和音の選んだ結末は彼女自身の問題で、だから陽太たちは悪くないのだと小和は言う。

でも、それでもやっぱり陽太は自分たちにも責任があると思う。

だって和音が悩んでいたことを、話せる誰かがいたら状況は違っていたかもしれない。内にも外にも味方がいない。そんな状況に彼女を追い込んでしまったのは、間違いなく陽太と、そして天哉なのだ。

「わたしも同じように思いました。でも、この数日間考えてみて、四国の祖母ともいろいろと話をして、自分を責めるのはやめようと決めたんです。和音の死には間違いなくわたしにも責任の一端がありますし、わたしにはわたしなりの疚しさもあります。だけどそんな風に思い続けていると、いつか自分が潰れてしまう。そうなったら、たぶんわたしはまた和音を恨めしく思ってしまうでしょう」

そういう堂々巡りはしたくない。

決意の滲む口調で告げた小和の気持ちは、陽太にもわからなくはない。

「それは……そうかもしれないけど……」

「わたしたちが和音のことを忘れていたのは、きっとあの子の遺志です」

きっぱりとした口調で言いながら、小和は陽太と天哉の顔を交互に見比べた。

「和音が死を選んだのは自分の意思で、あの子は、そのことで誰かに迷惑をかけたり苦しませたりすることは望んでいなかった。だからおふたりにも自分のことで仲違いをして欲しくはなくて、それならばいっそ忘れて欲しいと最期に強く願った」

「……それでも、ぼくたちは忘れてはいけなかった」

「誰が忘れても、俺たちは忘れちゃいけなかったんだよ」

沈んだ空気を厭うように、小和が声を明るくして「あのね」と言った。

「わたしたちを引き合わせてくれたのは、和音だったのかなとも思うんです。普段のわたしなら、初めてお会いした方に突然プライベートな相談をしたりはしません。だけど、あのときは何故か少しもおかしいと思わなかったんです。おふたりに相談することに、まったく不安を感じもしませんでした。それはきっと和音がそういう風に導いてくれたから。

そんな気がするんですよね」

和音が引き寄せてくれたお陰で自分たちは出会えた。その考えは、ちょっといい。陽太は僅かに口元を緩めた。

「だとしたら、俺と天哉が再会したのも偶然じゃなくて、和音ちゃんが引き合わせてくれたからなのかもな」

「たしかに、陽太と再会しなければ心霊関係の仕事をしてみることなど考えつきもしなかった。そして……おそらくぼくたちは、それぞれに田ノ倉の存在は忘れたまま、それなのに記憶のどこかに残る消せない罪悪感を抱え続けることになっただろう」

「そのままだったら――」

「遅かれ早かれ、行き詰まっていたんじゃないかと思う。記憶の歪（ゆが）みを抱えたまま生き続けることは簡単じゃない。現に、ぼくたちはそれぞれ、再会した当時も既に上手くいっていなかった」

「じゃ、和音ちゃんがチャンスをくれたってことか」

そろそろちゃんと目を醒（さ）まし、もう一度やり直せと。

用意した猪口に、小和が酒を注ぐ。そして、それを各人の前に置いた。

「時間は経ってしまったけれど、一緒に献杯しませんか？　和音のために」

「うん。和音ちゃんのために」

促されて、陽太は杯を取り上げた。

「献杯」

杯を口元に運ぼうとした瞬間、ふわりと空気が動いた。

「ッくしゅ！」

くしゃみと同時に盛大に酒を吹き飛ばした陽太に、天哉が「おい！」と目を吊り上げる。それからハッとしたように瞬いて、虚空を見据えた。

「なんだよ天哉、どうした？」

「いや……なんでもない」

曖昧に応じた天哉に、笑みを含んだ声音で小和が問う。

「天哉さん。和音に会いましたか」

陽太も、傍の天哉を見やった。そうだ、それが気になっていた。

「いや、それはなんというか……」

途端に渋い顔をして、天哉が口を濁（にご）す。

「あれは……その、見間違いだ。田ノ倉は、あの家に住んでいたことがあるんだよな？」

「どんな都合があったのかは詳しく知りませんけど、何年か住んでいたことがあると聞いてます。二階の奥の部屋が和音の部屋だったって」

「やはり、そうか。たしか部屋のなかには上尾団地の住所が書かれたメモ紙と、田ノ倉の幼少期の写真があったように思う。荷物に隠れていたのが、なにかの拍子に目に入っていたんだろう。そのせいで幻影を視た気がしただけだ」

「あの子はなんて？」

言い訳をする天哉に、小和が重ねて問う。

しばらく無意味に箸や猪口を弄り回していたが、やがて諦めた風に手を止めて、天哉は低い声でぼそぼそと答えた。

「……ありがとう、と言っていた……気がする」

陽太は思わず、天哉の横顔を凝視した。

あのとき「田ノ倉に頼まれた」と言っていたのは、まさか本当に和音から頼まれたからだったとでも言うのだろうか。

「もしかすると、わたしが三鷹の家に住み始めたこともきっかけのひとつだったのかもしれないですね。わたしたちは、互いに引き合ったのかもしれない」

だって、と小和が微笑む。

「わたしたちは姉妹ですから。誰よりも近い、双子の姉妹なんです」

「そうかもしれないな」

すんなりと同意する天哉に、陽太は目を丸くした。

「おまえ……」

「なんだよ」

どことなく不貞腐れたような顔をして、天哉が横目でこちらを睨む。

「……や、なんでもない」

やめておこう。

天哉は和音に会ったのかもしれないし、会っていないのかもしれない。少なくとも自分たちにとって、その真偽はどちらでも構わない。大事なのは、結果的に小和を無事見つけ出せたという事実のみだ。

「いいんだよ。幽霊なんていうものは、いると思えばいる。いないと思えば、いない」

それでいいんだ。

まるで自分に言い聞かせるように、天哉はそう呟いた。

ふ、と再び空気が動いた気がする。

今度は、くしゃみは出ない。

なんとなく名残惜しそうな眼差しで、天哉が辺りにそっと視線を彷徨わせた。

陽太は箸を取り上げて、小鉢の菜の花を口に含んだ。

おでんの旨い時期はまだしばらく続く。けれどもやがて、この花が一面に咲き誇る季節がまた廻ってくる。春になったら、今度は皆で花見をしようと誘ってみようか。もしかしたらその場には、和音も顔を覗かせてくれるかもしれない。

たとえ陽太に、彼女の姿は視えないとしても。

「俺たち、もう二度と和音ちゃんのことは忘れないよな」

鼻に抜ける菜の花のほろ苦い春の薫りに、ほんの束の間、目の前で微笑む小和と、和音の笑顔が重なった。

三鷹台(みたかだい)おでん屋心霊相談所(やしんれいそうだんじょ)

著者　木間(こま)のどか

2020年1月18日第一刷発行

発行者　角川春樹

発行所　株式会社角川春樹事務所
〒102-0074 東京都千代田区九段南2-1-30 イタリア文化会館

電話　03(3263)5247(編集)
03(3263)5881(営業)

印刷・製本　中央精版印刷株式会社

フォーマット・デザイン　芦澤泰偉
表紙イラストレーション　門坂 流

ISBN978-4-7584-4315-9 C0193 ©2020 Nodoka Koma Printed in Japan
http://www.kadokawaharuki.co.jp/[営業]
fanmail@kadokawaharuki.co.jp[編集]　ご意見・ご感想をお寄せください。